Lars Quittkat

8 Verse für ein Halleluja

Ein schräger Kirchenroman

neukirchener
aussat

MIX
Papier aus verantwortungsvollen Quellen
FSC® C006701
www.fsc.org

Dieses Buch wurde auf FSC®-zertifiziertem Papier gedruckt.
FSC (Forest Stewardship Council®) ist eine nichtstaatliche, gemeinnützige Organisation, die sich für eine ökologische und sozialverantwortliche Nutzung der Wälder unserer Erde einsetzt.

Bibliografische Information der Deutschen Nationalbibliothek

Die Deutsche Nationalbibliothek verzeichnet diese Publikation in der Deutschen Nationalbibliografie; detaillierte bibliografische Daten sind im Internet über http://dnb.d-nb.de abrufbar.

2. Auflage 2013

Umschlaggestaltung: Andreas Sonnhüter, Düsseldorf,
unter Verwendung der Bilder von © Moppet/istockphoto.com,
RichVintage/istockphoto.com, subjug/istockphoto.com,
ryby/istockphoto.com, TommL/istockphoto.com,
sorendls/istockphoto.com, billnoll/istockphoto.com
Lektorat: Dr. Susanne Roll
DTP: Breklumer Print-Service, Breklum
Verwendete Schriften: Futura Light, Adobe Garamond Pro
Gesamtherstellung: CPI – Ebner & Spiegel, Ulm
Printed in Germany
ISBN 978-3-7615-6092-1

www.neukirchener-verlage.de

Teil 1

Am Anfang war das Wort

Samstag, 12. Juni, frühmorgens

„Komm, Billy, komm weiter!“ Die alte Dame sah zu dem Dackel zurück, der neben dem Häuschen an der Bushaltestelle unter dem Papierkorb schnüffelte. Jetzt drehte er sich so, dass er an dem Pfahl sein Bein heben konnte, hinterließ einen Gruß für spätere Hundenasen und trottete dann weiter, seinem Frauchen hinterher.

Es war so früh am Morgen, dass die Welt noch in einem dämmrigen Grau lag. Die Straßen waren leer, die Menschen des Dorfes schliefen noch, denn es war Wochenende. Nur bei dem Hof, der jetzt links von ihr lag, drang bereits Licht aus dem Vorraum des Stalls. Sie atmete tief ein – noch war die Luft klar und frisch. Bald würde die aufsteigende Sonne die Häuser und Gärten mit strahlender Sommerwärme überziehen. Die meisten Dorfbewohner liebten eher die Wärme, doch ihre liebste Tageszeit war der kühle Morgen mit seinem diffusen Licht und dem lauten Vogelgezwitscher, das sie auf ihrem Spaziergang begleitete.

Billy hatte sie inzwischen überholt und war vorausgelaufen. Seine nächste Station war die Edeka-Ecke, wo tagsüber viele verschiedene Hunde des Ortes an einem Fahrradständer angeleint wurden. Noch war die gelbblaue Leuchtreklame nicht angeschaltet und alles war noch still und dunkel. In etwas mehr als zwei Stunden würde hier reges Treiben herrschen.

‚Gut, dass es diesen Laden von Dieter und Hilde Pohlmann gibt‘, dachte sie. Denn wenn sie Lust auf Gesellschaft hatte, ging sie hierher, meist zusammen mit ihrer Freundin Lieselotte Rustig. Hier traf man sich, hier gab es den neuesten Klatsch aus dem Dorfleben, und ganz nebenbei konnte man hier auch einkaufen.

Jetzt näherte sie sich langsam dem Kirchplatz, der die Mitte des Dorfes bildete. Die dunkle Silhouette der Kirche erhob sich vor ihr. Schwarz und spitz ragte das Dreieck der Turmspitze in den Himmel empor. Sie sah hinauf. Der Mond verblasste schon und das Licht des heraufziehenden Morgens kündigte sich an. Ihr Hund wartete bereits vor der Kirchentür. Er wusste, dass sie hier auf ihrem Morgenspaziergang immer für einen Moment innehielt. So war es auch heute. Sie ließ sich mit einem kleinen Seufzer auf der Bank nieder, die neben dem Eingang zur Kirche stand, sah zum Gemeindehaus hinüber und von dort aus weiter zum Pfarrhaus. Nur dunkle Umrisse, kein Licht. Pastor Braun schlief bestimmt noch und seine Familie ebenfalls.

‚Heute wird er sicherlich an seiner Predigt für morgen arbeiten', dachte sie und schloss die Augen. Sie betete für ihn, für seine Frau, die zwei Kinder und für die ganze Gemeinde. Das tat sie jeden Morgen, jedenfalls solange das Wetter es zuließ. Sie spürte die Schnauze von Billy an ihrem Knie. Er wusste anscheinend genau, wann ihr Gebet zu Ende war, und manchmal, wenn sie seiner Meinung nach zu lange auf der Bank verharrte, mahnte er mit einem Stupser, sie solle endlich zum „Amen" kommen, damit sie weitergehen konnten.

„Ich komm ja schon", sagte sie und stützte sich auf die Armlehne der Bank, um wieder aufzustehen. Manchmal meldete sich ihr alter Rücken, aber sonst war sie noch ganz gut zu Fuß für ihre fast fünfundachtzig Jahre. Gut, ihre Freundin Lieselotte war über zwei Jahre älter und marschierte durchs Dorf, als könnte sie noch locker den gesamten Jakobsweg entlangpilgern. Aber man musste dankbar und zufrieden sein.

Weiter ging es in eine Seitenstraße, immer geradeaus und dann links durch die Siedlung. Die meisten Leute, die hier wohnten, kannte sie nicht, denn sie waren erst in den letzten Jahren hierher gezogen. Doch drüben in dem weißen Haus, das wusste sie, wohnte Frau Anders mit ihrer Tochter. Jeden Sonntag sahen sie sich im Gottesdienst.

‚Eine sehr nette junge Frau', dachte sie, und schüttelte wieder einmal den Kopf bei dem Gedanken, dass der Mann von Frau Anders sie damals verlassen hatte, als die Kleine gerade auf die Welt gekommen war. Das jedenfalls wollte Lieselotte gehört haben, von Frau Pohlmann an der Fleischtheke. Unbegreiflich war das, wie sie fand. Sie machte sich viele Gedanken über die Menschen, die hier wohnten. Warum beispielsweise war der Nachbar von Frau Anders ausgerechnet hierher in ihr Dorf gezogen? Ursprünglich, so erzählte man sich im Dorf, kam Herr Thoma aus Bayern, war alleinstehend und kannte hier niemanden. Aber schnell kannten ihn alle anderen, diesen hünenhaften Kerl mit der befremdlichen Aussprache.

„Tja", sagte sie laut zu sich selbst. Billy schaute kurz zu ihr auf, als könnte er sie verstehen. Was wusste man schon davon, was in Menschen vorging?

Die kurzen Dackelbeine wurden schneller. Billy wusste, dass es nun aus dem Dorf hinaus in die Marsch ging, bevor sie wieder nach Hause kommen würden. Hier gab es am Rande des Feldwegs aufregende Gerüche und manchmal gelang es ihm sogar, einige Fasane aufzuscheuchen.

Sein Frauchen folgte ihm langsamer. An der Ecke zum Feldweg blieb die alte Dame kurz stehen und drehte sich noch einmal um. Der Ort lag friedlich unter einem Himmel, der sich nun rot und golden färbte. Hinter der Spitze des Kirchturms kam schon der Rand der Sonne zum Vorschein. Das Grau der Dämmerung verschwand, die Farben traten immer deutlicher hervor. Ein neuer Tag begann in ihrem Dorf, ein ganz normaler Samstag.

***

Samstag, 12. Juni, morgens

Elegant sah sie aus, schlank und von elfenbeinfarbener Farbe war sie. Zärtlich glitt sein Blick über sie hinweg. Unvorstellbar, welches Schicksal ihr ursprünglich hätte bestimmt sein sollen. Wie kann man so eine Schönheit nur derart mit Schmutz besudeln? Doch nun war sie gerettet. Bei ihm war sie sicher; er würde gut auf sie aufpassen.

Sie war ohne Zweifel eine Lady unter ihresgleichen, schlicht und formvollendet. Einziger Schmuck war das rote Ahornblatt in ihrer Mitte und darunter der Aufdruck „Air Canada". Sanft strichen seine Finger über die glatte, glänzende Beschichtung: Was für eine wundervolle Kotztüte!

Er hatte sie erst heute Morgen geschenkt bekommen. Als er Pohlmanns Edeka gerade mit einer Brötchentüte in der Hand verlassen wollte, schaute der Chef persönlich um die Ecke und winkte ihn nach hinten: „Herr Pastor, hätten Sie einen Augenblick Zeit?"

„Ja, natürlich." Völlig unerwartet bekam er im Mitarbeiterraum, zwischen Stahlschränken, Kaffeemaschine, Lieferscheinen und Dienstplänen Miss Canada in die Hand gedrückt.

„Ich habe gehört, Sie sammeln so etwas", hatte Ladenbesitzer Pohlmann gesagt. „Und weil Sie unsere Tochter getraut haben, und den Enkel getauft, und wir diese Reise machen konnten ... Also, da haben wir Ihnen das mal mitgebracht." Sprachlos hatte Pastor Theo Braun auf das knisternde Geschenk in seiner Hand geschaut.

Dieter Pohlmann war verlegen gewesen. „Ist ja nichts Besonderes. Auch ein bisschen merkwürdig als Geschenk. Ich hab schon zu meiner Frau gesagt: ‚Sollen wir dem Pastor wirklich so etwas mitbringen?' Aber sie meinte, Sie würden sich darüber freuen."

„Das tu ich auch, Herr Pohlmann, ehrlich. Ich bin ganz überrascht und gerührt. Das ist wirklich ein wunderschönes Exemplar, vielen Dank!"

„Sammeln Sie die Dinger wirklich?"

„Ja. Verrückt, nicht wahr?"

„Ein wenig schon."

„Aber glauben Sie mir, es gibt noch andere Menschen, die so etwas sammeln. Hatten Sie denn eine schöne Reise?"

Herr Pohlmann hatte gestrahlt: „Herrlich! Einfach toll. Wir waren vier Wochen lang drüben, erst bei Verwandten und dann unterwegs mit einem Wohnmobil. Dieses Land ist so riesig – beeindruckend! Und dann mit meiner Frau zusammen, nur wir zwei – wann konnten wir jemals verreisen? Wir mussten ja immer für das Geschäft da sein."

„Ihre Kinder haben den Laden in der Zeit aber gut in Schwung gehalten, scheint mir", hatte der Pastor entgegnet.

Herr Pohlmann hatte zustimmend genickt: „Die haben uns ja die Reise geschenkt und alles organisiert. Damit wir auch mal rauskommen... Also, Herr Pastor, ich muss wieder an die Arbeit. Viel Spaß damit" – ein Kopfnicken zur Tüte – „und viele Grüße an Ihre Frau."

Jetzt saß Theo Braun an seinem Schreibtisch und konnte sich von dem Anblick der Tüte gar nicht losreißen. Schließlich gab er sich doch einen Ruck und legte sie beiseite, neben die aufgeschlagene Bibel. Es war Arbeit angesagt. Noch einmal las er den Predigttext für morgen, aus dem Alten Testament:

Jesaja 55, 10 und 11:

Denn gleichwie der Regen und Schnee vom Himmel fällt und nicht wieder dahin zurückkehrt, sondern feuchtet die Erde und macht sie fruchtbar und lässt wachsen, dass sie gibt Samen, zu säen, und Brot, zu essen, so soll das Wort, das aus meinem Munde geht, auch sein: Es wird nicht wieder leer zu mir zurückkommen, sondern wird tun, was mir gefällt, und ihm wird gelingen, wozu ich es sende.

‚Schöne Worte und eine große Verheißung', dachte Theo. Das Wort Gottes kehrt nicht leer zurück, sondern bewirkt etwas – sehr ermutigend für einen Prediger.

Manchmal zweifelte er an seiner Aufgabe und fragte sich, ob es nicht vergeblich sei, was er tat. Sonntag für Sonntag sandte er in dieser alten Dorfkirche das Wort Gottes aus und immer waren es dieselben Leute, denen er sich gegenüber sah. Änderte das etwas in ihrem Leben? Tröstete es, gab es Wegweisung oder Zuversicht? Theo war sich da nicht sicher. Er hatte nicht das Gefühl, dass irgendetwas zurückkam.

‚Ich würde es gern einmal erleben, dass das Wort der Bibel ein Leben verändert', dachte er. Und schon war er mittendrin in seiner Predigtarbeit, der rote Faden war gefunden. Seine Finger klackerten über die Tastatur. Noch ahnte er nicht, dass sein Wunsch bald Wirklichkeit werden sollte – auf ungeahnte Weise.

***

Sonntag, 13. Juni, morgens kurz vor zehn

Günter Neumann stöpselte die schwarzen Knöpfe in die Ohren, dann drückte er auf Play. Eine elektrische Gitarre kreischte auf und fräste sich wie eine Kreissäge durch seinen Kopf. Dann brach die Band los, laut und heavy. Sein Hirn wummerte, sein Kopf nickte im Takt. Günter bereitete sich auf seinen Einsatz vor. Er brauchte diese Auszeit, eine Viertelstunde, bevor der Gottesdienst anfing.

Unten im Kirchenschiff begrüßten sich die ersten Leute und unterhielten sich leise. Günter hörte von dem Gemurmel nichts. Er saß oben auf der Orgelempore im abgeschotteten Raum der harten Klänge. Der treibende Rhythmus schickte Energiestöße durch seinen Körper, als fasste er an einen elektrischen Weidezaun.

‚So muss es sein', dachte er, ‚das ist der ideale Sound!' Gleich würde er ein Orgelpräludium von Bach spielen. Genau *so*!

Er ließ den Blick von oben über die Gemeinde schweifen. Da waren die üblichen Gottesdienstbesucher. Zum Beispiel Frau Rustig. Die war schon siebenundachtzig.

‚So sieht sie gar nicht aus', dachte Günter. Klein und schlank saß sie in ihrer Bank, und es war ihm, als könnte er selbst von hier oben ihre wachen Augen munter blitzen sehen. Jetzt wendete sie sich ihrer linken Nachbarin zu und schien ihr etwas zu erzählen, während diese so aussah, als hätte man sie gerade unsanft geweckt. Natürlich, wo Frau Rustig war, konnte Frau Ehrmann nicht weit sein. Mit ihrem altmodischen Haarknoten sah sie älter aus als ihre Freundin, war jedoch in Wirklichkeit zwei Jahre jünger; sie ging auf ihren fünfundachtzigsten Geburtstag zu. Im Gegensatz zu der kleinen aufgeweckten Dame neben ihr schien Frau Ehrmann wirklich schlecht geschlafen zu haben; sie sah müde aus. Günter ahnte, dass ihr spätestens bei der Predigt die Augen zufallen würden. Regelmäßige Kirchgänger störte das allerdings nicht, denn sie waren es gewohnt. Frau Ehrmann war noch bislang in jedem Gottesdienst eingeschlafen. Nicht einen Sonntag hatte sie gefehlt und nicht einen Sonntag war sie wach geblieben.

‚Wenn sie einmal nicht kommen würde', überlegte er, ‚würden sich wahrscheinlich alle verwirrt fragen, ob man ohne sie überhaupt anfangen könne.' Sie gehörte einfach zum Gottesdienst wie die Kerzen zum Altar. Genauso wie ihr Dackel Billy, mit dem sie immer unterwegs war und der sonntags drüben unter dem Vordach des Gemeindehauses wartete, bis sein Frauchen in der Kirche ihren Schlaf nachgeholt hatte. Zum Glück war Billy ein geduldiges Tier und harrte aus, ohne zu jaulen.

Ein älterer Herr marschierte mit entschlossenem Schritt den Mittelgang entlang.

‚Wie immer tadellos gekleidet, unser Herr Brammer', dachte Günter und betrachtete den Mann im perfekt sitzenden Nadelstreifenanzug. Auch wenn es nicht sein eigener Kleidungsstil war – Günter gehörte eher der Jeans-und-T-Shirt-Fraktion an – so musste er doch neidlos anerkennen, dass sich der Kirchenvorsteher Brammer geschmackvoll zu kleiden wusste, schlicht, aber mit Understatement. Wenn nur nicht seine Krawatten so langweilig wären.

Jetzt hatte Herr Brammer die Bank der Kirchenvorsteher erreicht, stellte sich kerzengerade hin, die Hände in Hüfthöhe verschränkt und senkte ruckartig den Kopf zum Gebet. Zackig wie auf dem Kasernenhof, so kam es Günter vor und er fragte sich, ob Herr Brammer am Jüngsten Tag vor Gott wohl auch die Hacken zusammenschlagen würde.

Dem Rhythmus der E-Gitarre folgend wanderte Günters Blick weiter ins Seitenschiff. Da entdeckte er Oliver Schütz unter der Anschlagtafel mit den Nummern der Lieder. Zusammengesunken saß er in der Bank, als wollte er sich verstecken. Günter kam es so vor, als hätte sich der eh schon unauffällige Mann heute Morgen auch noch extra unauffällig angezogen; sein sandfarbenes Hemd schien fast mit der Wandfarbe des Pfeilers neben ihm zu verschmelzen.

‚Wie alt ist der eigentlich?', fragte sich der Organist. Vielleicht Mitte dreißig? Günter konnte Olivers Alter schwer schätzen. Wie von einem Hochsitz aus beobachtete er von der Orgelempore, wie der Kopf von Oliver Schütz immer wieder hinter dem bereits aufgeschlagenen Gesangbuch verschwand, sodass nur noch die etwas strubbeligen Haare dahinter hervorschauten. Er blätterte in den Seiten herum, als suchte er etwas Bestimmtes. Die Augen hinter seiner Brille waren konzentriert auf die Noten gerichtet, doch immer wieder sah er sich verstohlen um. Günter lächelte.

‚Ich weiß, was du suchst', dachte er, ‚oder genauer gesagt, wen...'

Ein Rumpeln und Krachen ließ ihn hochschrecken. Das drang sogar durch seine Kopfhörer. Auch alle anderen Köpfe fuhren herum zur Eingangstür. Dort bückte sich die Küsterin mit hochrotem Kopf nach den Gesangbüchern, die ihr gerade auf den Boden gefallen waren.

‚Die arme Rita', seufzte Günter innerlich. Er wusste, wie peinlich ihr das sein musste. Und prompt war auch schon Frau Matzke zur Stelle. Wild gestikulierend kam sie aus dem hinteren Teil der Kirche auf die Küsterin zugestürzt und zischte ihr drohend etwas zu. Mitfühlend sah Günter, wie Rita Stark sich an ein Gesangbuch wie an einen Schutzschild klammerte.

Kaum war Frau Matzke mit einem missbilligenden Kopfschütteln wieder abgezogen, verfinsterte sich plötzlich der Eingang. Ein Männerkörper in Cordhosen und einem karierten Holzfällerhemd von der Größe eines Zeltes füllte die offene Kirchentür komplett aus.

‚Sieh an, der Thoma', dachte Günter und sah zu, wie der Hüne auf die Küsterin zuging, die noch ganz durcheinander war. Doch sein offenes Lächeln und die gemütliche Ruhe, die dieser Mann ausstrahlte, schienen Rita Stark zu beruhigen. Mit freundlichem Nicken nahm er ein Gesangbuch entgegen, das in seiner riesigen Hand fast ganz verschwand, ging zu einer der hinteren Reihen und quetschte sich mit einem leisen Stöhnen in die Bank. Günter betrachtete den massigen Mann amüsiert. Vor ungefähr zehn Jahren war Josef Thoma aus Oberbayern hierher in das Dorf ins niedersächsische Flachland gezogen. Den Kulturschock schien er mit gemütlicher Lässigkeit zu ertragen. Immer wieder lieferte Herr Thoma sich mit Pastor Braun heftige Diskussionen, denn er war ein notorischer Skeptiker. Er zog offenbar alles in Zweifel und es schien, als glaubte er an nichts. Dennoch kam er regelmäßig in die Kirche, worüber sich viele wunderten. Meistens traf Herr Thoma zusammen mit Irene Anders und ihrer Tochter Leonie ein; sie waren Nachbarn und hatten denselben Weg zur Kirche. Günter schaute zurück zum Eingang. Wo blieben die Mädels denn heute? Da kam Leonie auch schon durch die Tür gelaufen. An einer Bank weiter vorn blieb sie stehen und drehte sich zu ihrer Mutter um, die sich noch kurz mit Rita Stark unterhielt. Auch Günter musste zugeben, dass Irene Anders zu den schönsten Frauen gehörte, die er kannte, einschließlich ihrer dreizehnjährigen Tochter. Beide waren unbefangen und sich ihrer Schönheit offensichtlich nicht bewusst.

Er sah automatisch zu Oliver Schütz hinüber, der nun stocksteif und angespannt in seiner Ecke saß. Der sah nun betont in eine andere Richtung, als Mutter und Tochter in der Reihe vor ihm Platz nahmen und ihn mit einem freundlichen Nicken grüßten.

Etliche Augenpaare blickten verstohlen zwischen Irene und Oliver hin und her. Günter seufzte. Dass die beiden nicht merkten, was los war! Seit mindestens einem Jahr schwärmte der schüchterne Oliver bereits für Irene Anders. Alle sahen es und alle wussten es, nur eben Irene anscheinend nicht. Oliver war viel zu schüchtern, um etwas zu unternehmen und litt lieber. Günter schüttelte den Kopf. Das konnte man ja bald nicht mehr mit ansehen. Das Wummern in seinen Ohren nahm zu.

Er schaute auf seine Armbanduhr; noch vier Minuten bis zum Auftakt des Orgelvorspiels. Ein letztes Mal ließ er seinen Blick durch die Reihen schweifen. Bei den Konfirmanden unter der Empore war wie immer geschäftige Unruhe. Mittendrin erkannte er Johannes Braun, den Sohn des Pastors, neben seinem besten Freund Max. Normalerweise langweilten sie sich durch den ganzen Gottesdienst und zeigten das auch auf Art von Zwölfjährigen. Aber heute hatten sie in ihrer Ecke die Köpfe zusammengesteckt und beugten sich über irgendetwas, das ihre ganze Aufmerksamkeit in Anspruch nahm.

‚Was immer es auch ist', mutmaßte Günter, ‚eine Bibel bestimmt nicht.'

Mittlerweile waren alle da. Auch heute kamen sie auf den amtlichen Durchschnitt von 65 Gottesdienstbesuchern.

‚Alles wie immer, alles beim Alten', konstatierte Günter und wollte sich gerade die Stecker aus den Ohren herausziehen und sich seinen Noten zuwenden, da schwang die Tür im Seitenschiff noch einmal auf und Marieke kam unter einem wilden Trommelsolo in Günters Ohren hereingeschwebt. An ihrer Hand zog sie einen jungen Mann mit sich.

Günter holte tief Luft und konnte seine Augen nicht von ihm lassen. Auch andere Augenpaare musterten fassungslos das ungleiche Pärchen. Die blonde Sechzehnjährige frisch und fröhlich in Jeans und Blümchenbluse bildete einen auffallenden Kontrast zu ihrem Begleiter. Eingehüllt in ein schwarzes T-Shirt, eine schwarze Lederhose und die langen Haare zum Pferdeschwanz gebunden, passte der Typ genau zu der Heavy-Metal-Musik, die Günter immer noch in den Ohren wummerte. Günter erkannte sich in dem jungen Mann wieder, auch wenn seine Haare nicht mehr so lang und eher schütter waren. Unwillkürlich strich er sich der mit der

Hand über die Stoppelhaare rund um seine Glatze. Auch trug er einen ganzen Klempnerladen an den Ohren! Günter kniff die Augen zusammen und schaute noch einmal genauer hin: Erstaunlich, wie viele Ringe und Stecker an so ein winziges Ohr passten. Fasziniert beobachtete er, wie der junge Mann die alten Damen links von ihm lächelnd grüßte. Sie lächelten schwach zurück und rückten ängstlich von ihm ab, ganz im Gegensatz zu Marieke, die sich von der anderen Seite dicht an ihn schmiegte. Kein Zweifel, das also war der neue Freund der Pastorentochter.

‚Alle Achtung', staunte Günter, ‚nicht übel. Wäre auch mein Geschmack gewesen.'

Sein Blick glitt zur Uhr: Es war Zeit. Er drehte den Lautstärkeregler herunter. Mit der ausblendenden Musik klang auch das Glockengeläut ab. Günter Neumann zog die Register und brachte Hände und Füße in Position. Jetzt kam die Steigerung, die Krönung des Rock, die höchste Dimension, das Beste, das, mit dem sich Heavy-Metal niemals messen konnte – Johann Sebastian!

***

Sonntag, 13. Juni, kurz vor Ende des Gottesdienstes

Er wappnete sich für das letzte Lied, das Gesangbuch aufgeschlagen in der Hand. Gleich war der Gottesdienst vorüber. Von seiner Kirchenvorsteherbank aus sah er, wie Günter Neumann oben an der Orgel die Register zog. Sein Blick schweifte weiter durch das Kirchenschiff: Lauter eingezogene Köpfe.

‚Typisch', dachte er. Niemand traute sich, den Missständen in dieser Gemeinde Einhalt zu gebieten. Aber nicht mit ihm, Eberhard Brammer. Er würde Widerstand leisten, hoch erhobenen Hauptes, der letzte Fels in der Brandung! Seine Finger krampften sich um das Gesangbuch, sein Körper straffte sich. Er nahm Haltung an wie ein Verurteilter, der die tödlichen Kugeln erwartete. Da dröhnte die Orgel los und es kam ihm vor, als wenn eine Salve lauter, schräger Akkorde ihn mitten in die Brust treffen würde. Es war einfach unerträglich. Wie oft schon hatte er Pastor Braun darum gebeten, diese Klänge zu verbieten, erst letzte Woche wieder.

„Der Neumann muss weg“, hatte er dem Pastor gesagt, „der spielt die Orgel wie ein Rowdy. Wie der sich schon auf die Orgelbank setzt, als wenn er auf ein Motorrad steigt! Barbarisch ist das!”

„Aber er spielt doch nicht falsch, oder?“, hatte Pastor Braun wie jedes Mal erwidert. „Er spielt, was im Choralbuch steht, Note für Note.”

„Ja, sicher. Er spielt die richtigen Noten. Aber wie! Meine Güte, Herr Braun, Sie wissen doch, was ich meine.”

„Ja, ich weiß. Er spielt eben leidenschaftlich.”

„Leidenschaftlich? Besessen, wie von der Tarantel gestochen! Wie kriegt er bloß diese infernalischen Töne aus unserer Orgel heraus? Die ist von 1685. Das geht doch nicht!”

„Allerdings, das ist schon ungewöhnlich, aber ...”

„Aber was soll man auch erwarten von einem Organisten, der selbst lauter Schundmusik hört? Da kann ja nichts Rechtes dabei herauskommen!”

„Nana, Herr Brammer“, hatte Pastor Braun ihn zu beschwichtigen versucht, „wir können unserem Organisten doch nicht vorschreiben, welche Musik er privat hört, oder? Außerdem sind das, soviel ich weiß, alles Bands, die christliche Musik machen.”

„Da sieht man mal wieder, wohin wir schon gekommen sind, Herr Pastor! Wenn das christliche Musik ist, dann möchte ich nicht wissen, was man in der Hölle zu hören bekommt. Es geht bergab mit unserer Kirchenmusik, das sag ich Ihnen. Und ich als Vorsitzender des Kirchenvorstands habe die Verpflichtung und den Auftrag, diesen Auswüchsen entgegenzutreten. Ich werde es nicht dulden, dass in unserem Gottesdienst die nötige Würde und der Respekt fehlt!“

Schwer atmend, mit hochrotem Kopf, hatte er den Pastor angefunkelt und die Hände geballt.

„Aber, aber, Herr Brammer, beruhigen Sie sich“, hatte Pastor Braun gesagt, „so weit sind wir doch noch nicht ...”

„Und so weit soll es auch nicht kommen!“, hatte er völlig außer sich gefaucht. „Soll der Neumann doch woanders Krach machen, aber nicht in meiner Kirche! Außerdem ist er ein schlechtes Vorbild für unsere Konfirmanden. Die sitzen auch schon alle mit Stöpseln in den Ohren da.“

Pastor Braun hatte milde gelächelt: „Das würden sie auch ohne unseren Organisten tun, Herr Brammer. Außerdem ist er eine Hilfe für uns. Wir haben die Regel vereinbart, dass zu Beginn des Gottesdienstes die Kopfhörer runtergenommen und die Musik abgeschaltet wird. Wenn Herr Neumann ausmacht, machen die Konfis das auch. Das klappt doch prima!"

„Da sieht man, wie stark bereits sein Einfluss auf unsere Jugend ist! Zu meiner Zeit hat es so etwas nicht gegeben!"

„Zu Ihrer Zeit gab es auch noch nicht diese Musikkultur."

„Kultur nennen Sie das? Die hören doch nur noch Rumtata. Da kennt doch keiner mehr die alten Choräle."

„Doch, Herr Neumann kennt sie. Er hört beides. Auch darin ist er ein Vorbild für unsere Jugend. "

Herr Brammer hatte verächtlich geschnaubt.

„Ein Vorbild für die Jugend – ein schwuler Organist?"

„Vorsicht, Herr Brammer!", hatte der Pastor ihn gewarnt. „Wer ohne Sünde ist, der werfe den ersten Stein!"

„Aber es stimmt doch, oder? Das weiß hier jeder!"

„Und ich hoffe, es weiß auch jeder, dass Herr Neumann ein gläubiger Mensch ist, und dass Jesus am Kreuz für *alle* Sünder starb."

Nun stand er wieder einmal hier in der Kirchenbank, wie jeden Sonntag, und dachte verbittert über diese Gespräche und Missstände in seiner Kirche nach. Braun hielt zu Neumann, da war nichts zu machen. Aber er, Eberhard Brammer, würde nicht aufgeben!

Die Intonation war vorbei, die erste Strophe folgte.

Befiehl du deine Wege und was dein Herze kränkt
der allertreusten Pflege des, der den Himmel lenkt ...

Er erhob sich, nahm den Klingelbeutel und gab ihn durch die Reihen. Münzen fielen auf Münzen: Klick-klick-klack. Der schwarze Samtbeutel mit dem geschnitzten Holzgriff wanderte von Hand zu Hand, vorbei an Oliver Schütz zu Irene Anders, zu ihrer Tochter und wieder zu ihm zurück.

‚Ein wohlerzogenes Mädchen', dachte Herr Brammer, ‚und das, obwohl die Mutter alleinerziehend ist! Diese modernen Frauen schaffen es alle nicht, einen Mann bei sich zu halten.'

Nun nahm ihm Johannes, der Pastorensohn, den Klingelbeutel ab. Auch über dieses Bürschchen gab es so einiges zu sagen! Wo immer Lausebengel etwas ausheckten, war er nicht weit. Wo blieb da die christliche Erziehung im Pfarrhaus? Herr Brammer fasste sich an die Stirn; sein Kopf schmerzte ob all dieser Unzulänglichkeiten.

Jetzt sah er, wie drei Bänke weiter vorn Frau Rustig ihre Nachbarin sanft anstieß. Ruckartig hob Frau Ehrmann den Kopf, blinzelte um sich und kramte dann hastig in ihrer Handtasche nach dem Portmonee. Herr Brammer setzte eine strenge Miene auf. Dass die Ehrmann immer einschlafen musste! Es war stets dasselbe: Kaum hatte der Gottesdienst begonnen, schon war sie weg! Na, wenigstens störte sie nicht durch lautes Schnarchen. Er rieb sich die pochenden Schläfen.

Der Klingelbeutel wanderte weiter in die hinteren Reihen und er folgte. Schließlich reichte ihm eine riesige Hand den Beutel herüber.

‚Der Bayer', dachte Brammer verächtlich, ‚kommt zum Gottesdienst, nur um danach ungläubige Reden zu schwingen. Kann der nicht einfach mal seinen Mund halten und glauben?' Er, Eberhard Brammer, tat das schließlich auch.

Dem Herren musst du trauen, wenn dir's soll wohlergehn;
auf sein Werk musst du schauen, wenn dein Werk soll bestehn …

Klick-klick-klack – im Takt der Orgel lief der Klingelbeutel durch die Bänke. Münzen auf Münzen. Auch typisch für diese Gemeinde. Der Pastor predigt über das Wort Gottes, das sich ausbreiten soll in der Welt und dann gibt man Kleingeld für die Weltmission. Wenn er selbst nicht zu Anfang den Fünfeuroschein hineingesteckt hätte, gäbe es hier keinen, der wirklich Konsequenzen aus der Predigt ziehen würde! Herr Brammer wusste, was die Leute von ihm hielten. Halsstarrig und intolerant sei er. Dabei ging es ihm nur darum, Würde und Tradition zu bewahren! Natürlich musste man in gewissem Sinn tolerant sein; man konnte christliche Werte nicht von Leuten verlangen, die der Kirche gleichgültig gegenüberstanden. Das war Herrn

Brammer klar. Deshalb war ja Weltmission so wichtig. Jeden sollte die christliche Botschaft erreichen, damit aus Heiden wieder anständige Leute wurden. Der junge Mann neben Marieke zum Beispiel schien Vergebung und Mission nötig zu haben. Weiß der Himmel, woher sie den angeschleppt hat! Sein Blick fiel missbilligend auf Mariekes Hand, die auf dem Knie des jungen Mannes lag; und das als Pastorentochter!

‚Wäre ich ihr Vater, würde ich ihr einiges erzählen', dachte Brammer.

Dein ewge Treu und Gnade, o Vater, weiß und sieht,
was gut sei oder schade dem sterblichen Geblüt ...

Der Klingelbeutel wanderte auf Marieke zu und der Lederjackentyp suchte in seinen Taschen.

‚Gib dir keine Mühe', dachte Brammer, ‚vor mir musst du nicht so tun, als gäbe es bei dir irgendetwas zu holen, außer natürlich Bierdosen und weiße Ratten.' Herr Brammer fühlte einen Schauer über seinen Rücken laufen. ‚Nimm doch gleich einen deiner Ohrstecker und wirf ihn hinein', dachte Herr Brammer abfällig.

Jetzt schien der junge Mann doch etwas gefunden zu haben. Marieke reichte ihm den Klingelbeutel. Seine Hand tauchte aus der Innentasche der Jacke auf, zwischen den Fingern einen Zehneuroschein! Lautlos ließ er ihn in die Kollekte gleiten, bevor er den Samtbeutel mit einem Lächeln an Herrn Brammer weiterreichte.

Fassungslos starrte dieser zuerst auf das Piercing in der lächelnden Unterlippe vor ihm und dann auf den Klingelbeutel, bevor seine Augen dem offenen Blick des jungen Mannes begegneten. Abrupt wandte sich Herr Brammer ab und ging nach vorn.

Mach End, o Herr, mach Ende mit aller unsrer Not;
stärk unsre Füß und Hände und lass bis in den Tod ...

Er legte die Kollekte auf den Altar und hielt einen Augenblick inne. Er war wie vor den Kopf geschlagen. In ihm rumorte eine Mischung aus Scham, Verwirrung und Wut. Was bildete sich dieser langhaarige Schnösel eigentlich ein? Wollte er ihn vorführen? Auf dem Weg zurück zu seinem Platz war es ihm dann ganz klar: Das war eine gezielte Provokation gegen ihn, eine Verhöhnung seiner Position als Hüter kirchlicher Ordnung und ein Anschlag auf die Grundfesten seines Wertegebäudes.

... uns allzeit deiner Pflege und Treu empfohlen sein, ...

Keine Frage: Die Kirche ging zugrunde, hier vor Ort. Was sollte als Nächstes noch alles kommen? Würde er gemäß seines Amtes als Kirchenvorstandsvorsitzender die nötige Kraft haben, dem standzuhalten?

... so gehen unsre Wege gewiss zum Himmel ein.

Vor dem Altar breitete Pastor Braun die Arme aus: "Lasst uns beten!"

Herr Brammer erhob sich, knöpfte sein Jackett zu und zog es mit einem Ruck straff, dass es wieder korrekt saß. Dann faltete er die Hände, wie es sich für einen anständigen Christenmenschen gehörte.

***

Sonntag, 13. Juni, direkt nach dem Gottesdienst

„Auf Wiedersehen – auf Wiedersehen – gesegneten Sonntag ..." Pastor Theo Braun stand am Ausgang der Kirche und schüttelte Hände. Rita Stark nahm die Gesangbücher entgegen und räumte sie wieder ins Regal, während die Gottesdienstbesucher den Opferstock mit Geld fütterten, bevor sie sich vom Pastor verabschiedeten. Konfirmanden schlüpften an ihm vorbei; sie hatten es eilig, nach Hause zu kommen. Andere wünschten Pastor Braun einen schönen Tag und Gottes Segen.

„Vielen Dank für die schöne Predigt, Herr Pastor." Frau Rustig lächelte ihn an und drückte seine Hand mehrmals. „Das hat mich wieder richtig aufgebaut. Und dazu die schöne Musik! Ich sag noch zu Magda: ‚Magda, sag ich ... Magda?' Suchend sah sie sich um. „Eben war sie doch noch hinter mir. Wo ist sie denn geblieben?“

„Sie ist noch mal zurück gegangen“, rief die Küsterin herüber, „sie hat ihre Handtasche in der Bank vergessen.“

Frau Rustig schüttelte den Kopf. „Tja, was man nicht im Kopf hat, muss man in den Beinen haben, sag ich immer. Magda kommt sicher gleich nach. Schönen Sonntag allen zusammen!"

Theo Braun sah ihr nach, wie sie mit leicht federndem Schritt zum Friedhof hinüberging. ‚Trotz ihres Alters ist sie noch ganz gut in Form‘, dachte er. Da fiel ein Schatten auf ihn. Mit den Ausmaßen eines Kleiderschranks stand Herr Thoma vor ihm und lächelte auf ihn herab. „Grüaß Gott, Herr Pfarra!“

Eine Hand von der Größe einer Bratpfanne streckte sich ihm entgegen.

„Herr Thoma“, grüßte Theo den Riesen, „einen gesegneten Sonntag wünsch ich Ihnen.“

„Gleichfois, gleichfois! Scheene Predigt übrigens. Von dem Woat, des ned laar zua Gott zuaruggkehrt ... wobei mia beide wissn, dass man as ned so eifach auf de ganze Bibl ibatrogn konn. De Bibl ois Woat Gotts ... da hobn doch Menschn imma wieda voneinanda obgschriebn und hinzugedichtet und so weida."

‚Ich wusste doch, dass da was kommt‘, dachte Theo und schaute ihn bemüht aufmerksam an. „Sie wollen sagen, dass die Bibel nicht das Wort Gottes ist?“

„Richtig! Des hobn si doch Menschn ausgedacht. Außerdem han da jede Menge heidnischa Mythn eigflossn. Ois nur Legendn. De wurdn ibaliofert und imma wieda verändat."

„Wenn Sie das so sagen, hört sich das an, als wäre die Bibel das Ergebnis eines Märchenerzählwettbewerbs im Vorderen Orient. Ich glaube nicht, dass es so war."

Mittlerweile hatten alle Gottesdienstbesucher die Kirche verlassen. Etliche standen noch in Grüppchen auf dem Kirchplatz zusammen und unterhielten sich. Rita Stark löschte die Kerzen und räumte auf.

„Aba de Wissenschoft hod doch festgestäit, dass auf de biblischn Schriftn gar koa Verlass is“, fuhr Herr Thoma fort.

„Nun machen Sie mal halblang, Herr Thoma“, begehrte Theo

Braun auf, „die einzige Quelle der alttestamentlichen Wissenschaft ist über weite Strecken das Alte Testament selbst. Man kann doch nicht den Ast absägen, auf dem man sitzt."

„I glaub jedenfois ned, dass Gott aus desn Texten spricht. De han doch Jahrtausende oit."

„Na und? Gott ist ja älter und tausend Jahre sind vor ihm wie ein Tag. Meinen Sie nicht, dass Gott, wenn er allmächtig ist, auch durch menschliche Schriften sprechen kann?"

„Ja, *wenn* er oimächtig ist."

„Sie meinen wohl, wenn es ihn überhaupt gibt?"

„Genau, as is da springende Punkt! Wa sogt mir denn, dass es Gott ibahaupt gibt?" Herr Thoma ließ nicht locker.

„Die Bibel." „Aba de konn man doch gar ned ernst nehma."

„Das sagen *Sie*. Ich nehm sie schon ernst" sagte Theo mit Inbrunst, „übrigens befinden Sie sich gerade in einem Zirkelschluss."

Herr Thoma schnaufte unwillig. „I hob den Eidruck, mia drehn uns im Kreis."

Theo Braun lächelte. „Sag ich doch. Aber Sie meinen, Glauben muss durch Ihren Kopf, und nur, was Ihr Gehirn als wahr zulässt, kann dann auch wahr sein, stimmt's?"

Herr Thoma wiegte nachdenklich den Kopf. „Des hört sich vermessn an, i woiss. Aba i kann jetzt moi ned anders. Nietzsche hod ja moi gsogt ..."

„Der arme Pastor Braun!", empörte sich Frau Matzke, die mit anderen Kirchgängern noch auf dem Kirchplatz zusammen stand. Sie sah mitleidig zu dem ungleichen Paar vor der Kirchentür hinüber, das gestenreich diskutierte.

„Jedes Mal ist es dasselbe! Immer muss dieser King Kong ihn nach dem Gottesdienst mit seinen Fragen bedrängen", schimpfte sie, „unmöglich finde ich das!" Sie schaute Beifall heischend in die Runde.

„Ich frage mich, warum er überhaupt kommt", meinte Frau Pohlmann und suchte in ihrer Handtasche herum, „er glaubt doch an nichts."

„Woher wissen Sie das so genau?", fragte Irene Anders. „Außerdem kann er trotzdem kommen. Das hat Jesus doch selbst gesagt, oder? Kommt zu mir, die ihr mühselig und beladen seid ..."

„Der ist nicht mühselig und beladen, der ist nervtötend!" Frau Matzke schoss ein paar giftige Blicke in Richtung Kirchentür. „Klar kann er kommen, aber dann soll er gefälligst glauben, was der Pastor sagt und ihn mit seiner ständigen Fragerei in Ruhe lassen! Der Mann muss sich doch auch mal erholen! Wenn jeder so auf ihn einstürmen würde ..."

„Vielleicht fände er das ja gar nicht so schlecht", erwiderte Frau Pohlmann und fischte eine Packung Papiertaschentücher aus ihrer Handtasche.

„Heuschnupfen?" Irene Anders hielt die Tasche, während Frau Pohlmann geräuschvoll nieste.

„Gesundheit!", kam es von Frau Matzke.

„Danke", schniefte Frau Pohlmann, wobei es unklar war, welche der beiden Frauen sie meinte, „kaum wird das Wetter schön, kommt die Pollenallergie. Furchtbar!"

„Ich denke, ein Pastor ist auch für solche Gespräche da, oder?", griff Irene Anders das Thema wieder auf.

„Ja, aber doch nur, wenn jemand in seelischer Not ist!", beharrte Frau Matzke. „Und nicht, wenn man so ein ausgemachter, streitsüchtiger Querkopp ist! Wäre der bloß in Bayern geblieben!" Frau Matzke schaute zunehmend ärgerlicher zu den beiden Männern hinüber.

„Was bis du heute wieder biestig, Frieda!", bemerkte Frau Pohlmann zwischen Schnäuzen und Niesen. „Ich glaube, damit wird Pastor Braun schon fertig. Doch Ruhe, das stimmt, braucht ein Pastor auch einmal!"

„Sag ich ja, Hilde! Ist doch mein Reden die ganze Zeit!", gab Frieda Matzke schnippisch zurück. Wieder blitzten ihre Augen zur Kirchentür. Dort gaben die Männer sich gerade die Hand und trennten sich.

„Na endlich", stieß Frau Matzke hervor, und im nächsten Moment sah man sie stark gestikulierend auf Theo Braun zueilen: „Pastor Braun, einen Moment bitte! Eine Frage wegen der Tischdecken im Gemeindehaus ..."

„Da arme Pfarra!" Mit einem mitleidigen Kopfnicken in Richtung Kirchentür gesellte sich Josef Thoma zu Oliver Schütz, der unschlüssig in der Gegend herumstand. „De guade Frau Matzke bestürmt ihn moi wieda mit ihrn wichtigen Oliogn. Doa möcht i ned in de Hände foin."

Oliver Schütz lächelte schwach: „Nein, sicher nicht." Sein träumerischer Blick wanderte von Irene Anders zur schnatternden Frieda Matzke und wieder zurück zu Irene Anders.

Josef Thoma folgte seinem Blick.

„Hübsch, de Frau Anders", sagte er.

Oliver fühlte sich ertappt. Er seufzte: „Ja ..."

Beide beobachteten, wie Leonie zu ihrer Mutter lief.

„Ihre Tochta is a feins Madl", sagte Josef Thoma, „und wia beide mitaand umgehn ... ei scheenes Bild ... dobei hot sie es gar ned leicht ois oieinerziehende Muada."

„Kennen Sie sie näher?", fragte Oliver hoffnungsvoll.

„Na ja, schließlich wohn i im Haus gegeniba."

„Und ... Sie haben ... mit ihr ... ich meine ...", stammelte Herr Schütz unsicher.

„Na, nur gelegentli. Man sieht si hoit, ned wahr? Mia laufa uns ebn iba den Weg; bleibt ja gar ned aus. Und ois Nachbarn hilft man si natürli. Grad voagestern rief sie bei mir on: Ihr Computa sei kaputt. Sie käme ned mehr ins Internet, könne koa e-mails empfangn ... da bin i umme und hob versucht, de Kiste wieda richtig in Gang zuaa kriegn. Hod aba ned geklappt."

Josef Thoma schüttelte bedauernd den Kopf. „I glaub, da muass mol a Spezialist ran."

Oliver Schütz betrachtete wieder einmal seine Schuhe. Dann schweiften die Blicke der beiden Männer erneut zu Mutter und Tochter hinüber.

„I hob gehört, Sie verstehn wos davon", meinte Herr Thoma mit einem Augenzwinkern. „Wer, ich?", stammelte Oliver erschrocken. „Was ... meinen Sie? Wovon verstehe ich was?"

„Von Computan, Internet und so. I bin do koa grouse Leichte."

„Ja, also, ähm", stotterte Oliver weiter, „ich mach das beruflich, ja ... ich bin Informatiker."

Herr Thoma lächelte breit: „Des is ja wundabar. Des wäre fia Sie ja a Klacks! Komma Sie, gehn mia glei hiniba und sprechn sie on."

Oliver wurde bleich und machte eine abwehrende Handbewegung: „Nein nein, nicht jetzt ... ich ruf sie lieber an ... sie ist ja grad im Gespräch, da will ich nicht stören."

Josef Thoma zuckte die Achseln.

„Wia Sie woin. Aba tun Sie es boid. I sog, dass Sie si bei ihr meldn, wenn i sie moogn seh. Servus!" Und schon war er weg.

Oliver Schütz wandte sich um und sah, wie Irene Anders sich von Frau Pohlmann verabschiedete und gemeinsam mit ihrer Tochter zu den Fahrradständern ging. Ihr Haar leuchtete in der Sonne und eine schmerzhafte Mischung aus Freude und Furcht machte sich in Oliver breit.

Zur gleichen Zeit verließ Günter Neumann die Kirche durch den Seitenausgang unter der Orgelempore, setzte seine Baseballkappe auf und schlenderte um die Ecke. Theo Braun stand noch immer in der Kirchentür. Er nickte fortwährend mit dem Kopf und holte Atem, als wollte er etwas sagen, doch Frau Matzke ließ ihn nicht zu Wort kommen.

‚Muss die nicht auch mal Luft holen?', wunderte sich Günter und ging auf die Pastorenfrau Maren Braun zu, die zusammen mit ihrer Tochter und deren Freund unter einer großen Linde stand.

„Hallo, Günter", rief sie ihm schon freundlich entgegen, als er sich ihrem schattigen Plätzchen näherte.

„Hallo, Maren, hallo, Marieke", sagte er und blieb mit den Augen an dem jungen Mann an ihrer Seite hängen.

„Das ist Lukas!", stellte Marieke ihn vor und hängte sich an seinen Arm.

„Lucky, für Freunde", ergänzte er.

„Lukas, äh ... Lucky ... angenehm", erwiderte Günter, „Ich bin Günter. Günni, für Freunde." Günter Neumann tippte an den Schirm seiner Mütze.

„Starkes Orgelspiel", sagte Lucky und nickte anerkennend, „so habe ich Bach noch nie gehört."

„Wieso?", grinste Günter. „Alles genau vom Blatt gespielt, so, wie der Meister es notiert hat."

Lucky grinste zurück: „Dennoch! Stark, als wenn *Sword of the Lord* den Stecker einstöpselt."

„Sword ... wer?"

„Eine christliche Hard'n Heavy-Band", erklärte Lucky, „Sword of the Lord."

„Ist mir noch nicht begegnet."

„Ich hab eine CD im Auto. Kann ich dir leihen, wenn du willst."

„Gern, vielen Dank", meinte Günter, dem der junge Mann immer sympathischer wurde.

„Pustet einem die Ohren ähnlich durch wie du die Orgel", lachte Lucky.

Günter zuckte entschuldigend mit den Schultern. „Das liegt am Instrument. Die Orgel hat nun mal einen rockigen Sound, da kann man nichts machen. Orchestral und laut. Über hundert Dezibel, wenn man die richtigen Register zieht. Der Schalldruck einer Harley Davidson."

Marieke warf ihrer Mutter einen vielsagenden Blick zu: „Männer! Die reden über Musik wie über Autos oder Motorräder."

„Gewöhn dich schon mal dran, Schatz", antwortete Maren Braun lächelnd.

„Was denn?" Lucky blickte entschuldigend in die Runde. „Das hörte sich doch wirklich so an, als wäre der gute alte Johann Sebastian mit einer Harley durch Leipzig geknattert."

Günter stand ihm bei: „Ich bin sicher, das wäre er auch, hätte es die damals schon gegeben."

„Was haben die da drüben schon wieder zu tuscheln?", fragte Marieke und deutete auf ihren Bruder.

„Ach lass sie doch", erwiderte ihre Mutter, das sind eben auch Jungs!"

„Treffen wir uns heute Nachmittag?", fragte Johannes Braun seinen Freund, der mit ihm im Schatten der Kirchenmauer stand.

Max nickte. „Klar! Die Mappe muss doch fertig werden. Um drei bei mir?"

„Gut. Ich bring meine neuen Entwürfe mit", versicherte Johannes.

„Super", freute sich Max, „dann zeig ich dir ..."

Die Seitentür der Kirche direkt neben ihnen schwang auf.

„ ... meinen Pantokrat ...!"

„Pst!" fiel ihm Johannes ins Wort. Sofort waren beide still.

Herr Brammer kam heraus, die Geldtasche mit der Kollekte fest unter dem Arm.

„Wiedersehen, Herr Brammer", grüßten die Jungen im Chor.

Herr Brammer antwortete mit einem kühlen „Guten Tag", schloss die Außentür zur Sakristei hinter sich ab und überquerte den Vorplatz.

Was hatte Max gesagt? Pantokrator? Herr Brammer schüttelte den Kopf. Das war doch bestimmt wieder eines dieser gewaltverherrlichenden Computerspiele. Typisch für die Jugend von heute!

‚Nicht gerade vorbildlich, diese Pastorenfamilie', dachte er abschätzig und betrachtete aus den Augenwinkeln den langhaarigen Schnösel neben Marieke, mit seinen metallverseuchten Ohrläppchen. Und da stand ja auch dieser unfähige Organist.

‚Da haben sich ja die richtigen gefunden', dachte Herr Brammer, ‚subversive Elemente unter sich!' Sein Gang wurde energischer. In preußischer Haltung schritt er auf das Gemeindehaus zu, in dem sich das Pfarrbüro befand. Dort löste gerade Frau Ehrmann die Hundeleine vom Geländer, während ihr Dackel freudig an ihr hochsprang.

„Ist ja gut, Billy, ist ja gut", beruhigte die alte Dame den Vierbeiner. „Komm, jetzt geht es nach Hause. Auf Wiedersehen, Herr Brammer!"

„Auf Wiedersehen, Frau Ehrmann", antwortete Herr Brammer geistesabwesend, während er an den armen Pastor Braun denken musste. Herr Brammer warf einen letzten Blick zur Kirche, dann wandte er sich entschlossen ab und betrat das Pfarrbüro. Dieses Geschnatter von Frau Matzke war ja nicht auszuhalten.

„Gesundheit", sagte Lucky.

„Danke!" Pastor Braun schnäuzte in sein Taschentuch. Wenn er in die Sonne blickte, musste er häufig niesen.

„Heuschnupfen?" fragte Günter.

„Nein, Tischdeckenallergie."

Der Organist sah ihn überrascht an. „Wie bitte?"

Theo schniefte noch mal, dann verschwand das weiße Taschentuch im schwarzen Talar. „Frau Matzke hatte mich in den Klauen. Es ging um die neuen Tischdecken für das Gemeindehaus."

„Und jetzt gibt es tausend Probleme damit, stimmt's?" vermutete seine Frau.

„Aber sicher", erwiderte Theo resigniert, „Maße, Farbe, Material, Preis ... ich träum heute Nacht davon, schätze ich."

Der Pastor senkte seine Stimme: „Mir werden garantiert Gespenster wie aus Dickens Roman erscheinen, gehüllt in Tischdecken verschiedener Modelle! Sie rufen mir mit der Stimme von Frau Matzke zu ..."

„Nun beruhig dich mal wieder, Schatz!", lachte Maren.

„Du hast Recht", gab Theo zu, „so soll man nicht über andere reden." Er breitete hilflos die Arme aus. „Kaum bin ich aus der Kirche raus, hab ich schon wieder gesündigt."

„Welche Sünde war das jetzt", fragte Lucky interessiert, „dass Sie gegen Ihren Nächsten falsch Zeugnis reden?"

„Nein, das Zeugnis kommt so ungefähr hin", meinte Theo, „aber es zu sagen war unbarmherzig."

„Also am Ende doch falsch", sagte Günter.

„Aber wenn's doch wahr ist", wandte Marieke ein.

„Dann kann es trotzdem falsch sein, es zu sagen." Theos Zeigefinger fuhr in die Höhe. „Bonhoeffer hat sich mit diesem Dilemma beschäftigt. In seiner Ethik gibt es ein Kapitel ..."

„Ihr wollt doch wohl hier jetzt nicht ein theologisches Seminar abhalten!", protestierte Maren. „Außerdem gibt es gerade dringendere Fragen, bei denen auch Bonhoeffer nicht weiterhilft."

„Und welche bitteschön?", fragte Günter.

In Marens Augen blitzte der Schalk: „Maße? Farbe? Material und Preis?"

Während draußen über Tischdecken und Bonhoeffer diskutiert wurde, hatte Herr Brammer drinnen im Pfarrbüro Wichtigeres zu tun. Ein Haufen Kleingeld und einige Scheine kamen zum Vorschein. Herr Brammer schüttete alles auf einen Haufen und begann, die Kollekte zu ordnen. Bevor er die Münzen auf dem Zählbrett stapelte, das die Gemeinde von der Sparkasse im Dorf geschenkt bekommen hatte, fischte er die Scheine unter den Münzen hervor. Da war er ja, der Zehner von vorhin! Wieder stieg ihm die Zornesröte ins Gesicht. Mit spitzen Fingern legte er den

Schein zur Seite. Dann kam sein Fünfer – zack, obendrauf! Jetzt ging es ihm schon besser. Huch, da war ja noch ein Schein ... nein, nur ein Zettel, zweimal gefaltet.

‚Was die Leute so alles in die Kollekte werfen, man glaubt es nicht', dachte er und faltete den Zettel auseinander. Seine Augen wanderten über die Zeilen und weiteten sich immer mehr. Er schnaufte, sprang auf, ließ das Geld Geld sein, stürzte zur Tür hinaus und rannte mit dem Zettel in der geballten Faust hinüber zum Pfarrhaus.

„Herr Brammer, was ist denn los? Sie sind ja ganz aufgeregt!", sagte Pastor Braun, der eben gerade im Pfarrhaus seinen Talar auf einen Bügel hängen wollte. Erstaunt sah Theo auf den schwer atmenden Kirchenvorsteher, der vor seiner Tür stand.

„Kommen Sie herein, gleich links in mein Arbeitszimmer ..."

Herr Brammer betrat völlig außer sich das Arbeitszimmer und ließ sich in einen der Sessel fallen, die um einen kleinen Tisch gruppiert standen. Langsam kam er wieder zu Atem.

„Herr Pastor, das ist unerhört", begann er, „diese Konfirmanden werden immer frecher. Ich bin ja bereit, einiges hinzunehmen, aber das ist doch wohl die Höhe!"

„Jetzt beruhigen Sie sich doch", sagte Pastor Braun beschwichtigend, „was genau ist passiert und was ist das für ein Zettel?"

„Provoziert haben die mich", schimpfte Herr Brammer, „und als Pharisäer bezeichnet! Hier, sehen Sie sich das an! Das hier habe ich gerade eben in der Kollekte gefunden!" Dabei wedelte er mit dem Zettel in der Luft herum.

Theo Braun nahm das mittlerweile ziemlich zerknitterte Papier entgegen.

„AN EBERHARD BRAMMER" stand da in sauberen Blockbuchstaben geschrieben. Es sah aus wie eine Seite, die aus einem Notizbuch herausgerissen worden war. Theo Braun entfaltete den Zettel und las:

Und Jesus sprach zu den Pharisäern: Ihr seid's, die ihr euch selbst rechtfertigt vor den Menschen; aber Gott kennt eure Herzen; denn was hoch ist unter den Menschen, das ist ein Greuel vor Gott. (Lukas 16,15)

„Da hat sich doch jemand einen Scherz erlaubt“, sagte Theo und blickte auf.

„Ich finde das überhaupt nicht komisch“, ereiferte sich Herr Brammer, „als ob ich ein Pharisäer wäre. Unerhört! Diesen Bengels gehören die Ohren lang gezogen!”

„Aber Herr Brammer, wir wissen doch gar nicht, wer das geschrieben hat. Ich glaube kaum, dass Konfirmanden dahinterstecken”, gab Theo zu bedenken.

„Warum denn nicht? Diese Unverfrorenheit würde gut zu ihnen passen!”

„Mag sein“, erwiderte Theo, „aber nicht ihre mangelnde Bibelkenntnis. Unter unseren Konfirmanden wäre niemand in der Lage, so einen Bibelvers zu zitieren.”

„Da sieht man mal, wie wenig im Unterricht noch gelernt wird!“, konterte Herr Brammer. „Seit Jahren sag ich das schon: Auswendiglernen, Auswendiglernen! Was mussten wir früher pauken! Das hat uns damals auch nichts geschadet!”

Theo überhörte den Vorwurf.

„Sehen Sie, Herr Brammer, weil die Konfirmanden so wenige Bibelverse kennen, und diesen hier schon gar nicht, denke ich, dass jemand anderes diesen Zettel geschrieben haben muss.”

Herr Brammer sah den Pastor entgeistert an.

„Aber wer tut denn so etwas? Wer will mich derart beleidigen?”

Theo versuchte, ihn zu beruhigen.

„Nehmen Sie das doch einfach mit Humor”, schlug er vor.

„Wie bitte? Haben Sie den Vers denn nicht gelesen?“, ereiferte sich Herr Brammer. “Da steht, dass ich ein Pharisäer sei, der sich selbst vor anderen rechtfertigt, was vor Gott ein Gräuel ist ...”

„Nein, das steht da nicht“, erwiderte Pastor Braun, „da steht nur, dass Jesus das damals den Pharisäern vorgeworfen hat. Sie haben das dann gleich auf sich selbst bezogen.”

„Nun ja“, stotterte Herr Brammer.

„Sie fühlen sich getroffen”, stellte Theo fest.

„Tief getroffen, ja!”, meinte Herr Brammer.

„Vielleicht fühlen Sie sich deshalb getroffen, weil dieser Bibelvers für Sie – mmmh, nun ja, auch irgendwie treffend ist?”

Herr Brammer sah ihn bestürzt an. Einen Augenblick verharrten beide in lähmender Stille. Dann erhob sich Herr Brammer. Er versuchte ruckartig eine würdevolle Haltung anzunehmen, was ihm nicht ganz gelingen wollte.

„Herr Pastor", sagte er mit leiser Stimme, „ich hätte niemals von Ihnen gedacht, dass Sie so etwas zu mir sagen!"

Wortlos drehte er sich um und ging hinaus. Theo hörte, wie die Haustür ins Schloss fiel.

***

Sonntag, 13. Juni, 15 Uhr

Klar und entschlossen blickten seine Augen dem Betrachter entgegen. Der goldene Hintergrund umhüllte seine Erscheinung mit einem strahlenden Glanz. In majestätischer Haltung saß er auf dem Thron, in der einen Hand die Heilige Schrift, die andere Hand zu einer segnenden Geste erhoben, zwei Finger wie zum Siegeszeichen ausgestreckt. Wallende Gewänder in Purpur und Blau lenkten den Blick auf die Weltkugel zu seinen Füßen, die in Hellbraun und Grün gehalten war. Mit leichtem Kontrast zeichnete sich in den Konturen des Erdballs ein @ ab.

Max und Johannes standen einige Zeit schweigend nebeneinander, den Blick auf die Holztafel gerichtet.

„Der Pantokrator!", sagte Johannes in ehrfürchtigem Ton, „Jesus als alleiniger Herrscher über die Welt!"

„Wie findest du ihn?", fragte Max nervös.

„Einfach spitze!" Johannes ging etwas näher heran und betrachtete das kleine Gemälde aus der Nähe. „Wie hast du nur diesen Blick hingekriegt? Der geht einem ja durch und durch!"

Max zuckte mit den Schultern. „Ist mir einfach so gelungen. Zufall."

„Gnade heißt das bei uns, Bruder", wies ihn Johannes zurecht.

„Mein ich doch." Max grinste. „Wie auch immer. Für's erste Mal nicht schlecht, oder?" Er war ziemlich stolz.

„Erste Sahne", gab Johannes zu, „ich hätte mir nicht träumen lassen, dass der so gut aussieht. Max, du bist ein Genie!"

„Aber nur mit dir zusammen. Schließlich ist der Entwurf von dir. Die Idee mit dem @ war Klasse!"

„Ich dachte mir, wenn Jesus der Herrscher über die ganze Welt sein soll, die sichtbare und die unsichtbare, gibt es kein besseres Symbol als das."

„Stimmt. Hast du die Kamera dabei?"

Johannes nickte, griff in seinen kleinen Rucksack, der in der Ecke lag, und holte eine Digitalkamera heraus. Max rückte das Bild in die richtige Position, sodass es gut ausgeleuchtet war.

Johannes drückte mehrmals auf den Auslöser. Dann ließ er den Apparat sinken.

„Und jetzt?"

„Jetzt laden wir die Bilder auf den PC", sagte Max und schaltete seinen Computer ein, „ab damit ins World-Wide-Web!"

***

Teil 2

Die Dinge nehmen ihren Lauf

Dienstag, 15. Juni, früher Abend

Oliver Schütz lag lang ausgestreckt auf dem Sofa, einen Arm über seinen Augen. Neben ihm auf dem Tisch stand ein halbvolles Whiskyglas. Normalerweise trank er selten Alkohol, aber dies war jetzt schon das dritte Glas. Er setzte sich kurz auf und nahm noch einen Schluck; der schottische Schnaps schickte heiße Wellen durch seinen Körper. Sein Blick fiel auf seine nasse Hose, die über der Heizung hing und ihm standen die Bilder wieder vor Augen. Stöhnend sank er zurück in die Waagerechte. Was würde er dafür geben, um diesen Nachmittag ungeschehen machen zu können!

Hatte er nicht schon vorher geahnt, dass es schiefgehen würde? Er war eben nicht so wie diese Typen in den amerikanischen Filmen, denen schöne Frauen ihre Telefonnummern mit Lippenstift auf Servietten schrieben und die dann souverän und lässig anriefen, um sie zum Essen einzuladen. Niemals hätte er es von sich aus gewagt, zum Telefon zu greifen und Irene Anders anzurufen. Aber er musste es tun, er hatte es diesem bayrischen Gemütsmenschen ja zugesagt und dieser hatte seinen Anruf dann angekündigt. Da konnte er nicht mehr zurück!

Eine ganze Stunde lang war er vor dem Telefon auf und ab gelaufen, hatte sich gequält, den Hörer mehrmals in die Hand genommen, nur um dann wieder einen Rückzieher zu machen. Was sollte er bloß sagen?

Schließlich hatte er es doch gewagt. Als er ihren Namen am anderen Ende hörte, hätte er fast wieder aufgelegt. Er hatte sie sich vorgestellt, wie sie ihren Kopf leicht zum Hörer neigte und sich mit der freien Hand eine Haarsträhne aus dem Gesicht strich. Dieses Bild hatte ihn gelähmt. Er hatte kaum ein Wort herausbringen können; seiner Erinnerung nach war nur ein heiseres Krächzen aus seiner Kehle entwichen. Doch es muss verständlich gewesen sein, denn sie hatte sofort gewusst, wer er war. Sie hatte sich ganz normal angehört.

„Ach hallo, Herr Schütz“, hatte sie gesagt, „Herr Thoma hat mir schon angekündigt, dass Sie anrufen würden. Er ist ja mein Nachbar. Das ist aber nett von Ihnen, dass Sie sich so schnell melden. Ja, mit meinem Computer stimmt etwas nicht, ich komme nicht mehr ins Internet. Ich verstehe nichts von diesen Dingen und ich fürchte, Herr Thoma ist da auch nicht viel klüger als ich. Er meinte, da müsste ein richtiger Computerexperte ran. Es wäre wirklich eine große Hilfe, wenn Sie sich das einmal ansehen könnten."

Er hatte nur noch „Ja“ und „Ist gut“ zu sagen brauchen, als sie ihm den Dienstagabend nach der Arbeit vorgeschlagen hatte.

Seit über einem Jahr hatte er sich ausgemalt, wie es wohl wäre, sie zu besuchen. Und auf einmal sollte es so weit sein. Und dann das! Stöhnend schloss Oliver die Augen. Er wollte nicht länger seine nasse Hose anstarren müssen. Sofort fühlte er sich zwei Stunden zurückversetzt und im Geiste sah er sich abermals vor Irenes Tür stehen:

Das Herz schlug ihm bis zum Hals. Er betrachtete den Klingelknopf. Zuerst hatte er noch überlegt, einen Blumenstrauß zu kaufen. Das hatte er jedoch gleich wieder verworfen. Er würde ja nicht zum Kaffeetrinken, sondern sozusagen als Handwerker kommen. Der Klempner steht auch nicht mit Rosen vor der Tür! Nein, das passte nicht; da würde sie stutzig werden. Also einfach nur die Tasche, normale Kleidung, und dann ganz souverän und locker auf die Klingel gedrückt ...

Das mit der Tasche und der Kleidung war einfach gewesen. Doch der dritte Punkt fiel ihm ungeheuer schwer. Wie schon zuvor beim Telefon stand er minutenlang unschlüssig vor der Haustür und starrte auf das Klingelschild. *Irene und Leonie Anders* stand dort in geschwungener Schrift. Es sah einladend aus. Dann hörte er von innen Schritte, und Panik stieg in ihm hoch. Hastig drückte er auf den Knopf, damit es nicht so aussah, als würde er sich nicht trauen. Ein Dreiklang ertönte und gleichzeitig wurde die Tür geöffnet.

Leonie strahlte ihn an.

„Da sind Sie ja. Ich hab Sie schon vor zehn Minuten durchs Fenster gesehen. Warum haben Sie denn noch so lange draußen gestanden?“, wollte sie wissen.

„Hab ich das?“ Oliver Schütz fühlte sich ertappt.

Ohne ein weiteres Wort betrat Oliver den Flur. Die Wohnung wirkte hell und freundlich.

„So, hier ist es.“ Leonie öffnete eine Zimmertür zu einem gemütlichen Arbeitszimmer, trat ein und deutete auf den Schreibtisch. Ein Bildschirm stand darauf, daneben ein Drucker. Unter dem Tisch entdeckte Oliver den Rechner; alle Geräte schienen schon etwas älter zu sein.

„Mom hat gesagt, Sie können schon mal anfangen. Sie kommt gleich." Damit drehte sie sich um und verließ den Raum.

Olivers Gedanken überschlugen sich. Was sollte er jetzt machen? Er war in ihrer Wohnung! Gleich würde sie hereinkommen – sie! Hier herein zu ihm! Und er müsste dann mit ihr reden!

Seine Ampel sprang auf Rot und seine innere Stimme hatte ihm zugeraunt: ‚Nichts wie weg hier!' Doch da war auch eine andere, zaghaftere Stimme, die ihm riet: ‚Bleib, wo du bist! Das ist die Gelegenheit, auf die du immer gewartet hast! Andere Männer wären froh, so eine Chance zu bekommen ...'

„Pah, andere Männer vielleicht", sagte er aus Versehen laut zu sich selbst, „aber ich bin eben anders!"

„Ja?" Eine helle Stimme ließ sein Herz für einen Moment still stehen. Erschrocken fuhr er herum und sah Irene im Türrahmen lehnen. Sie trug ein weißes, bequemes T-Shirt und Jeans. Ihre dunklen Augen schauten ihn offen an und trafen ihn mitten ins Herz.

„Sie haben mich gerufen und irgendetwas über andere Männer gesagt?"

Panik stieg in Oliver hoch.

„Ich ähm, nein ...", stammelte er nervös, „ich habe damit nicht Sie und andere Männer gemeint, ich meine ... oh nein, Sie denken doch nicht, dass ich ... ich habe nichts über Sie und andere ... also wirklich, das würde ich niemals ..."

Sie lächelte und zog eine Augenbraue hoch.

Er fühlte Schweiß auf seiner Stirn, kalten Schweiß. Mit einer fahrigen Bewegung fuhr er sich durchs Haar.

„Ich habe ... ja, genau, über den ... Computer ..." Etwas linkisch deutete er auf das Gerät und suchte fieberhaft nach Worten. „Ich habe so zu mir gesagt, dass andere Männer ... ähm, dass andere Männer bestimmt gern so ein Gerät hätten wie Sie ..."

Irene Anders schaute ihn verblüfft an.

„Aber der Computer ist schon zehn Jahre alt. Man hat mir gesagt, er wäre völlig veraltet."

„Ja, also ja, das stimmt", antwortete Oliver schnell, „aber ... äh ... das ist es ja gerade. Es gibt Sammler, wissen Sie ... dieses gute alte Betriebssystem, das war noch was ... zuverlässig, ein treuer Freund ... so in der Art ..."

Was redete er hier eigentlich für einen Unsinn zusammen? Sein Puls raste und war wahrscheinlich schon auf hundertachtzig. Vermutlich hatte er sogar wieder diese hässlichen roten Flecken im Gesicht.

„Also ich ... schau ihn mir jetzt mal an ...", brachte er mühsam hervor und bewegte sich langsam auf den Computer zu, dessen Anblick ihm wie eine Insel der Sicherheit vorkam.

Irene Anders schenkte ihm ein Lächeln. Es sollte sicherlich aufmunternd wirken, doch ihm gab es völlig den Rest.

„Dann lass ich Sie mal allein", sagte sie, „möchten Sie vielleicht einen Kaffee?"

„Oh, ja, gern", quetschte er noch durch die Zähne, bevor sie den Raum verließ und er keuchend auf den Schreibtischstuhl sank.

‚Jetzt reiß dich mal ein bisschen zusammen!', meldete sich die wohlbekannte innere Stimme wieder. ‚Wie kann man die erste Begegnung nur so vergeigen? Du bist eine Null, was Frauen angeht, ein Versager ...'

„Ach, halt den Mund", brachte Oliver sein Inneres zum Schweigen, schaltete den Computer an und wartete, bis der Bildschirm erwachte.

Es dauerte überdurchschnittlich lange, bis der Rechner endlich hochgefahren war. Das Gerät bemühte sich redlich, Olivers Eingabe zu verdauen; es war wirklich ein altes und langsames Ding. Oliver starrte minutenlang auf die Bildschirmsanduhr, die anzeigte, dass sich der Rechner am Rande der Überforderung befand. Oliver wurde noch nervöser. Er wollte diese Sache so schnell wie möglich beenden, den Fehler finden, reparieren und dann nichts wie raus hier!

Zum Glück war er jetzt eine Weile allein. Er konnte sich etwas beruhigen und Ordnung in seine Gedanken und Gefühle bringen. Der Blick auf den Bildschirm erinnerte ihn an seine Kompetenz und das gab ihm für einen Augenblick seine Sicherheit zurück. Warum musste er sich auch ständig zum Trottel machen? Das hatte er doch gar nicht nötig. Es gab keinen Grund zur Panik. Er war, was Computer betraf, überaus kompetent und somit in einer starken Position. Irene brauchte ihn, und er war gekommen, um zu helfen. Sein Selbstbewusstsein meldete sich zurück und er war überzeugt davon, zeigen zu können, was ihn ihm steckte.

‚Einfach cool bleiben', dachte er bei sich, ‚und wenn sie dich nachher einladen sollte, stottere bloß nicht rum, sondern setz dich an ihren Küchentisch und trink gelassen deinen Kaffee. Du musst doch kein Gespräch vom Zaun brechen. Erklär ihr einfach das Computerproblem, da kennst du dich aus und dann lass sie einfach reden.'

Oliver atmete tief durch und beruhigte sich merklich. Auf dem Bildschirm tat sich etwas.

Nach gefühlten zwei Jahren Wartezeit kam endlich eine Fehlermeldung: LAN-Kabel nicht angeschlossen. Oliver musste zweimal hinschauen und schüttelte dann verwundert den Kopf. Wenn das der Fehler sein sollte, hätte auch Irene Anders ihn beheben können. Oder der Nachbar aus Bayern.

Da half nur eins: Nachschauen. Oliver rückte vom Schreibtisch ab, ließ sich auf die Knie sinken und kroch unter die Tischplatte. Er robbte vorsichtig vorwärts, um einen Blick auf die Anschlüsse auf der Rückseite des Rechners werfen zu können. Ein Gewirr von Kabeln lief vom Computer zu Bildschirm, Drucker, Tastatur, Lautsprechern, Steckdosen, Router ... und mittendrin hing das Ende eines roten Kabels wie tot zwischen den anderen Strippen herum.

‚Das gibt's doch nicht', dachte Oliver, ‚sollte das tatsächlich so einfach sein? Warum ist da keiner drauf gekommen? Die Fehlermeldung war doch eindeutig. Auch Laien konnten das herausfinden. Außerdem ist das Ding knallrot, das ist nun wirklich nicht zu übersehen!'

Er nahm das Ende des LAN-Kabels und steckte es zurück in die entsprechende Buchse des Rechners. Mit einem Klicken rastete der Stecker ein. Zugleich riss ihn eine Stimme aus seinen Gedanken, sanft und weich und so erschreckend nah. Sie war direkt über ihm.

„Ich hab den Kaffee hier auf den Schreibtisch ge ...", begann Irene Anders ihren Satz, doch weiter kam sie nicht.

Oliver fuhr heftig zusammen und schoss mit einem Schreckensschrei in die Höhe.

In den nächsten zwei Sekunden passierten dann mehrere Dinge gleichzeitig: Olivers Kopf? Krach gegen die Schreibtischplatte, das Scheppern der Kaffeetassen und ein Klong, dann ein Schlag in Olivers Nieren, begleitet von einem Guss siedend heißen Kaffees, sein erneuter Schrei, bei dem er sich auf den Rücken wälzte und gegen ein Tischbein stieß. Rufe des Entsetzens von Irene, die versuchte, ihm unter dem Tisch zu Hilfe zu eilen! Chaos! Und dann waren da ihre Hände, überall, die nach ihm griffen, um ihm zu helfen, die ihn berührten ...

Bei dieser Erinnerung stöhnte Oliver innerlich auf. Er griff nach dem Whiskyglas neben sich und schickte erneut eine hochprozentige Welle durch seinen Körper. Im Nachhinein konnte er nicht mehr sagen, wie er unter dem Tisch hervorgekommen war. Auch konnte er nicht sagen, was ihn mehr schmerzte: Sein dröhnender Kopf, sein verbranntes Kreuz oder das Schamgefühl, mit einer nassen Hose vor Irene Anders zu stehen. Und dann Leonie! Vom Geschrei alarmiert, war sie sofort herbeigelaufen: „Mom, was ist denn? Was ist passiert?" Sie hatte direkt auf Olivers nasse Hose geblickt.

Und was hatte er gemacht? Er hatte sich mit der einen Hand den Kopf gehalten und mit der anderen versucht, die völlig aufgelöste Irene Anders davon abzuhalten, mit einem Handtuch an den Kaffeeflecken herumzuwischen, halb blind, weil seine Brille noch immer irgendwo unter dem Tisch im Kabelgewirr hing. Wie aus weiter Ferne hatte er im Kopf ihre Entschuldigungen und sein hilfloses Gebrabbel wahrgenommen:

„Nein, nein, ist schon gut, es geht schon, da können Sie doch nichts dafür ..."

Irgendwie war es ihm gelungen, sich zu verabschieden und fluchtartig das Haus zu verlassen; er wusste nicht mehr, wie. Er wusste nur, dass er vor Irene Anders als Witzfigur dagestanden hatte und diesen Eindruck nicht mehr rückgängig machen konnte. Wie sollte er ihr je wieder unter die Augen treten können?

Oliver beschloss, ins Bett zu gehen. Völlig zerschlagen schleppte er sich in Richtung Badezimmer. Der Schmerz der Beule auf seinem Kopf war Dank der schottischen Medizin einem dumpfen Wattenebel im Gehirn gewichen. Auch die Spuren des heißen Kaffees waren nicht der Rede wert. Was er dagegen immer noch fühlte, waren der Schrecken und die Scham … und die Berührungen ihrer Hände.

***

Dienstag, 15. Juni, später Abend

Langsam wurde der Nebel dichter. Zuerst waren es nur Dunstfahnen, die hier und da über den Waldboden krochen und sich in den Blaubeersträuchern verfingen. Sie achtete nicht darauf, sondern lief weiter. Irgendwann musste doch dieser verdammte Wald zu Ende sein! Zweige peitschten ihr ins Gesicht, Wurzeln wurden zu Stolperfallen. Ihre Hände waren voll roter Striemen, doch sie spürte nichts davon. Sie wurde nur von einem Gedanken beherrscht: Weiter, weiter, nichts wie raus hier aus diesem unheimlichen Dickicht! Jetzt merkte sie, wie der Nebel kalt an ihren Beinen hochkroch. Keuchend blieb sie stehen und schaute sich um. Schattenhafte Silhouetten von Nadelbäumen schienen wie Skelette nach ihr zu greifen. Ihr Herz raste; sie hörte ihren eigenen Puls in den Schläfen pochen. Wie lange würde sie noch durchhalten? Sie blickte zu dem kleinen Ausschnitt des grauen Himmels empor, der zwischen den dichten Baumkronen hoch oben über ihrem Kopf zu sehen war. Es dämmerte bereits; spätestens in einer Stunde würde es stockdunkel sein.

Plötzlich hatte sie das Gefühl, beobachtet zu werden. Sie spürte förmlich, wie sich Blicke wie Nadelstiche zwischen ihre Schulterblätter bohrten. Ein Schauer huschte über ihre Haut, dass sich die Härchen an ihren Armen aufstellten. Nackte Angst breitete sich wie eine kalte Welle in ihrem Bauch aus. Und dann hörte sie es – ein heiseres Atmen. Es klang wie das Hecheln eines großen Hundes. Was immer es auch war, es war direkt hinter ihr! Sie war wie gelähmt. Sie wusste, jetzt musste sie laufen, so schnell sie konnte, doch ihre Füße waren schwer wie Blei. Ihre Augen weiteten sich vor Entsetzen, ihr Mund formte sich zu einem Schrei …

„Maaaren!"

Sie zuckte zusammen. Offenbar war ihr Mann von einem Besuch zurückgekehrt.

„Ja?", rief sie und drehte sich von ihrer Tastatur weg.

„Ich bin wieder da! Wo bist du?", rief ihr Mann.

„Hier oben! Ich sitze am Schreibtisch."

„Ok, ich hab auch noch zu tun!", erwiderte Theo.

Sie hörte, wie er unten im Flur seine Schuhe wegstellte; dann das Geräusch einer sich schließenden Tür. Maren Braun wandte sich wieder dem Computerbildschirm zu. Wo war sie stehengeblieben?

Ihre Augen weiteten sich vor Entsetzen, ihr Mund formte sich zu einem Schrei ... Sie hielt die Finger schreibbereit über der Tastatur. Sie versuchte sich zu konzentrieren, doch ihre Gedanken waren nur schwer wieder in den Monsterwald zurückzubringen. Nein, es hatte keinen Sinn, sie war raus.

Ein Tee würde jetzt sicher helfen. Sie speicherte ihren Text ab, stand auf, ging nach unten in die Küche und füllte den Wasserkocher. Hier in ihrer gemütlichen Küche war die Szene im Wald gedanklich noch weiter weg, und wieder einmal fiel ihr auf, was das für ein seltsames Hobby war, dem sie da nachging. Horrorkrimis schreiben – wer machte das schon? Hier im Dorf jedenfalls niemand. Obwohl – wer weiß? Von ihr wusste es ja auch keiner.

Das Wasser kochte. Sie goss den Tee auf. Das sprudelnde Wasser und der Duft der kräftigen Ostfriesenmischung verbreiteten Behaglichkeit. Sie hoffte, dass ihre Ideen und Einfälle gleich ebenfalls sprudeln würden.

Bereits vor vier Jahren war sie durch einen merkwürdigen Zufall zum Schreiben gekommen. Eines Morgens stand ihr unter der Dusche plötzlich eine Szene vor Augen, einfach so, wie ein kurzer Ausschnitt aus einem Gruselfilm. Dabei empfand sie das gar nicht als unheimlich. Es war eher so, als wäre ihr ein altbekanntes Lied eingefallen, das sie fortan nicht mehr losließ. Sie dachte zuerst, es wäre eine Erinnerung an einen Film, doch sie hatte nie Horrorfilme gesehen. Als ihr auch nach dem Frühstück die Bilder nicht aus dem Kopf gingen, setzte sie sich an den Computer und fing an, die Szene aufzuschreiben, einfach um sie aus ihren Gedanken zu bannen. Es wurde eine Geschichte daraus und aus der Geschichte wurde ein Roman.

Seitdem hatte sie nicht aufgehört zu schreiben. Zum Glück war es nicht so, dass ihr ständig ungewollt schreckliche Bilder vor Augen standen, dann hätte sie einen Seelsorger oder Psychotherapeuten aufsuchen müssen. Das Erlebnis unter der Dusche hatte sich in dieser Weise nicht wiederholt. Doch wenn sie sich an ihren Computer setzte und zu schreiben anfing, begannen die Ideen und Geschichten zu fließen. Dabei kam es ihr gar nicht darauf an, unbedingt Bücher zu produzieren. Was sie genoss, war das Schreiben an sich: In eine andere Welt einzutauchen, die sie selbst erschaffen hatte. Sie zu gestalten, der Phantasie freien Lauf zu lassen, das war für sie Entspannung pur. Dass dabei Geschichten am Rande des Wahnsinns herauskamen, war für sie nur der Ausgleich zum ganz normalen Wahnsinn im Leben einer Pfarrfrau zwischen Familie und Gemeinde. Merkwürdig war nur, dass sie selbst niemals so etwas lesen würde. Auf ihrem Nachttisch lag gut geschriebene Belletristik.

Was dagegen bei ihr aus den Händen auf die Tastatur floss, war etwas anderes: Gruselromane, leicht lesbar bis inhaltlich richtig schlecht – aber erfolgreich! Vier waren bisher unter einem Pseudonym erschienen und verkauften sich überraschend gut. Frank N. Stone war der geheimnisumwitterte neue Starautor der Trash-Horror-Szene! Zuerst hatte der Verlag Bedenken gehabt, ob das Wortspiel dieses Pseudonyms nicht doch zu offensichtlich sei, aber es stellte sich heraus, dass kaum jemand die Anspielung bemerkte und wenn doch, sie sogar gut fand. Ihre Leser wollten Gänsehaut, ohne sich allzu viel Gedanken machen zu müssen. Es wurde höchstens darüber spekuliert, wofür denn wohl das „N" stehe, das war alles. Das Aufschreiben ihrer Fantasien war für sie ein Ventil für alle Aggressionen des Alltags, ohne dass jemand hinter dem männlichen englischen Namen auf den Buchumschlägen eine Pfarrfrau aus einem norddeutschen Dorf vermutet hätte.

Sie nahm ihren Tee, stieg die Treppe hinauf und ging zurück in ihr Arbeitszimmer. Der Computerbildschirm erwachte. Sie las noch einmal den letzten Absatz:

...ihr Mund formte sich zu einem Schrei ...

Nein, hier kam sie heute nicht weiter, das spürte sie.

‚Na, dann lassen wir die Gute heute Abend eben schreiend im Wald zurück', sagte sie sich. Sie schloss das Dokument und ließ den Pfeil auf dem Bildschirm zu einem anderen Ordner wandern. Ein Klick und die Datei „Herzschmerz" öffnete sich. Dies war ihre zweite Welt, die sie entstehen ließ: Liebesromane unter dem Pseudonym Jane Bennet. In dieser Sache war sie sich mit ihrer Lektorin einig. Wer solch schwülstige Wälzer las, verstand die Anspielung dieses Decknamens nie. Diese Romane waren wirklich übel, die Handlung süß-klebrig, der Stil noch schlechter als der von Frank N. Stone. Maren wusste, dass diese Schmöker, eingefasst in Rosa und Gold, literarisch gesehen noch gruseliger als die schwarzen Horrorbände waren. Aber, was sollte sie sagen – sie waren noch erfolgreicher!

Wenn schon kitschig, dann richtig, sagte sie sich oft. Sie glitt mit dem Mauszeiger am Bildschirm herunter bis zum letzten Absatz des Kapitels. Hier hatte sie vor drei Tagen aufgehört. Langsam kehrte die Erinnerung zurück, es war ja auch nicht allzu kompliziert. Sie nahm noch einen Schluck Tee, dessen Wärme sich in ihr ausbreitete und das Tor zur Fantasie in ihrem Kopf öffnete sich weit. Schon klackerten ihre Fingerspitzen über die Tastatur:

Es war ein wunderbarer Sonnenuntergang; tiefrot spiegelten sich die Farben des Himmels im See. Sie spürte den sanften Hauch des Windes in ihrem Haar und den feinen Sand unter ihren bloßen Füßen. Sie fröstelte, obwohl es noch warm war und zog ihre Strickjacke enger um sich. Ein tiefer Seufzer entrang sich ihrer Brust. Was er jetzt wohl gerade tat, sechshundert Kilometer von ihr entfernt? Ob er an sie dachte? Sie erinnerte sich an die Stunde des Abschieds, wie er vor ihr stand und sie ansah mit diesem Blick voller Verwirrung, mit einem Anflug von Sehnsucht ... Sie spürte, wie ihr Herz schneller schlug bei diesem Gedanken. Hatte auch er gefühlt, was sie fühlte? Und wenn ja – warum hatte er sich dann abgewandt und war in das Flugzeug gestiegen, ohne ein weiteres Wort, ohne einen Blick zurück? Sie war zurückgeblieben, alleingelassen und hatte der Maschine nachgesehen, bis sie in den grauen Wolken verschwunden war. Bei dieser Erinnerung stiegen Tränen in ihr auf – ach, Mortimer ...

***

Mittwoch, 16. Juni, früh morgens

„Ach, Frau Matzke, schönen guten Morgen!“ Dieter Pohlmann schaute auf und lächelte Frieda Matzke zu, während seine Hände wie automatisch weiterhin Äpfel in den Obststand sortierten. Frieda Matzke grüßte mit einem knappen ‚Morgen‘ zurück und schob ihren Einkaufswagen an ihm vorbei zum Kühlregal. Milch, Joghurt und Käse wanderten in den stählernen Korb. Am frühen Mittwochmorgen war im Edeka Laden noch nicht viel los, doch sie wusste genau, wen man um diese Zeit hier treffen konnte. Noch ein Karton Eier, dann lenkte sie ihr Gefährt in Richtung Fleischtheke. Dort sah sie schon Lieselotte Rustig stehen, Wagen an Wagen mit Frau Ehrmann, die ihren Dackel am Griff ihres Einkaufswagens angebunden hatte. Frau Matzke rümpfte missbilligend die Nase.

‚Hat die Alte schon wieder diesen schnüffelnden Köter mit in den Laden genommen!‘, schimpfte sie in sich hinein. Dieses Privileg genoss Frau Ehrmann seit Jahren, denn normalerweise mussten Hunde draußen bleiben. Die beiden Damen hielten offenbar ein Schwätzchen mit der Chefin, die hinter der Theke ein Stück Mettwurst abschnitt und auf die Waage legte. Frieda Matzke rollte näher, bis sie die ersten Wortfetzen verstand:

„... und da sag ich noch zu Magda … Nee, sag ich, das gibt's doch nicht! So eine nette Frau und so eine hübsche Tochter ... dass die keinen Mann findet ... und noch ein viertel Pfund von der Mortadella, bitte ... das kann man doch nun wirklich nicht verstehen!“

„Was ist denn mit dem Herrn Schütz?“ Hilde Pohlmann schaute prüfend auf die Waage und legte noch eine Scheibe Wurst mehr darauf.

„Was soll mit dem sein?“ Frau Ehrmann sah fragend von einer zur anderen.

„Der soll doch ganz angetan von ihr sein.“

„Von der Frau Anders? Wer sagt das denn?“ Frau Ehrmann sah ihre Freundin Lieselotte Rustig neugierig an.

„Na, alle sagen das!“, mischte sich Frieda Matzke von hinten ein. Die beiden alten Frauen wandten sich überrascht um.

„Nanu! Das ist ja die Frieda!“, sagte Frau Rustig.

„Morgen, die Damen!“ Frau Matzke rollte näher heran und blickte missbilligend auf den Dackel, der an ihrem Wagen und an ihren Schuhen schnupperte.

„Guten Morgen, Frieda“, grüßte Frau Pohlmann etwas reserviert über die Theke.

Frau Matzke schien das nicht aufzufallen.

„Natürlich ist der Schütz in die Anders verschossen!“, sagte sie nun mit Nachdruck, „das sieht doch ein Blinder mit ′nem Krückstock ... für mich ein Pfund Halb-und-Halb.“

„Einen Moment, du bist noch nicht dran“, stellte Hilde Pohlmann klar, reichte Frau Rustig das Wurstpäckchen und wandte sich demonstrativ Frau Ehrmann zu: „Magda ...?“

„Ein Stück Leberwurst, von der groben ... ja, die, ja, ruhig noch etwas mehr, ja, so, danke ...“

„Wie der die immer so verstohlen anschaut, auffälliger geht es ja gar nicht!“, vertiefte Frau Matzke das Thema.

„Ja, wirklich?“, wunderte sich Frau Ehrmann. „Mir ist das noch gar nicht aufgefallen.“

Doch Frau Matzke, einmal in Fahrt gekommen, war nicht zu bremsen.

„Magda, du gehst doch auch sonntags in die Kirche. Das ist doch jedes Mal so. Erst traut er sich kaum, sie anzusehen, aber dann schielt er immer zu ihr rüber! Das manchmal sogar während der Predigt!“

„Na und?“ Hilde Pohlmann packte die Wurst ein, Papier raschelte.

„Was heißt da ‚na und‘, Hilde?“, empörte sich Frau Matzke. „Gehört sich das denn mitten im Gottesdienst?“

Hilde Pohlmann heftete den Bon von der Waage an die Wursttüte.

„Du hast anscheinend deine Augen auch woanders, wenn du das bemerkst“, sagte sie spitz.

„Also, während der Predigt ist mir das noch nie aufgefallen“, sagte Frau Ehrmann.

„Kein Wunder“, neckte ihre Freundin Lieselotte, „du schläfst ja auch immer.“

Beide kicherten.

„Warum schläfst du eigentlich immer in der Kirche ein?“, fragte Frieda Matzke ungeniert. „Kannst du das nicht zu Hause machen?“

„Zu Hause komme ich nicht dazu, da hab ich immer was zu tun“, erwiderte Frau Ehrmann, „aber wenn ich dann in der Kirchenbank sitze und bete ...“

„Darf es sonst noch etwas sein?“, fragte Hilde Pohlmann.

„Ich fühl mich halt in der Kirche geborgen“, sagte Frau Ehrmann zu Frau Matzke und wandte sich dann wieder der Theke zu, „noch etwas von dem Geschnetzelten, bitte ... fünfhundert Gramm etwa.“

„Jedenfalls, um auf Herrn Schütz zurückzukommen“, fuhr Frau Matzke ungerührt fort, „dieses Geschmachte im Gottesdienst finde ich ungehörig.“

„Ist das wirklich so doll?“, wollte Frau Ehrmann wissen.

„Magda“, Frau Rustig legte Frau Ehrmann augenzwinkernd eine Hand auf die Schulter, „du musst wirklich einmal wach bleiben.“

„Aber das ist ja gar nichts gegen die Pastorentochter!“, ereiferte sich Frieda Matzke nun und lief zur Höchstform auf. „Habt ihr gesehen, wie sich dieses Gör letzten Sonntag an diesen ... diesen ... Lederjackenheini rangeschmissen hat?“

„Das war Mariekes Freund“, kam es von der anderen Seite der Theke, „Lukas heißt er.“

„Der nette junge Mann mit den Nägeln im Kopf?“, fragte Frau Ehrmann.

„Piercings“, sagte Frau Rustig.

Ihre Freundin Magda sah verwirrt aus: „Wie bitte?“

„Piercings, so nennt man das.“

„Ach so“, sagte Magda Ehrmann, „das hab ich schon öfter im Fernsehen gesehen. Der arme Junge, und da kann man nichts machen?“

Frieda Matzke winkte ärgerlich ab. Sie wollte nur ungern aus dem Konzept gebracht werden. „Na jedenfalls, ich finde, das ist kein Umgang für ein anständiges Mädchen aus gutem Hause.“

„Also, Frieda, jetzt übertreibst du aber“, fand Frau Rustig.

„Was denn?“, verteidigte sich Frau Matzke. „Mit den vielen

Ringen im Ohr und diesen zotteligen Haaren? Findet ihr das etwa schön?"

„Halb und halb", murmelte Hilde Pohlmann.

Frieda Matzke schien für einen Augenblick verwirrt zu sein.

„Wie – halb und halb?", wollte sie wissen.

„Das wolltest du doch, ein Pfund halb und halb, oder?" Sie deutete auf die Schüssel mit dem Hackfleisch. Wieder kicherten Frau Rustig und Frau Ehrmann. Frau Matzke hatte komplett den Faden verloren: „Ach ja, natürlich ... danke ... also, was wollte ich sagen?" Sie überlegte. Ein Hoffnungsschimmer huschte über die Gesichter der anderen Damen. Doch dann ging plötzlich ein Ruck durch die resolute Frau.

„Jetzt weiß ich wieder – die Pastorentochter! Unmöglich, wie die sich mit ihrem Rocker aufführt!"

Jetzt schlug Lieselotte Rustig einen ernsteren Ton an: „Frieda, das ist ein Mädchen wie alle anderen auch. Lass sie doch! Was geht dich das überhaupt an?"

„Was mich das angeht? Ha! Das geht alle etwas an! Denn wer im Pfarrhaus wohnt, sollte ein Vorbild sein für alle anderen Leute im Dorf! Aber das ist ja hier sowieso nicht der Fall." Sie seufzte theatralisch.

„Wie meinst du das denn nun wieder?" Man sah deutlich, dass Frau Pohlmann das Gerede langsam auf die Nerven ging.

„Na, nehmen wir nur einmal die Frau vom Pastor", fuhr Frau Matzke fort, „warum sagt die denn nicht einmal ihrer Tochter, wie sie sich vor den Augen anderer Leute zu benehmen hat? Stattdessen tut sie auch noch so, als ob dieser ... dieser ..."

„Lucky", half Frau Ehrmann aus.

„... als ob dieser Lucky so etwas wie der allerliebste Schwiegersohn wäre! Na, und wie die selbst herumläuft! Immer in Jeans, mit ihrer gefärbten Strähne im Haar ..."

„Also Frieda", wandte Frau Rustig ein, „jetzt mach aber mal einen Punkt! Auch als Frau eines Pastors kann sie sich doch anziehen und ihr Haar tragen, wie sie will."

„Sonst noch was?" Hilde Pohlmanns Stimme ließ ein wenig die Freundlichkeit vermissen. Doch Frieda Matzke war dafür völlig unempfänglich.

„Aber sicher“, rief sie etwas zu laut, „ich bin noch lang nicht fertig. Mir fallen noch jede Menge ...“

„Ich meine, ob du noch etwas kaufen möchtest“, unterbrach Frau Pohlmann sie.

„Ach so, nein danke, das war alles.“

Frau Pohlmann tackerte den Bon demonstrativ – klack klack – an der Tüte mit dem Hackfleisch fest.

„Meinst du nicht, es wäre besser, wenn du etwas mehr Toleranz gegenüber deinen Mitmenschen aufbringen könntest, Frieda?“, wollte sie wissen.

„Soll das etwa heißen, dass ich nicht tolerant bin?“, ereiferte sich Frau Matzke erneut. „Unsinn! Ich wäre die Letzte auf der Welt, die irgendjemandem etwas verbieten wollte! Ich doch nicht! Natürlich kann die Frau Pastor rumlaufen, wie sie will. Aber ein ordentliches Auftreten kann man von der Frau an der Seite eines kirchlichen Würdenträgers doch wohl verlangen, oder?“

Hilde Pohlmann öffnete schon den Mund zu einer angemessenen Antwort, da spielte Frieda Matzke schon die nächste Karte aus: „Und überhaupt, was tut sie denn den ganzen lieben Tag lang?“

„Nun, sie hat ihren Haushalt, die Familie ...“, zählte Frau Rustig auf.

„Pah“, winkte Frau Matzke ab, „als ob die groß was im Haushalt machen würde! Hast du mal ihre Fenster gesehen, wenn die Abendsonne draufscheint? Und wie der Garten aussieht ... na ja, ich will ja nichts sagen.“

„Dann sag auch nichts!“ Hilde Pohlmann legte die Fleischtüte auf die Theke.

„Mach ich ja auch nicht. Ich halt mich da vornehm zurück. Ich stelle nur fest, dass die Frau des Vorgängers wenigstens den Flötenkreis geleitet hat und jeden Sonntag frische Blumen auf den Altar stellte.“

„Na ja“, entgegnete Frau Rustig, „soweit ich mich erinnere, hat sie das mit dem Blumenschmuck ziemlich schnell wieder aufgegeben, nachdem du ihr gesagt hattest, sie hätte keinen Geschmack und müsste alles anders machen, war‘s nicht so?“

Frau Matzke tat beleidigt.

„Ich wollte nur helfen. Man tut ja, was man kann. Aber wenn die Leute einen guten Ratschlag nicht annehmen wollen ..."

„Du hörst dich schon an wie Herr Brammer", witzelte Frau Ehrmann.

„Also, Magda! Ehrlich, mich mit diesem Griesgram zu vergleichen, ich bitte dich!"

„Warum, was hast du gegen ihn?", wunderte sich Magda Ehrmann. „Er ist doch ein ehrenwerter Kirchenvorsteher, einer vom alten Schlag, dem geht es um Tradition und Ordnung, das müsste dir doch liegen."

Doch Frieda Matzke schüttelte den Kopf.

„Ach, dieser selbstherrliche Typ, der hat doch immer was zu meckern, wenn etwas nicht nach seinem Willen geht. Grauenhaft, solche Leute!" Auf einmal hellte sich ihre Miene auf. „Habt ihr auch gehört, dass er sich am letzten Sonntag besonders aufgeregt hat?"

Die anderen Frauen schauten sich fragend an und Frieda Matzke genoss offensichtlich ihre Rolle als Geheimnisträgerin.

„Nach dem Gottesdienst habe ich doch noch mit Pastor Braun geredet, wegen der Tischdecken. Danach war ich zum Gießen auf dem Friedhof. Und als ich dann zu meinem Fahrrad ging, sah ich den Brammer aus dem Pfarrbüro herauskommen – hochrot im Gesicht! Wenn der nicht über irgendetwas wütend war! Er ist schnurstracks zum Pfarrhaus marschiert, um den Pastor zu sprechen. Der arme Pastor Braun! Immer muss er nach einem anstrengenden Gottesdienst noch völlig unsinnige Gespräche führen."

Frau Rustig schaute sie auffordernd an: „Und du weißt nicht zufällig, worüber die beiden geredet haben?"

„Wo denkst du hin?", protestierte Frau Matzke. „Meinst du, ich stell mich unter das Fenster und lausche? Ich weiß nur, dass es um einen Zettel ging."

„Warst du vielleicht doch – rein zufällig natürlich nur – unter dem Fenster?", fragte Magda Ehrmann unschuldig.

„Na, nun, aber nur, weil da mein Fahrrad an der Mauer lehnte!", verteidigte sich Frau Matzke. „Das kann ich ja nicht da stehen lassen. Und als ich mit dem Fahrradschloss zugange war, hab ich eben so dies und das mitgekriegt."

„Na, wer hätte es gedacht?“ Hilde Pohlmann musste sich stark zusammennehmen.

„Ja, wenn die Herren so laut werden ...“, rechtfertigte sich Frieda Matzke, „der Brammer hat richtig losgebrüllt. Irgendwas von ‚Pharisäern‘ und ‚Gräuel‘ und so was. Auf die Konfirmanden hat er geschimpft. Ich finde das unmöglich. Muss der sich so aufführen?“

„Vielleicht ist ja wirklich etwas Ärgerliches vorgefallen“, gab Frau Rustig zu bedenken.

„Ach was“, beharrte Frau Matzke, „da gings doch nur um einen Zettel mit irgendeinem Vers aus der Bibel. Wie kann man sich nur wegen so einer Kleinigkeit aufregen? Das ist doch völlig überzogen. Also, meiner Meinung nach sollte der sich überlegen, ob er überhaupt weiterhin im Kirchenvorstand sein will. Seit achtzehn Jahren ist der jetzt da drin. Und immer ärgert er sich über die Jugend! Seine ewigen Vorträge darüber, wie sie aussehen und sich benehmen ... als ob das so wichtig wäre! Wenn der bei der Gemeindeversammlung in anderthalb Wochen wieder etwas von Tradition und Niedergang der Kirche redet, muss jemand einmal aufstehen und ihm die Meinung sagen!“

Hilde Pohlmann stemmte die Hände in die Hüften.

„Willst du das etwa machen, Frieda? Aufstehen und Herrn Brammer vor allen zur Rede stellen?“

„Warum nicht?“, erwiderte Frau Matzke kampfeslustig. „Irgendjemand muss es ja mal machen. Ihr könntet mich ja dabei unterstützen! Oder findet ihr nicht, dass ein Kirchenvorsteher auch mal andere akzeptieren sollte, die nicht so sind wie er?“

„Wuff!“ ertönte es plötzlich von unten. Erschrocken fuhren die Damen zusammen und schauten auf den Hund, der sie treuherzig ansah.

„Ja, schon ...“, begann Frau Rustig, wurde aber gleich wieder unterbrochen.

„Na also! Dann seid ihr ja auf meiner Seite. Ist ja auch nur vernünftig.“ Mit zufriedener Miene fasste Frieda Matzke ihren Einkaufswagen und lenkte ihn links in den Gang hinein. „Schönen Tag noch, ihr Lieben! Tschüss!“

Billy knurrte leise und die drei Frauen sahen Frieda Matzke kopfschüttelnd nach, bis sie verschwunden war.

Gut gelaunt schob Frau Matzke ihre Einkäufe in Richtung Kasse, als Herr Pohlmann nach ihr rief: „Sie hatten doch neulich nach einem Buch gefragt", sagte er, während er hinter einem Regal hervortrat, „Sie wollten den neuen Roman von Jane Bennett ‚Seufzer im Sommerwind'?"

„Ja, genau", erwiderte Frau Matzke und die Vorfreude erhellte ihr Gesicht.

„Ist heute Morgen angekommen", sagte Herr Pohlmann, „steht vorne im Drehständer."

„Oh, vielen Dank", freute sich Frau Matzke überschwänglich; ihr Tag war gerettet.

Vor der Kasse leuchtete der Buchrücken ihr schon rosa entgegen. Mit einem entschlossenen Griff sicherte sie sich ein Exemplar und legte es zu ihren Einkäufen auf das Band.

„Liest du immer noch diese Kitschromane?", fragte Lieselotte Rustig, die mit Magda Ehrmann nun auch an die Kasse kam.

„Was heißt hier Kitsch?", verteidigte sich Frieda Matzke. „Lesen bildet. Und das hier ist wenigstens mal etwas Romantisches. Diese Jane Bennett schreibt einfach wunderbar! Das muss eine einfühlsame, sympathische Frau sein. So fleißig ist sie, bei den vielen Büchern, die sie schreibt! Wenn ich sie lese, fühle ich mich so verstanden ... Manchmal denke ich, wir zwei müssen seelenverwandt sein."

***

Mittwoch, 16. Juni, nach Feierabend

Sehr geehrte Frau Anders!

Bezugnehmend auf unser letztes Treffen möchte ich Sie höflich ersuchen, mein Verhalten zu entschuldigen. Ich bedaure den Vorfall zutiefst und hoffe, dass dieses Vorkommnis keine gravierenden Auswirkungen ...

„Ach, das ist doch Blödsinn!" Oliver Schütz markierte den Text und drückte die Löschtaste. Der Bildschirm war wieder leer – zum ungefähr achten Mal hintereinander. Oliver vergrub sein Gesicht in den Händen und seufzte. Das würde er nie hinbekommen. Aber er musste! Wie sollte er Irene Anders sonst je wieder unter die Augen treten?

Schon meldete sich wieder diese verhasste innere Stimme: ‚Du und Frauen – das wird nichts mehr. Lass es in Zukunft einfach bleiben!'

„Klappe!", rief er laut in sein Arbeitszimmer hinein. Auch das noch. Jetzt fing er auch noch an, Selbstgespräche zu führen! ‚Wenn ich so weitermache', dachte er, ‚bin ich demnächst reif für die Klapsmühle.'

Das leere Dokument auf dem Bildschirm vor ihm forderte Text. Stumm, aber unerbittlich blinkte der Cursor. Also, auf zum nächsten Versuch! Er hielt einen Augenblick inne. Da war noch etwas anderes in ihm, diese andere, zaghaftere Stimme, die ihn fragte: ‚Warum schreibst du nicht einfach, was wirklich in dir vorgeht?'

‚Gut, warum nicht', dachte er bei sich, ‚löschen kann ich es ja immer noch.' Er atmete tief ein und ließ seine Finger über die Tastatur gleiten, bis sie immer schneller wurden und wie von selbst die Worte formten:

Liebe Irene!
Es tut mir unheimlich leid, was da gestern passiert ist, als ich bei dir war. Obwohl ja eigentlich nichts passiert ist, ich meine – sicherlich ist etwas passiert, und mir war das sehr peinlich, das mit der Kaffeetasse und der Hose, und dann meine Unfähigkeit, etwas zu sagen; ich krieg in solchen Situationen einfach kein vernünftiges Wort heraus. Eigentlich krieg ich überhaupt selten ein vernünftiges Wort heraus, besonders in der Gegenwart von Frauen, und ganz besonders ... in deiner Gegenwart. Bescheuert, ich weiß, und so fühl ich mich auch immer wieder. Aber ich weiß nicht, wie ich es dir sagen soll, vor allem nicht nach diesem verkorksten Dienstag. Also, was ich eigentlich meine, ist ...

‚Na los doch', feuerte die Stimme ihn an, ‚schreibs doch hin!' Er gestattete seinen Fingern weiterzutippen, zögerlich ... *dass ich dich* ... Komm schon, ist doch nur für den Computer ... *dass ich dich liebe.*

Schwer atmend ließ sich Oliver in seinen Schreibtischstuhl sinken. Er hatte es geschafft, er hatte es tatsächlich geschrieben!

Er fühlte sich erleichtert. Langsam richtete er sich wieder auf und schaute auf den Bildschirm. Da stand es Schwarz auf Weiß:

... dass ich dich liebe.

Eigentlich sah das ganz harmlos aus. Vier Wörter in deutscher Sprache, sechzehn Buchstaben, weiter nichts. Weiter nichts?

Oliver Schütz stand auf, ging in die Küche, nahm einen Becher aus dem Regal und drehte sich zur Kaffeemaschine um. Von wegen, weiter nichts! Er goss sich Kaffee ein und pustete in den Becher. Der aufsteigende Dampf beschlug seine Brille. Ein Wunder, dass sie bei der Chaosszene unter dem Computertisch heil geblieben war. Schlagartig stand ihm alles wieder vor Augen. Wie konnte er ihr nach diesem Auftritt so einen Satz schreiben? Als ob er sich nicht schon lächerlich genug gemacht hätte!

Er nahm einen Schluck. Die Wärme des Kaffees breitete sich in seinem Körper aus und weckte Entschlossenheit. Mit dem Becher in der Hand kehrte er zum Computer zurück und setzte sich aufrecht vor den Bildschirm. Mit den Augen eines schlagartig Ernüchterten las er noch einmal, was er vor fünf Minuten geschrieben hatte. Er hatte es geahnt: Nichts als wirres Gefasel!

Markieren, löschen – weg damit. Wieder der leere Bildschirm, wieder die Hände auf den Tasten. Diesmal sollte es der richtige Brief werden, der Brief eines Gentleman, der in eine unangenehme Sache verwickelt ist, aber aufrecht und mannhaft dazu steht und die nötigen Entscheidungen trifft. Schon klackerten die Tasten und vor seinen Augen entstand ein neuer Text:

Liebe Frau Anders!
Ich möchte mich auf diesem Wege noch einmal bei Ihnen melden und mich für die Unannehmlichkeiten entschuldigen, die ich Ihnen bereitet habe. Es wäre mir unangenehm, wenn ich Ihnen in irgendeiner Weise zu nahe getreten wäre.
Ich hoffe, Ihr PC funktioniert wieder zu Ihrer Zufriedenheit und Sie kommen weiterhin ohne mich zurecht; ich werde Sie in Zukunft ganz gewiss nicht mehr belästigen.
Mit freundlichen Grüßen
Oliver Schütz

Er lehnte sich zurück, nahm einen weiteren Schluck Kaffee und las sich die Sätze noch einmal durch. Ja, so konnte es bleiben. Er speicherte den Text ab und überlegte, ob ein handschriftlicher Brief nicht besser wäre? Doch dann entschied er sich dagegen, weil das ja wieder eine persönliche Note hatte und startete den Drucker. Ein nüchternes Erscheinungsbild würde sie noch mehr auf Distanz halten. Das war unter diesen Umständen wohl das Beste, auch wenn etwas in ihm nach Nähe schrie.

Es ratterte und surrte, bis die graue Kiste neben dem Computer ruckartig ein bedrucktes Blatt Papier ausspuckte. Am Samstag früh, wenn noch niemand auf der Straße wäre, wollte er das Schreiben in ihren Briefkasten werfen.

‚Dann ist das ja wohl geklärt und erledigt', dachte er, ‚endgültig ... hoffentlich ... leider.' Es war ihm, als würde eine Stimme in seinem Inneren leise „Scheiße" sagen.

***

Donnerstag, 17. Juni, vormittags

Auf ihrem Nachttisch drängten sich die Medikamente dicht an dicht. In Griffnähe stand der Trinkbecher, daneben ein Karton, aus dem Papiertaschentücher ragten. Das Kopfende ihres Krankenbettes war hochgestellt, sodass sie aus dem Fenster sehen konnte. Als er eintrat, wandte sie den Kopf und lächelte ihn an. Sie sah blass aus.

„Pastor Braun, wie schön, dass Sie mich besuchen." Ihre Stimme war leise, aber nicht gebrechlich. „Ich habe Sie gar nicht klingeln hören."

„Hallo, Frau Jordan", erwiderte Theo Braun und gab ihr die Hand, „ich habe Ihre Tochter vor der Tür getroffen, sie hat gerade die Post reingeholt. Da konnte ich gleich mit ihr ins Haus kommen."

„Ja, wenn ich Karin nicht hätte ..." Frau Jordan hielt inne und ihr Blick schweifte zum Fenster. Da draußen fand das Leben statt, an dem sie seit Wochen kaum noch Teil hatte. Also musste die Welt eben zu ihr kommen, durch Nachbarn und Freundinnen, die sie besuchten – oder durch Pastor Braun. Theo zog sich einen

Stuhl heran und setzte sich. Sie wandte sich ihm wieder zu: „Ich bin so dankbar, dass meine Tochter hier mit im Haus lebt. Sie und ihre ganze Familie ... alle kümmern sich rührend um mich."

Pastor Braun nickte ermunternd.

„Was gibt's Neues da draußen?", fragte sie dann ohne Umschweife.

„Zuerst würde ich gern wissen, was es bei Ihnen Neues gibt", antwortete Theo, „Sie hatten noch einmal eine Untersuchung, wie ich hörte? Was ist denn dabei herausgekommen?"

„Ach!" Hannelore Jordan machte eine wegwerfende Handbewegung.

„Nichts, was ich nicht schon wusste oder ahnte. Inoperabel das Ganze. Der Arzt meinte, man könne jetzt noch dieses oder jenes machen, doch als ich ihm sozusagen die Pistole auf die Brust gesetzt und ihn aufgefordert habe, er solle Klartext reden, was meine Chancen angingen, war er auf einmal ganz still. Da wusste ich Bescheid. Und soll ich Ihnen was sagen? Seitdem bin ich irgendwie beruhigt. Das hört sich seltsam an, aber so ist es. Ich werde sterben, aber tut das nicht jeder irgendwann? Gut, bei mir dauert es nicht mehr lange, aber bei jedem ist es mal so weit. Und ich weiß genau, wohin ich gehe. Das ist ein großer Trost. Wenn ich meinen Glauben nicht hätte, dann wäre ich wirklich arm dran, aber so ...", sie hob eine Hand, als wollte sie eine Fliege verscheuchen, „so ist es nicht schlimm, finde ich. Ich fühle mich in Gottes Hand geborgen und weiß, dass ich bei ihm sein werde. Was mich viel mehr belastet, ist die Sorge um meine Tochter."

Sie machte eine Pause und schaute auf ihre Hände, die nun gefaltet auf ihrer Decke lagen. Theo wartete aufmerksam; Seelsorge bestand zu einem großen Teil aus Zuhören.

„Karin wohnt mit ihrer Familie ja gleich nebenan und sie hilft mir, wo sie kann. Sie ist wirklich lieb und fürsorglich. Aber ich kann mit ihr nicht darüber reden ... über meinen Tod, meine ich." Wieder schwieg sie einen Augenblick, dann seufzte sie.

„Ich würde ja so gern darüber reden, doch für sie ist der Gedanke, dass ich sterben werde, ganz schrecklich. ‚Mama, rede nicht so', sagt sie dann immer, wenn ich davon anfange. Sie will es nicht hören. Dabei weiß sie ganz genau, wie es um mich steht. Ich wünschte, ich könnte mit ihr darüber reden. Sie ... sie hat nicht so einen festen Glauben wie ich, der sie trägt."

„Soll ich einmal mit ihr sprechen?", bot Theo an.

„Oh ja, würden Sie das tun bitte?", sagte Frau Jordan mit einem erleichterten Tonfall in der Stimme, „vielleicht wird sie Ihnen sagen, was sie mir nicht sagen kann. Wissen Sie, ich will ja nur, dass wir in der Zeit, die mir noch bleibt, offen zueinander sind und auch vor dem Thema Tod nicht zurückscheuen. Es ist einfach jetzt die Zeit, darüber zu sprechen."

Sie streckte eine zitternde Hand zum Wasser aus. Theo kam ihr entgegen und reichte ihr den Trinkbecher.

„Haben Sie denn schon früher einmal miteinander über den Tod gesprochen?", fragte er.

Frau Jordan trank einen Schluck und nickte.

„Ja, als sie noch ein Kind war. Da war ihr Kaninchen gestorben. Und als sie vierzehn war, starb ihre Oma. Beides hat sie ziemlich mitgenommen. Ich vermute, sie hat einfach Angst um mich oder davor, mich zu verlieren."

„Das ist verständlich, oder?"

„Ja, natürlich. Doch es hilft ja nichts", sagte Frau Jordan, „aber noch könnten wir darüber reden. Das wäre mein großer Wunsch."

„Ich werde mit Ihrer Tochter sprechen, Frau Jordan", versicherte Theo.

Frau Jordan ergriff seine Hand und drückte sie kurz.

„Vielen Dank, Herr Pastor; danke!" Sie ließ seine Hand los und schaute ihn verschmitzt an. „Jetzt sind Sie aber dran! Ohne Neuigkeiten aus der Gemeinde kommen Sie mir nicht davon."

Theo schlug die Beine übereinander und lehnte sich zurück.

„Also", begann er, „eigentlich ist alles beim Alten ..."

„Wie steht es denn zwischen Frau Anders und dem Oliver?"

Theo gab sich überrascht: „Das wissen Sie?"

Frau Jordan sah ihn tadelnd an. „Na kommen Sie, Herr Pastor, jeder hier weiß das! Außer den beiden selbst, vermute ich. Wie ist es denn nun? Ist er vorangekommen?"

„Ich fürchte, nein", bedauerte Theo, „Frau Anders merkt es, glaub ich, nicht und Herr Schütz traut sich nicht, wie es aussieht."

Frau Jordan seufzte.

„Ob die nochmal zu Potte kommen, bevor ich abtrete?", fragte sie mehr sich selbst, als den Pastor. „Und unser bayrischer Freund, Herr Thoma?"

„Macht seinem Namen alle Ehre und hinterfragt alles. Ein Zweifler aus Lust an der Kritik. Unsere sonntägliche Diskussion an der Kirchentür ist mittlerweile zum Ritual geworden", erklärte Theo, „ich frage mich, warum er überhaupt regelmäßig in den Gottesdienst kommt."

„Ist doch klar – wegen der Gespräche mit Ihnen."

„Ja, das könnte sein."

„Und weil er vielleicht tiefer glaubt, als wir vermuten?"

„Meinen Sie?" Theo sah skeptisch aus.

„Wer weiß. Auf jeden Fall hört er regelmäßig Gottes Wort, das ist doch schon was", lächelte sie. „Wer war denn letzten Sonntag noch alles in der Kirche?"

Theo Braun überlegte.

„Außer den üblichen Leuten, die immer kommen, eigentlich niemand besonderes … ach, doch, natürlich – meine Tochter hat ihren Freund mitgebracht. Lukas heißt er."

„Und, hat es ihm bei uns gefallen?"

„Ich glaube, schon. Er hat sich nach dem Gottesdienst gleich gut mit Herrn Neumann verstanden. Die beiden haben äußerlich einiges gemeinsam."

„Ach so, verstehe." Frau Jordan lächelte wissend. „Ja, der Herr Neumann ... Orgelt der immer noch so eigenwillig?"

Theo nickte. „So kann man das sagen. Wenn er spielt, denkt man manchmal, das Jüngste Gericht sei gerade angebrochen. Herr Brammer beschwert sich darüber regelmäßig."

Frau Jordan lachte.

„Ja, der Eberhard, der muss sich immer beschweren, sonst ist er nicht zufrieden. Ich schätze, das Orgelspiel von Herrn Neumann ist seine wöchentliche Bußübung. Er hat es aber auch schwer. Er nimmt sein Amt als Kirchenvorsteher so ungeheuer ernst! Wissen Sie…", Frau Jordan nahm erneut einen kleinen Schluck aus ihrem Trinkbecher, „ich kenne Eberhard schon lange. Wir sind hier im Dorf zusammen zur Schule gegangen. Er war immer ein sehr pflichtbewusster und disziplinierter Mensch und schon als Kind viel zu ernst. Er kam bei einer Zeltevangelisation zum Glauben und erzählte davon in unserem Jugendkreis. Viele lachten darüber, doch er stand zu seinem Glauben und ließ sich nicht beirren. Darin war mir Eberhard immer ein Vorbild. Leider ist er mit der Zeit etwas zu starr geworden, wenn Sie wissen, was ich meine."

„Ja, ich denke, ich verstehe, was Sie meinen", nickte Theo, „die leichte, fröhliche Seite des Glaubens muss er noch entdecken, scheint mir."

„Oder wiederfinden", pflichtete Frau Jordan ihm bei.

„Wissen Sie eigentlich, ob er Freunde hat?"

Frau Jordan dachte nach. „Freunde? Eberhard? Ich fürchte, nein. Er ist alleinstehend, ist in keinem Verein, geht ganz in seiner Verantwortung als Kirchenvorsteher auf ..."

„Aber auch unter Mitarbeitern ist er ein Einzelgänger", sagte Theo, „absolut verlässlich und kollegial, aber eben allein. Und seit Sonntag hat er wahrscheinlich noch mehr das Gefühl, von allen abgelehnt zu werden."

Frau Jordan horchte auf. „Wieso, was war denn am Sonntag?"

„Ach, eigentlich nichts Besonderes. Wahrscheinlich ein Scherz, nichts weiter", winkte Theo Braun ab. Doch Frau Jordan sah ihn auffordernd an.

„Herr Brammer hat einen Zettel im Klingelbeutel gefunden, der offensichtlich für ihn bestimmt war. Zumindest stand sein Name drauf und ein Bibelvers dazu. Ein Wort der Kritik von Jesus an die Pharisäer."

„Und von wem kam der Zettel?"

„Das ist es ja eben – wir wissen es nicht. Herr Brammer hatte gleich die Konfirmanden in Verdacht, aber das glaube ich nicht. Jedenfalls fühlt er sich tief getroffen."

„Ach, der arme Eberhard", seufzte Frau Jordan, „er hat es wirklich schwer. Aber andere um ihn herum mitunter auch mit ihm."

„Da mögen Sie Recht haben, Frau Jordan", stimmte Theo ihr zu.

„Er braucht jetzt besonders Gottes Beistand. Wie wäre es, wenn wir gemeinsam für ihn beten?", schlug Frau Jordan vor.

„Sehr gern", sagte Theo und senkte den Kopf.

Sie falteten die Hände und schlossen die Augen. Theo Braun

betete für Frau Jordan und ihre Tochter und Hannelore Jordan betete für alle anderen, die sie in der Gemeinde kannte – auch für Theo Braun.

***

Freitag, 18. Juni, nach der Schule

Der Bus hielt am Straßenrand und öffnete zischend seine Türen. Schon quoll eine Schar Kinder und Jugendliche auf den Fußweg, alle bepackt mit ihren Schulranzen. Plötzlich war die Luft voll mit Gesprächsfetzen, Lachen und Lärm, bis sich alle langsam in unterschiedliche Richtungen verteilten.

Leonie Anders ging mit ihrer Freundin Sara noch eine ganze Zeit zusammen die Hauptstraße entlang. Sie unterhielten sich über die Mathearbeit, die nicht so gut ausgefallen war. Leonie hatte zwar eine Drei bekommen und konnte zufrieden sein, doch Sara hatte gerade eben noch mit Ach und Krach eine Vier geschafft.

Heute war Freitag und Leonies Mutter würde erst in zwei Stunden von der Arbeit nach Hause kommen. An diesen Tagen ging Leonie zu Josef Thoma, der direkt gegenüber wohnte.

Sie sah ihn im Garten arbeiten; er harkte in einem Beet herum. Mit seinem Strohhut auf dem Kopf sah der große Mann wie eine riesige, freundliche Vogelscheuche aus. Jetzt hatte er sie entdeckt, lehnte die Harke gegen die Hauswand und kam zum Zaun.

„Grüß Gott, Leo!"

„Hallo, Josef", grüßte sie zurück.

„Und? Wia wars heid in da Schule?", wollte Josef wissen.

Leonie verzog das Gesicht.

„Wir haben die Mathearbeit wiederbekommen."

Josef Thomas Gesicht nahm einen erschrockenen Ausdruck an. „Und?"

„Ich hab 'ne Drei", erwiderte sie.

Sofort wich seine Besorgnis der Erleichterung: „Hey, as is doch guad!"

„Nee", gab sie zurück, „gut wäre eine Zwei. Drei ist befriedigend."

Josef Thoma ließ sich nicht beirren.

„Befriedigend? Is doch guad, wenn man zuaofriedn is! Aba komm erstmoi rein und leg den Ranzn ob; i wette, da is wieda schwea wia Blei."

Er nahm Leonie den Ranzen ab und stöhnte: „Uuuh, han da Backstoae drin? Was ihr imma mit eich rumschleppn müsst ..."

Leonie ging vor in die Küche; sie kannte den Weg. Josef Thoma folgte ihr und ließ den Ranzen in eine Ecke fallen. „Kakao?"

Leonie nickte, obwohl er die Dose bereits in der Hand hatte, das braune Schokopulver in die Becher löffelte und Milch erhitzte. Das war ihr gemeinsames Ritual, mit dem das Wochenende begann: Hier in der Küche am Fenster sitzen und heißen Kakao trinken. ‚Kakaokonferenz' nannte Josef das, obwohl es ja gar keine richtige Konferenz war. Sie unterhielten sich meistens über die Schule, Leonies Freundinnen oder was ihnen gerade durch den Kopf ging.

Josef Thoma bemühte sich, möglichst Hochdeutsch zu sprechen, doch es gelang ihm einfach nicht. Leonie hatte sich aber mittlerweile an seinen bayrischen Dialekt gewöhnt und musste nur noch selten nachfragen, wenn sie etwas nicht verstand. Oft waren es belanglose Dinge, über die sie redeten, doch das war heute anders.

„So, Leo, schieß moi los!" Josef stellte zwei dampfende Becher auf den kleinen Tisch am Küchenfenster, setzte sich ihr gegenüber und sah sie gespannt an. „Wia is es gelaufen? "

Leonie wusste sofort, was er meinte und seufzte.

„Total daneben! Das Ganze ging voll nach hinten los."

Josef Thoma sah sie betroffen an. „Aba – wieso denn? Es liof doch ois so guad! Du hast as Koabl rausgezogn ..."

„... und du kamst zum Reparieren und hast es nicht geschafft." Leonie grinste bei der Erinnerung und pustete in ihren Becher. Eine Wolke mit Kakaogeruch stieg auf. „Mann, hab ich mich zusammenreißen müssen, um nicht loszulachen."

„Meinst, sie hod was gemerkt? Immerhi is des Kabl knallrot ..."

Leonie schüttelte den Kopf. „Die merkt so was nicht. Sie weiß noch nicht einmal, was ein LAN-Kabel ist. Hat keine Ahnung von Technik. Wenn ihr Computer nicht funktioniert, weiß sie nicht, was sie machen soll und schreit ihn an. Das hat sie auch gemacht, als sie gemerkt hat, dass die Verbindung mit dem Internet nicht mehr funktionierte."

Josef Thoma lächelte und wurde gleich wieder ernst. „Dann erzähl doch moi, was passiert is. Er is oiso wirkli gekomma?"

„Ja, aber er war ganz schön nervös." Leonie erzählte von dem Spätnachmittag, als Oliver Schütz zu ihnen nach Hause gekommen war, um den Computer zu reparieren. In Josefs Gesicht spiegelten sich abwechselnd Mitleid, Vergnügen und Entsetzen. Zum Schluss überwog Letzteres. Er vergrub sein Gesicht in den riesigen Händen, atmete tief durch, tauchte wieder auf und nahm einen Schluck aus seinem Becher. „Jesus Maria!", entfuhr es ihm. „As is ja gründli schiefgegangn."

Leonie schaute aus dem Fenster. „Kann man wohl sagen."

„Und, wia gehts deiner Muada?", erkundigte sich Josef besorgt.

„Ach, sie hat sich wieder gefangen", erklärte Leonie und leerte ihren Becher.

„Na ja", gab sie zu, „zuerst, als er Hals über Kopf weggelaufen ist, hatte sie furchtbar geweint. Ich glaube, egal ist er ihr auf keinen Fall."

Josef gab einen zustimmenden Brummlaut von sich.

„Aber dann hat sie sich zusammengerissen, wie sie es immer macht – wirft den Kopf nach hinten, setzt sich ganz gerade hin und sagt so was wie: ‚Was solls, weiter geht's'!"

„Hmm ..." Josef Thoma sah angestrengt auf seinen Becher, den er gedankenverloren hin und her schob. Sie schwiegen eine Weile.

„Und, was jetzt?", fragte Leonie schließlich.

Josef hob den Kopf. „Am bestn, mia wartn erst eimol ob, was da Herr Schütz jetzt unternimmt."

„Der unternimmt bestimmt nichts", sagte sie, „dazu hat er sich viel zu sehr geschämt."

„Konn i verstehn", brummte Josef, „doch mia hobn voaerst genug Unheil ogrichtet, meinst du ned?"

„Aber irgendjemand muss doch etwas unternehmen, sonst wird das nie was mit den beiden!", fuhr Leonie ungeduldig auf.

„Tja", seufzte Josef, „nur wer? Und was? Und wie?"

Beide schwiegen und hingen ihren Gedanken nach. Sie ahnten

nicht, dass schon am nächsten Tag so einiges in dieser Sache geschehen würde.

***

Samstag, 19. Juni, morgens halb sieben

Die Vögel zwitscherten, als wollten sie sich bei ihrem Morgenkonzert gegenseitig übertreffen. Die Sonne stand noch tief und rot zwischen den Bäumen. Der Rasen in den Gärten glänzte vom Tau. Ein sonniger Sommertag kündigte sich an.

Niemand war auf den Straßen, als Oliver Schütz in die Pedalen trat. Kein Wunder, es war Samstagmorgen 6 Uhr 30, da schliefen die meisten Leute noch.

‚Gott sei Dank', dachte Oliver und bog in eine Nebenstraße ein.

Er ließ das Fahrrad ausrollen und stieg ab. Die letzten fünfzig Meter würde er lieber zu Fuß gehen und schieben, bevor sein klapperndes Schutzblech ihn verriet. Unwillkürlich zuckte seine Hand zur Jackentasche. Er war immer noch da, der Brief. Natürlich war er da. Er fühlte es ganz genau, durch das Jackenfutter hindurch; der Umschlag brannte förmlich in seiner Tasche.

Sein Blick tastete die Fassade des Hauses ab: Die Rollläden waren heruntergelassen, keine menschliche Regung zu erkennen. Oliver atmete auf. Er näherte sich der Gartenpforte, wendete sein Fahrrad und lehnte es vorsichtig gegen den Zaun. Er streckte seine Hand nach der kleinen dunkelroten Kugel aus, um den Riegel der Pforte zu öffnen, da hielt er inne. Wenn das nun ein lautes Geräusch machte? Viele Gartenpforten klackerten, Metall stieß auf Metall und Scharniere konnten quietschen. Er versuchte sich zu entsinnen – wie war das bei seinem letzten Besuch gewesen? Doch er konnte sich nicht an die Gartenpforte erinnern, er wusste nur noch, wie es war, zögernd vor dem Klingelschild zu stehen. Unschlüssig stand er nun vor der verschlossenen Pforte und sah hinüber zu dem Eingang, neben dem der Briefkasten hing. Es waren garantiert fünfzehn lange Meter bis dahin! Oliver verließ der Mut. Sollte er nicht lieber wieder umkehren und alles auf sich beruhen lassen? Doch da hörte er den Protest der altbekannten Stimme: ‚Bist du bekloppt? Jetzt hast du im Schweiße deines Angesichts diesen Brief geschrieben, hast dich an deinem freien Tag frühmorgens rausgequält, um hierher zu radeln und dann willst du das Ding nicht einwerfen? Schlappschwanz!' – ,Jaja, ich machs ja schon!', rief er in Gedanken. Nervös sah er sich nach allen Seiten um. Die Straße lag still und menschenleer da. Jetzt musste er es wagen! Im Grunde war es doch ganz einfach: Langsam die Pforte entriegeln und aufschieben, dann locker hinübergehen, vorsichtig den Deckel des Briefkastens anheben ...

Der Briefkasten! Ein Gefühl der Panik durchflutete ihn. Briefkästen waren immer laut! Er hatte noch nie einen Briefkasten erlebt, der nicht irgendein Geräusch von sich gab, und meistens war es ein hässliches metallenes Quietschen oder Klappern!

Er maß mit den Augen noch einmal den Weg von der Gartenpforte zum Briefkasten neben dem Eingang. Jetzt kam ihm dieser Weg vor wie vermintes Gelände; ein falscher Schritt, eine unbedachte Bewegung und die Rollläden würden ruckartig hochgehen, da war er sich ganz sicher. Dann wäre er geliefert! Sein Mund wurde trocken. Unwillkürlich krampften sich seine Finger um die Latten der Gartenpforte und da stießen seine Fingerspitzen auf unerwarteten Widerstand. Es war ein länglicher Behälter aus Plastik – die Zeitungsröhre! Sie war an der Innenseite der Pforte befestigt und aus dem offenen Ende schaute die zusammengerollte Zeitung von heute heraus. Es durchfuhr ihn wie ein Geistesblitz: Das war die Lösung! Er musste gar kein Risiko eingehen und sich bis zum Eingang schleichen, sondern konnte einfach seinen Brief in die Zeitung stecken!

Eine Welle der Erleichterung durchflutete ihn. Er griff in seine Jackentasche und zog den Brief heraus; er war schon etwas zerknittert. Oliver strich ihn glatt, so gut es eben ging. Er langte über die Gartenpforte und zog die Seiten der Tageszeitung etwas auseinander, um den Umschlag dazwischen zu schieben.

,Na also', lobte ihn die Stimme in seinem Kopf.

„Wuff!" bellte es hinter ihm. Oliver fuhr herum.

Durch die ruckartige Bewegung riss seine Hand den Umschlag wieder aus der Zeitung heraus und blieb an der Spitze einer Zaunlatte hängen.

„Autsch!“ Oliver fluchte leise.

Jenseits der Pforte segelte der Umschlag zu Boden, während diesseits Billys treue Augen zu ihm aufschauten. Oliver rieb sich die Hand; ein roter Striemen zog sich über die Innenfläche. Doch er spürte den Schmerz kaum, der überlagert wurde vom Schrecken angesichts der alten Dame, die nun langsam die Straße hinunter auf ihn zukam.

„Ist ja gut, Billy. Aus!“

Oliver schaute auf den Boden. Hinter der Pforte lag sein Brief, weiß und unschuldig und im Moment für ihn absolut unerreichbar.

Der Hund schnupperte an seinen Schuhen herum, bevor er sich dem Fahrrad zuwandte, das weitaus interessanter zu riechen schien. Mittlerweile hatte sein Frauchen ihn fast erreicht.

„Schönen guten Morgen, Herr Schütz. Na, schon so früh unterwegs?“

„Gu ... guten Morgen, Frau Ehrmann. Ja, also ... ich wollte ...“, stammelte er, aber die alte Dame schien an seinen Erklärungen gar nicht interessiert zu sein.

„Der frühe Vogel fängt den Wurm, was?“, fuhr sie fort. „Ich bin immer schon zeitig auf. Ich kann nicht so gut schlafen, wissen Sie, mein Rücken ... und Billy wird dann unruhig und muss raus ...“

‚Kannst du nicht etwas leiser reden?‘, dachte Oliver panisch. Seine Augen schielten zu dem Umschlag auf dem Weg und den Rollläden vor den Fenstern. Doch Frau Ehrmann schien das nicht zu bemerken. Sie versuchte, ihren Hund vom Fahrrad wegzukriegen.

„Komm schon, Billy, wir gehen weiter.“

Doch Billy war noch am Schnuppern und ließ sich nicht stören.

„Tragen Sie jetzt die Zeitungen aus?“, fragte sie interessiert.

„Wie bitte? Wieso ... äh nein!“, kam es völlig übereilt aus Oliver heraus. Er hatte das Gefühl, dass irgendwie alles falsch lief. Fehlte nur noch, dass Irene aus dem Fenster schaute und ihn hier sah.

„Hätte ja sein können“, meinte Frau Ehrmann achselzuckend, „aber nein, die Austräger haben ja immer diese großen Fahrradtaschen dabei. Ich hab das auch schon mal überlegt. Lieselotte hat neulich noch zu mir gesagt: ‚Magda', hat sie gesagt, ‚wenn du so früh aufstehst und draußen herumläufst, kannst du doch auch gleich die Zeitungen austragen!' Doch in meinem Alter, wissen Sie, und dann mit den schweren Taschen ..."

Sie sah sich wieder zu ihrem Dackel um.

„Billy, jetzt ist es aber genug. Komm, wir müssen nach Hause. Also, dann noch einen schönen Tag, Herr Schütz. Wiedersehen!"

Sie wandte sich ab und ging langsam weiter. Doch der Dackel konnte sich nur schwer von Olivers Fahrrad trennen. Nach zehn Metern drehte sich Frau Ehrmann noch einmal um und rief so laut, dass Oliver zusammenzuckte: „Billy!"

Der Dackel hob den Kopf und trottete dann endlich hinter ihr her.

Oliver stand wie angewurzelt da und schaute der alten Dame nach. Er hörte seinen Herzschlag in den Ohren pochen, seine Hände waren feucht, das Hemd nassgeschwitzt. Ein hektischer Blick zum Haus, wieder ein Blick die Straße hinunter – Frau Ehrmann näherte sich der nächsten Ecke. Hoffentlich war sie bald außer Sichtweite! Aber sie drehte sich nicht noch einmal nach ihm um. An der Straßenecke hielt sie an und wartete, bis Billy den Laternenpfahl ausreichend markiert hatte; es schien eine Ewigkeit zu dauern, bis der Hund schließlich sein Bein wieder heruntemahm und beide in der nächsten Seitenstraße verschwanden.

Im Haus gegenüber ging jetzt hinter einem Milchglasfenster das Licht an. Da war jemand im Badezimmer; die ersten Leute standen auf, die Straße erwachte.

Jetzt kam Bewegung in Oliver. Er stand schon viel zu lange hier! Er riss die Gartenpforte auf; das Klackern des Riegels war ihm jetzt egal, dann stürzte er vor, schnappte den Umschlag, stopfte ihn zwischen die Seiten der Zeitung, schwang sich auf sein Rad und fuhr davon, so schnell er konnte. Nur wenige Sekunden hatte das Ganze gedauert. Seine Beine traten wie von selbst, bis seine Oberschenkel schmerzten. Er hörte seinen keuchenden Atem und spürte auf einmal den Schmerz in seiner Hand.

‚Egal', dachte er. Hauptsache, er hatte es geschafft und den Brief vorbeigebracht. Und auf einmal war ihm, als würde der Schmerz ganz woanders herkommen.

Ein paar Straßen hinter ihm klangen erste Morgengeräusche aus einem Haus, in dem eine alleinerziehende Mutter mit ihrer dreizehnjährigen Tochter wohnte. Vorn an der Gartenpforte ragte das Ende der Tageszeitung aus einer Plastikröhre. Zwischen den Seiten schaute ein zerknitterter weißer Umschlag hervor.

„Frau Irene Anders" stand darauf.

***

Samstag, 19. Juni, später am Morgen

Der Tisch war voller Blumen. Nebeneinander lagen sie da, wohlgeordnet nach Sorten und Farben: kleine Rosen in Zartrosa, größere in Orange, Gerbera in leuchtendem Gelb, dazu weißes Schleierkraut und grünes Blattwerk. Rita Stark betrachtete alles, sog die Farben mit den Augen förmlich auf. Sie liebte Blumen, den Geruch und die Farben. Jedes Mal war es der Höhepunkt der Woche für sie, wenn sie am Samstag die Sträuße für den Altar zusammenstellte. Dann lebte ihre Seele auf, was sonst nicht so oft vorkam.

Ihre Hände ordneten flink zwei mögliche Variationen, komponierten wie von selbst Farben und Formen. Wieder hatte ihre Freundin Anna sie nicht enttäuscht: Jede Woche spendete sie etwas aus ihrem Blumenladen für den Sonntagsgottesdienst. Das sei ihre Form der Kollekte, sagte sie. Rita fügte oft noch Blumen aus ihrem eigenen Garten hinzu. So kamen meist zwei Sträuße für den Altar zusammen und noch einer für sie zu Hause. Das sollte so sein.

„Ich spende nur etwas für die Gemeinde, wenn du auch für dich Blumen mit nach Hause nimmst", sagte ihre Freundin immer wieder, denn sie wusste, dass Rita wenig Geld und noch weniger Optimismus hatte, da brauchte sie einfach diese blühenden Lebenszeichen.

Rita nahm zwei Vasen und arrangierte die Sträuße. Unter ihren Händen entstanden Kompositionen in Orange und Gelb für den Altar, kräftig und strahlend wie die Sonne dieses Sommers. Die kleinen rosafarbenen Röschen und das Schleierkraut würde sie sich zu Hause in eine Vase stellen.

Sie war gerade fertig, als sie eine Stimme im Kirchraum nebenan hörte.

„Hallo? Rita, bist du hier?"

‚Oh nein, die hat mir gerade noch gefehlt', dachte Rita. Sofort war da wieder diese Mischung aus Unsicherheit und schlechtem Gewissen, als hätte man sie bei etwas Unerlaubtem ertappt. Dabei ging sie nur ihrer Arbeit nach. Doch dieses Gefühl gehorchte nicht dem Verstand. Es war immer da und hatte ihre Seele im Griff. Rita Stark verließ die Sakristei und betrat den Kirchenraum. Frieda Matzke durchquerte gerade das Kirchenschiff, in jeder Hand eine Einkaufstüte. Aus der einen schauten Porreestangen heraus, aus der anderen Salatgurken und Blumen in einer Farbzusammenstellung, die wie eine kitschige Urlaubspostkarte aus Italien wirkte.

„Ach, da bist du ja", japste Frieda, „ich komm nur grad vorbei und dachte, ich schau mal rein." Sie stellte ihre Tüten gegen eine der vorderen Bänke und ließ sich mit einem Seufzer auf das Sitzpolster nieder.

„Ach ja, eine Pause tut jetzt gut ... ich komm gerade vom Markt und meine Tüten sind so schwer." Sie schnaufte noch ein wenig, bis sie Luft zum Weiterreden hatte. „Du glaubst ja nicht, wie voll das da wieder war. Ein Gedränge ... naja." Sie schaute sich prüfend um. „Hast du schon neue Kerzen bestellt?", wechselte sie das Thema.

Rita stand vor ihr und sah aus wie ein Kind, das von der Lehrerin nach seinen Hausaufgaben gefragt wurde.

„Ja, schon längst, das mach ich doch immer, wenn ...", eigentlich hatte sie den Satz, „wenn die alten heruntergebrannt sind", beenden wollen, doch Frieda Matzke unterbrach sie: „... ich dir das gesagt habe, ich weiß. Na, man gut, dass hier noch eine mitdenkt und nach dem Rechten schaut." Ihr Blick wanderte durch die Kirche, über den Altar, die Bänke und den Fußboden. „Kannst du hier nicht mal ordentlich fegen?"

Rita durchfuhr ein Schauer. Da waren sie wieder, die Stimmen aus ihrer Kindheit: ‚Kannst du nicht mal ordentlich malen, sitzen, essen, spielen, schreiben, aufräumen ... ?' Sie klangen in ihrem Kopf und wurden immer lauter, die Stimmen ihrer Eltern, später ergänzt durch die Stimme ihres Mannes: ‚Kannst du nicht mal ordentlich kochen, backen, putzen, abwaschen, Betten machen, meine Hemden bügeln, meinen Kaffee bringen ...?' Und je lauter die Stimmen wurden und immer dieselben Sätze schrien, desto kleiner wurde Rita innerlich.

‚Hört auf', hätte sie am liebsten geschrien, ‚lasst mich in Ruhe!' Doch sie tat es nicht. Sie hatte nicht die Kraft dazu. Stattdessen fing sie an zu zittern; mit einer Hand hielt sie sich an der Bank fest und atmete schwer.

„Aber ... das mache ich doch noch ... nachher ...", flüsterte sie.

Frieda Matzke war ganz in ihre Inspektion des Fußbodens vertieft.

„Jaja", brummte sie, „kennen wir ... kommste heut nicht, kommste morgen, was?" Jetzt hob sie den Kopf und sah die Küsterin von unten herauf an.

„Nanu", wunderte sie sich, „noch nichts getan und schon außer Atem?"

Rita Stark schaute sie mit großen Augen an und presste sich die Hand auf die Brust.

„Na egal", winkte Frau Matzke ab, „ich wollte eigentlich auch nur kurz vorbeikommen und dich fragen ..." Sie beugte sich vor und setzte eine verschwörerische Miene auf, „ob du das mitgekriegt hast mit Herrn Brammer." Erwartungsvoll sah sie zu Rita auf.

Die sah verwirrt aus: „Mit Herrn Brammer? Warum, was ist mit ihm?"

Frau Matzke runzelte die Stirn.

„Na komm, am Gemüsestand wurde schon darüber geredet."

‚Ja, nachdem du da warst', dachte Rita im Stillen und erschrak fast davor.

„Willst du mir etwa erzählen, dass du nichts von diesem Zettel gehört hast?", schnaubte Frau Matzke.

Natürlich hatte Rita das. Es war zurzeit Thema Nummer Eins beim Gemeindeklatsch, dicht gefolgt von dem Stand der Dinge zwischen Herrn Schütz und Frau Anders. Aber das musste sie einer wie Frieda ja nicht unbedingt auf die Nase binden.

„Der soll ja richtig getobt haben", fuhr Frau Matzke fort, „ich frage mich ..." Sie überlegte einen Moment. „Das ist doch nach dem Gottesdienst passiert, als er noch in der Sakristei die Kollekte zählte, richtig?“

Rita Stark nickte stumm.

„Und du hattest hier auch noch zu tun, da musst du doch etwas davon mitbekommen haben, oder?“ Sie blickte die Küsterin neugierig an. „Oder warst du mal wieder mit deinen Gedanken woanders?“

Ihre Stimme klang in Ritas Ohr nach und vermischte sich mit den altbekannten Vorwürfen aus ihrer Vergangenheit: ‚Hast du wieder mal geträumt? Hast du schon wieder alles falsch gemacht? Was hast du denn jetzt wieder getan? Hast du wieder mal die Rechenaufgaben nicht verstanden, die Suppe nicht richtig gewürzt, den Kragen nicht richtig gebügelt ...?‘

Ritas Hand umkrampfte die Lehne der Bank; mit der anderen griff sie sich an die Schläfe. „Ich ... ich kann dir wirklich nichts sagen. Ich musste doch nach dem Gottesdienst die Kerzen löschen und die Mikrophone abbauen und Herr Brammer duldet es nicht, wenn ich beim Zählen dabei bin. Das dürfen nur Kirchenvorsteher, sagt er immer.“

Frau Matzke sah unzufrieden aus. „Da hat er wohl Recht, natürlich. Aber ... du hast nicht trotzdem was gehört? Oder den Zettel gesehen, ganz zufällig?“

„Nein, natürlich nicht“, antwortete Rita, „außerdem hatte ich mich noch kurz mit Magda Ehrmann unterhalten. Dann ist sie in die Kirche zurückgegangen, um ihre Handtasche zu suchen, während ich im Vorraum die Gesangbücher sortiert habe.“

Frieda Matzke sah sie missbilligend an.

„Warum willst du das denn alles wissen?“, fragte Rita vorsichtig.

„Warum, warum?“, echote Frau Matzke genervt. „Weil es mich interessiert, darum. Mir ist es eben nicht egal, was in dieser Gemeinde geschieht. Und ich finde, wer immer diesen Zettel geschrieben hat, er hat bestimmt Recht!“

Frau Matzke stand abrupt auf und ging aufgeregt vor Rita im Altarraum auf und ab.

„Eberhard Brammer in Ehren“, sagte sie aufgebracht, „aber er war immer schon fürchterlich autoritär. Leute wie er wollen immer nur bestimmen, wo's langgeht! Und wenn die zu lange an der Macht sind, schaden sie der Kirchengemeinde!"

„Aber Herrn Brammer lag doch immer das Wohl unserer Gemeinde am Herzen", wandte Rita schüchtern ein.

Frieda Matzke blieb stehen und sah die Küsterin mitleidig an.

„Rita, da sieht man mal wieder, dass du keine Ahnung hast."

‚Du hast einfach keine Ahnung', klang das Echo der Vergangenheit in Ritas Kopf, ‚du begreifst auch nie was, du bist so dumm!' Rita schluckte.

„Der Brammer will doch nur Macht!", regte sich Frieda Matzke weiter auf. „Dem geht's doch nur um sich selbst, seit Jahren schon! Aber das merkst du ja nicht, so gutmütig wie du bist. Dir fällt ja nie was auf, noch nicht einmal ..." Sie strich mit ihrem Finger über den Rand des Altars, schaute ihn dann prüfend an und fuhr fort: „Noch nicht einmal der Staub hier überall. Wie wär's mal mit Putzen?"

Rita wurde bleich.

„Aber ...", stotterte sie, „das mach ich doch immer erst ..."

„... wenn es gar nicht mehr anders geht, ich weiß", ergänzte Frau Matzke und rümpfte die Nase. „Na ja, jeder hat seine eigene Auffassung von Arbeit ..." Ihr Blick schweifte durch die Kirche, als befände sie sich gerade in einer Slumhütte in Bangladesch. Plötzlich stutzte sie. „Wo sind denn die Vasen vom Altar geblieben?"

„Drüben in der Sakristei", erwiderte Rita, die sich wie ein kleines Mädchen anhörte, das beim Kaugummidiebstahl erwischt worden war, „ich war gerade dabei, den Blumenschmuck ..."

Das schien Frieda Matzkes Stichwort zu sein.

„Zeig mal her!" Mit festem Schritt ging sie in Richtung Sakristei. Rita folgte ihr, die Hände ängstlich wringend. Als sie durch die Tür trat, sah sie Frau Matzke vor dem Tisch mit den Blumen stehen. Wie ein Feldherr vor der Eroberung eines neuen Landes ließ sie ihren Blick über die gefüllten Vasen mit den gelb-roten Sträußen schweifen und weiter über die kleinen rosafarbenen Rosen und das weiße Schleierkraut.

„Ich sehe, du bist noch nicht fertig", stellte sie fest, „hast mal wieder Pause gemacht, wie? Na ja, ist ja nicht jeder das Arbeiten gewöhnt. Pass auf, ich helf dir. Ich hab ja auch noch ein paar schöne Blumen mitgebracht, da will ich mal nicht so sein und auch noch welche beisteuern. Man tut ja, was man kann. Mach du weiter in der Kirche sauber und ich mach das hier fertig." Sprachs und fing an, die fertigen Sträuße wieder zu zerpflücken. Rita Stark war starr vor Entsetzen.

„Na, was ist?", fuhr Frau Matzke sie an. „Hast du nichts zu tun? Schwing lieber den Besen, da drüben sieht's ja furchtbar aus!"

Wie in Trance ging Rita Stark in den Kirchenraum zurück. Ihre Hände griffen automatisch zum Besen und vollführten fegende Bewegungen, während ihre Seele sich in Schmerzen wand. Warum war sie so eingeschüchtert, warum wehrte sie sich nicht? Rita wusste es ganz genau, und ihr war auch klar, dass Frieda Matzke es zumindest spürte, dass sie hier ein willkommenes Opfer vor sich hatte. Auch wenn es wehtat – Rita hatte das schon oft gefühlt. Wie oft war sie schon erniedrigt und gedemütigt worden? Viel zu oft, als dass sie den Mut aufgebracht hätte, Widerstand zu leisten.

Jetzt kam Frieda Matzke aus der Sakristei und stellte die Vasen auf den Altar. Aus den Sommersträußen, die ausgesehen hatten wie komponiertes Sonnenlicht, waren struppige Gebilde geworden, deren Farben sich bissen, dass einem die Augen tränten. Frau Matzke trat einen Schritt zurück und betrachtete zufrieden ihr Werk. Dann wandte sie sich Rita zu: „Und, was sagt man?"

„Danke", stammelte sie.

„Na also", brummte Frieda Matzke selbstgefällig, griff nach ihren Taschen und wandte sich dem Ausgang zu, „geht doch."

Rita Stark musste erst einmal wieder zu sich kommen. Sie fischte ein neues Papiertaschentuch aus der Packung neben sich; es war bereits das vierte. Sie hatte keine Ahnung, wie lange sie nun schon hier vorn auf der Bank saß, den Besen angelehnt neben sich.

Als Frieda Matzke nach beendeter Mission aus der Kirche hinausgerauscht war, waren ihr die Knie weich geworden. Ein Schwall von Gefühlen schwappte in ihr hoch: Enttäuschung und Scham, Verletztheit und Wut, eine große Wut! Aber warum konnte sie die nicht rauslassen? Warum schluckte sie immer alles runter? Sie wusste es nicht. Und sie wusste es doch. Die negativen Gedanken über sich selbst und die Angewohnheit, alle Schuldzuweisungen anzunehmen, waren ihr eingeprügelt worden. Ihr Leben war immer fest in der Hand anderer gewesen: erst in den Händen ihrer Eltern und anschließend in den Händen ihres mittlerweile geschiedenen Ehemannes. Unheimlich war nur, dass die ersten beiden längst tot waren und ihr Exmann viele hundert Kilometer entfernt lebte. Aber immer wieder begegneten ihr Menschen, wie diese Frieda Matzke, die meinten, über sie bestimmen zu können! Schon seit Monaten ging das so. Doch heute hatte Frieda eindeutig eine Grenze überschritten. Rita sah vorsichtig zum Altar hinüber. Sie konnte den Anblick kaum ertragen. Was dort aus den Vasen ragte war, eine Beleidigung für das Auge – und für sie selbst. Morgen würden alle Gottesdienstbesucher dieses lieblose Farbfiasko sehen und alle würden denken, sie habe den Blumenschmuck gestaltet. Sollte sie einfach alles noch mal neu machen? Doch dann würde sie es morgen mit Frieda zu tun bekommen, die natürlich erwartete, die Blumen so vorzufinden, wie sie jetzt dort standen. Für eine Auseinandersetzung mit einer aufgebrachten Frieda Matzke fehlte ihr der Mut. Sie hatte ja noch nicht einmal vorhin die Kraft gehabt, deutliche Grenzen zu setzen.

Rita Stark griff nach dem Besen und stützte sich darauf, als sie aufstand. Es half nichts, sie musste sich zusammenreißen und weitermachen. Feucht durchwischen war angesagt.

Langsam ging sie in den hinteren Kirchenraum. In der Ecke unter der Treppe zur Empore öffnete sie eine Tür, hinter der sich ein kleiner Raum mit Putzzeug befand. Sie stellte den Besen in die Ecke, nahm Schrubber und Eimer und schaute kurz hinein, ob alles darin war, was sie brauchte. Da waren eine Flasche mit Putzmittel, ein Aufwischtuch und – sie stutzte – ein zusammengefaltetes Stück Papier. Sie lehnte den Schrubber wieder an die Wand, nahm den Zettel aus dem Eimer und wendete ihn hin und her. „AN RITA STARK“ stand in Großbuchstaben darauf. Sie faltete ihn auseinander und las:

Siehe, ich habe dir geboten, daß du getrost und freudig seist. Laß dir nicht grauen und entsetze dich nicht; denn der HERR, dein Gott, ist mit dir in allem, was du tun wirst. (Josua 1,9)

Erstaunt drehte und wendete sie das Blatt, aber mehr stand da nicht. Schließlich blickte sie auf. Mit dem Zettel in der Hand lief sie in die Kirche zurück und schaute sich um – niemand war da. Wieder setzte sie sich in eine Kirchenbank und betrachtete erneut die Blockbuchstaben, die da säuberlich mit Kugelschreiber auf das Papier geschrieben waren. Sie las die Worte noch einmal, dann noch ein drittes Mal, erst flüsternd, dann laut. Schließlich hob sie den Kopf. Ihr Blick streifte die Vasen auf dem Altar und wanderte zurück zum Zettel in ihrer Hand. Sie faltete ihn wieder sorgsam zusammen und stand auf. Zögerlich noch ging sie den Mittelgang entlang auf den Altar zu, doch mit jedem Meter schien sie sich ein wenig mehr aufzurichten. Ihre Schultern strafften sich, ihr Schritt wurde fester, zielgerichteter, willensstärker. Beim Altar angekommen, nahm sie entschieden beide Vasen auf, trug sie in die Sakristei und stellte sie auf den Tisch. Sie riss die Sträuße heraus, stemmte die Hände in die Hüften und sah auf die Pflanzen hinab, die in einer Pfütze vor ihr lagen. Dann atmete sie tief durch. Wie war das noch? *Lass dir nicht grauen und entsetze dich nicht; denn der HERR, dein Gott, ist mit dir in allem, was du tun wirst.* Mit neuer, nie vorher da gewesener Entschlossenheit begannen ihre Finger, die Blumen zu ordnen.

***

Samstag, 19. Juni, mittags

Rechnungen für Büromaterial und die Reparatur des Geschirrspülers im Gemeindehaus, eine Einladung zum Tag der offenen Tür im Behindertenheim zwei Orte weiter, die Zeitschrift des Diakonischen Werkes und stapelweise Werbung – Theo Braun sortierte seine Dienstpost, neben ihm stand der Papierkorb. Die meisten Prospekte und Briefe landeten dort in der runden Ablage. Unglaublich, was einem als Pastor so alles ins Haus geschickt wurde: Dicke Kataloge für Werbegeschenke und Kindergartenspielgeräte, etwas dünnere für Talare, Kerzen, Abendmahlszubehör und Taufurkunden. Auch Umschläge waren dabei, die so aussahen wie Geschäftsbriefe, aber dann doch nur Werbung waren. Theo machte sie trotzdem auf, auch wenn er schon vorher wusste, dass der Inhalt zum Altpapier wandern würde. So geschah es mit dem Brief des Ölhändlers, der darauf aufmerksam machte, dass man mit seiner Hilfe jetzt schon für den Winter vorsorgen könnte und auch mit vielen anderen. Im nächsten Umschlag, den Theo öffnete, warb ein Ausflugslokal für stilvolle Seniorenverköstigung, und der Brief, den er als letztes in die Hand nahm, sah auch nicht anders aus: „Eschbach & Söhne, Devotionalien und Kirchenbedarf, Osnabrück, seit 1928“ stand dort als Absender. Mechanisch griff Theo zum Brieföffner. Mit einem ratschenden Geräusch fraß sich das Messer durch das Papier. Theo nahm den Briefbogen heraus. Es sah gar nicht aus wie ein Werbeschreiben; es fehlten die bunten Bildchen und großen Überschriften. Theo Braun überflog das Schreiben und zog erstaunt eine Augenbraue hoch:

> Sehr geehrter Herr Braun!
> Mit großem Interesse haben wir Ihre Ikonenentwürfe im Internet gesehen (unter www.pantokrator.de). Als eine der größten Vertriebsfirmen für Kunstdrucke und Ikonen im deutschsprachigen Raum wären wir an einer Zusammenarbeit mit Ihnen sehr interessiert. Wir würden uns in der nächsten Zeit gern mit Ihnen in Verbindung setzen.
> Mit freundlichen Grüßen,
> H. Eschbach

Theo starrte verwundert auf den Brief. Ikonen, Internet? Pantokrator? Er verstand kein Wort. Meinten die wirklich ihn? Sein Blick wanderte noch einmal zum Briefanfang – ja, da stand seine Adresse. Aber halt! Es war nicht sein Name, jedenfalls nur zur Hälfte: „An Herrn *Johannes* Braun“ war der Brief adressiert. An seinen Sohn? Na, da hatten die in Osnabrück mit Sicherheit einiges durcheinandergebracht.

Das Klingeln des Telefons riss ihn aus seinen Gedanken. Er nahm den Hörer ab und meldete sich: „Braun, evangelische Kirchengemeinde ...?“

„Brammer“, meldete sich eine zackige Stimme am anderen Ende, „guten Tag, Herr Pastor.“

„Guten Tag, Herr Brammer“, grüßte Theo.

Wie gewohnt kam Herr Brammer gleich zur Sache. „Es geht um die Gemeindeversammlung in einer Woche“, begann er, „ich habe mich entschlossen, eine Erklärung abzugeben.“

Theo beschlich ein ungutes Gefühl.

„Was für eine Erklärung?“

„Eine persönliche Grundsatzerklärung“, antwortete Herr Brammer.

„Und? Was möchten Sie erklären?“, fragte Theo vorsichtig.

Im Hörer wurde tief Luft geholt.

„Meiner Ansicht nach gibt es in unserer Gemeinde einige Fehlentwicklungen und ich sehe mich außerstande, weiterhin schweigend zuzusehen. Die Kirchenmusik verwildert, die Jugend weiß nicht, was sich gehört und auch sonst geschehen hier ...“, eine kurze Pause trat ein, „Unverschämtheiten!“ Brammers Stimme zitterte, er schien sich stark zusammennehmen zu müssen, um nicht loszupoltern.

„Lassen Sie mich raten“, half Theo Braun, „der Zettel?“

„Ja, Sie haben Recht“, platzte es aus Herrn Brammer heraus, „dieser Streich, der mir da gespielt wurde, war eindeutig der Tropfen, der das Fass zum Überlaufen gebracht hat. Ich, ein Pharisäer! Wo gibt es denn so etwas!“ Er schnaufte in den Hörer. „Das kann ich einfach nicht hinnehmen!“

Theo blieb ruhig.

„Das ging Ihnen nahe“, stellte er fest.

„Ja, das stimmt“, presste Herr Brammer hervor, „das hat mich verletzt. Aber damit nicht genug! Sie müssen das dann auch noch auf die leichte Schulter nehmen.“ Er brach ab.

„Da fühlten Sie sich nicht ernst genommen.“

„Genau!“

„Herr Brammer, es tut mir leid, dass Sie das Gefühl hatten, ich würde Sie nicht ernst nehmen“, versuchte Theo zu erklären, „ich verstehe, dass Sie sich von diesem Bibelvers auf dem Zettel getroffen fühlen, aber es ist nur ein Zettel, den Ihnen irgendjemand zugesteckt hat. Ich würde dem wirklich nicht so viel Gewicht beimessen.“

„Ja, Sie vielleicht nicht, aber ich!“, donnerte Herr Brammer. „Es scheint mir wie ein Zeichen, dass es hier grundsätzlich um verschiedene Auffassungen darüber geht, was in unserer Kirche wichtig ist. Daher habe ich mich entschlossen, das vor die Gemeinde zu bringen. Ich denke, das ist meine Pflicht als Kirchenvorsteher."

Theo hatte dabei kein gutes Gefühl und sagte vorsichtig in den Hörer: „Herr Brammer, ich möchte, dass Sie wissen, dass ich Ihre Arbeit als Kirchenvorsteher sehr schätze. Ich bedaure es, dass Sie sich verletzt fühlen. Natürlich akzeptiere ich Ihre Entscheidung, Ihr Anliegen in die Gemeindeversammlung einzubringen, dazu ist sie ja da. Aber möchten Sie nicht vielleicht doch noch einmal darüber nachdenken?"

Er hörte förmlich, wie sich Herr Brammer aufrichtete. Theo stellte sich vor, wie der Kirchenvorsteher Haltung annahm, wie er es immer tat, um sich zu wappnen.

„Da gibt es nichts zu überlegen, Herr Pastor. Das bin ich meinem Amt als Vorsitzender des Kirchenvorstands schuldig", sagte er schneidend.

„Dann sollten wir uns kurz vor der Versammlung noch einmal zusammensetzen und darüber sprechen", schlug Theo beschwichtigend vor.

Herr Brammer war einverstanden, betonte allerdings nochmals, dass sein Entschluss feststehe und nichts ihn davon abbringen würde. Nachdem sie sich verabschiedet hatten, atmete Theo tief durch. Eine Grundsatzerklärung von Herrn Brammer auf der Gemeindeversammlung? Theo konnte sich das nur als eine Schmalspurnummer des Jüngsten Gerichts vorstellen. Das konnte ja was werden!

Er blickte auf den Brief von Eschbach & Söhne, den er immer noch in seiner Hand hielt. Gedankenverloren legte er ihn beiseite, jetzt hatte er Wichtigeres zu tun.

***

Sonntag, 20. Juni, 10 Uhr

Die Glocken läuteten. Frieda Matzke betrat die Kirche und ging den Mittelgang entlang, wobei sie grüßend nach links und rechts nickte wie eine Königin, die die Huldigungen ihrer Untertanen entgegennahm. Reihe fünf, rechts am Gang, das war ihr Platz. Hier saß sie immer. Jeder wusste das und niemand wagte es, diesen Platz zu besetzen. Und wenn es doch einmal vorkommen sollte, dass jemand zum ersten Mal in diese Kirche zum Gottesdienst kam und sich zufällig diesen Platz aussuchte, setzte er sich nach einer kurzen, aber deutlichen Belehrung ihrerseits schnell woanders hin. Auch heute war *ihr* Platz selbstverständlich frei, wie für sie reserviert. Sie setzte sich und legte ihr Gesangbuch vor sich auf die Ablage. Sie brachte immer ihr eigenes Gesangbuch mit zum Gottesdienst. Die Bände, die am Eingang ausgeteilt wurden, sahen ihr zu schäbig aus; obwohl in Plastikfolie eingeschlagen, waren sie doch über die Jahre ziemlich ramponiert. Frieda Matzke dagegen hatte sich ganz bewusst ein ledergebundenes Exemplar in Goldschnitt gegönnt, das sich deutlich von den anderen Büchern abhob. Zusätzlich hatte sie noch ihr Monogramm in Gold auf den schwarzen Ledereinband drucken lassen. Das sollte Eindruck machen!

Frieda Matzke sah sich um und ließ ihren Blick durch die Bänke schweifen. Zwei Reihen vor ihr erkannte sie die Frisuren von Lieselotte Rustig und Magda Ehrmann. ‚Noch ist Magda wach', dachte sie, ‚wollen wir hoffen, dass es heute so bleibt. Die Hoffnung stirbt ja bekanntlich zuletzt.'

Links vom Gang sah sie Irene Anders mit ihrer Tochter. Heute wirkten sie etwas unruhig. Immer wieder schauten sie sich um. Frau Matzke folgte ihrem Blick, doch da saß niemand. Und dann verstand sie. Genau, das war es ja, Herr Schütz war nicht da. Dabei kam er jeden Sonntag zum Gottesdienst und war ein pflichtbewusster Mensch. War er vielleicht krank? Auch andere schienen sein Fehlen bemerkt zu haben. Herr Thoma in der vorletzten Reihe sah sich auch suchend um. ‚Na, der soll sich da mal raushalten', dachte Frau Matzke, ‚das geht den gar nichts an!' Leute, die sich ungebeten in die privaten Angelegenheiten von anderen mischten, konnte sie noch nie leiden.

Die Orgel setzte ein. Langsame, etwas melancholische Klänge erfüllten die Kirche.

‚Kann der nicht mal was Fröhliches spielen?', ärgerte sich Frau Matzke und schaute missbilligend zur Orgelempore hinauf. ‚Man kommt doch in die Kirche, damit man innerlich berührt wird, auch von der Musik', dachte sie. Was sie da gerade hörte, berührte sie überhaupt nicht. Die Orgel sollte die Seele doch emporheben, sozusagen. Naja, was konnte man von dieser Schwuchtel an den Tasten schon erwarten!

Sie wandte sich wieder um und blickte nach vorn. Sie erstarrte zur Salzsäule – die Blumen! Wo waren die farbenfrohen Sträuße geblieben, die sie gestern zusammengestellt hatte? Stattdessen standen dort vorn auf dem Altar zwei langweilige Gebinde, die aussahen wie die orange-gelben Dinger von gestern vor ihrer Verschönerungsaktion!

Frieda Matzke war entsetzt. Fassungslos hing ihr Blick an den Blumen. Sie hörte die Orgel jetzt nur noch unbewusst und merkte nicht, wie das Stück langsam eine andere Dynamik bekam. Die Orgelklänge verdichteten sich und schwollen drohend an, parallel zu ihrem Adrenalinspiegel. Wie ein aufziehendes Gewitter braute sich die Wut in ihr zusammen, hochgepeitscht von schrägen Akkorden, die immer lauter wurden. Jetzt tobte ein musikalisches Inferno unter dem Gewölbe und auch in Frieda Matzke tobte es: Diese nichtsnutzige, hinterhältige Küsterin, was bildete die sich eigentlich ein? Die sollte was erleben, die sollte man ...

Auf einmal brach in dem Orgelvorspiel hörbar die Sonne durch. Der Sturm der Akkorde legte sich, die drohenden Klänge wichen ruhigeren, schönen Harmonien. Auch Frau Matzkes Puls beruhigte sich, sie atmete tief durch und ließ sich erschöpft auf den Klangwellen treiben. Die erste Woge des Ärgers war wundersamerweise abgeklungen. ‚Man gut', dachte sie, jetzt konnte sie sowieso nichts unternehmen. Noch eine Weile saß sie einfach so da, seelisch getragen von den lang ausgehaltenen Tönen, bis das Orgelspiel wieder mit einem schrägen Akkord endete. Unwillkürlich ging ein Ruck durch Frieda Matzke. ‚Nach dem Gottesdienst', dachte sie, ‚kann die gute Rita was erleben!'

Sie beobachtete, wie Herr Brammer an das Pult trat.

„Die Lesung für diesen Sonntag steht bei Lukas im achten Kapitel", hallte seine Stimme durch die Lautsprecher. Alle standen auf und verschränkten die Hände vor sich, auch Frieda Matzke. Der Kirchenvorsteher fuhr fort: *„Als nun eine große Menge beieinander war und sie aus den Städten zu ihm eilten, redete Jesus in einem Gleichnis: Es ging ein Sämann aus zu säen seinen Samen. Und indem er säte ...* "

Manche hörten zu, manche dösten vor sich hin. Magda Ehrmann war sitzen geblieben; anscheinend war sie schon wieder eingeschlafen. Viele hingen ihren eigenen Gedanken nach, während Herr Brammer weiterlas, von den Samenkörnern, die nicht nur auf das Feld fielen, sondern auch daneben, auf den Fels, den Weg und unter die Dornen.

„Der Same ist das Wort Gottes", klang es aus den Lautsprechern, *„die aber auf dem Weg, das sind die, die es hören; danach kommt der Teufel und nimmt das Wort aus ihrem Herzen ..."*

Das war auch bei Frieda Matzke der Fall. Die Bibelworte hatten gar keine Chance, ihre Seele zu erreichen, denn in ihr rumorte es. ‚Diese Rita', dachte sie, ‚diese falsche Schlange, die kann nachher was erleben!'

Mit monotoner Stimme fuhr Herr Brammer fort: *„Die aber auf dem Fels sind die: wenn sie es hören, nehmen sie das Wort mit Freuden an. Doch sie haben keine Wurzel ..."*

‚So habe ich mich oft in meinem Leben gefühlt, wurzellos und ohne Halt', dachte Rita Stark. Sie stand in der letzten Reihe, dicht am Ausgang. In ihrer Hand hielt sie den zusammengefalteten Zettel mit dem Vers, der ihr so viel Kraft verliehen hatte. Sie hatte es tatsächlich geschafft, den gewaltsamen Eingriff von Frieda Matzke an den Altarblumen rückgängig zu machen. Doch hatte sie nachher auch die Kraft, sich Friedas Zorn persönlich zu stellen und ihm standzuhalten? Ihr Herz wollte wieder zaghaft werden, Angst stieg in ihr hoch, Panik fast. Sie hielt den Zettel fester.

‚Nein', sagte sie sich, ‚ich will mich nicht mehr erniedrigen lassen, nie mehr!'

„Was aber unter die Dornen fiel ...", fuhr Herr Brammer fort, *„sind die, die es hören und gehen hin und ersticken unter den Sorgen ..."*

Voller Sorge schaute Irene Anders immer wieder verstohlen zu dem leeren Platz, wo sonst immer Oliver Schütz saß. Warum war er heute nicht hier? Hatte sie ihn verschreckt? Was mochte er wohl über sie denken?

„Das aber auf dem guten Land sind die, die das Wort hören und behalten ..."

„Herr, mache mich zum guten Lande, wenn dein Same auf mich fällt", betete Lieselotte Rustig leise mit den Worten eines alten Gesangbuchliedes. Sie folgte immer aufmerksam den Bibelversen.

„Amen", beendete Herr Brammer die Lesung.

„Amen", flüsterte Lieselotte.

Dann hob sie den Kopf und sah den Pastor auf die Kanzel treten.

Theo Braun ließ seinen Blick von der Kanzel aus über die Gemeinde schweifen.

„Der Sämann streut sein Saatgut aus", begann er, „ davon hat er reichlich. Mit vollen Händen kann er es austeilen und überall fällt es hin: Auf den Weg, auf den Felsen, unter die Dornen und auf gutes Land. Aber wächst auch etwas daraus?"

Er suchte erneut Blickkontakt zu den Menschen in den Bänken und fuhr fort: „Gott sendet sein Wort aus. Er hat reichlich, und er spart nicht. Und es erreicht alle Menschen: Die Zweifler, die in Ängsten leben, die Gleichgültigen und die, die für Gott offen sind. Doch wieso wächst nicht immer etwas daraus, das frage ich euch?"

Theo sah in ratlose Gesichter. Nur Frau Rustigs Blick schien zu sagen: Ich weiß, was du meinst! Neben ihr saß Frau Ehrmann mit geschlossenen Augen. Sie schlief, wie immer.

„Ein beunruhigender Gedanke, ich weiß", predigte Theo Braun weiter, „Gott versucht uns zu erreichen mit seinem Wort, aber wir haben das Gefühl, dass nichts ankommt. Gott möchte, dass sein Wort in unserem Leben Wurzeln schlägt und neues Leben hervorbringt, aber es keimt kein Glaube. Woran liegt es, wenn wir im Glauben nicht weiterkommen? Am Boden, wie beim Fels-Typ? Oder an den Dornen und unsere Seele erstickt unter den Alltagssorgen? Oder geht es uns manchmal wie dem Weg-Typen, und das, was wir von Gottes Wort hören, ist bald darauf schon wieder weg? Der Frust kann Einzug halten, wenn wir merken, dass wir im Glauben auf der Stelle treten, trotz Gottesdiensten und Hauskreistreffen, die ja schon helfen, aber eben Probleme nicht wegzaubern! Selbst Pastoren, die ja die landwirtschaftlichen Helfer des Herrn sein sollen, sind davor manchmal nicht gefeit. Immer wieder wird da die Saat an dieselben Stellen geworfen, und nur weniges geht auf! Kein Wunder also, wenn sich so mancher die Frage stellt: Hat das alles noch einen Sinn? Darf ich Sie fragen – sind unter uns heute Morgen zufällig auch Gute-Land-Leute da? Dann stehen Sie auf und kommen nach vorn! Trauen Sie sich ruhig, es ist Platz genug hier vor dem Altar ... Keiner?"

Während Pastor Braun zum Ende seiner Predigt kam, machte sich Günter Neumann oben an der Orgel zu schaffen. Das letzte Lied wurde gesungen, die Kollekte eingesammelt, und zum Schluss der Segen gesprochen.

Rita Stark war zum Ausgang gegangen und zwang sich zu einem Lächeln, während sie den Gottesdienstbesuchern die Gesangbücher abnahm und in das Regal zurückstellte. Das war der Moment, vor dem sie sich gefürchtet hatte, denn sie wusste, dass Frieda Matzke sie zur Rede stellen würde. Trotz dieser Ängste hatte Rita es gewagt, ihr eigenes Blumenarrangement wieder herzustellen. Jetzt wappnete sie sich innerlich für die Begegnung mit Frieda. Sie vermutete, dass Frieda warten würde, bis die anderen Leute die Kirche verlassen hatten.

Und so war es auch. Kaum hatte sie das letzte Gesangbuch in Empfang genommen und neben die anderen gestellt, zischte es auch schon hinter ihr: „Komm sofort in die Kirche, ich habe mit dir zu reden!"

Langsam folgte Rita einer vor Ärger stampfenden Frau Matzke in die Kirche.

„Warst du das mit den Blumen?", zeterte sie ohne Umschweife los. „Was fällt dir ein, einfach alles wieder zu ändern?"

Rita blickte geradewegs in das vor Wut gerötete Gesicht von Frau Matzke. Doch bevor sie etwas erwidern konnte, schimpfte diese weiter: „Ich habe dich immer unterstützt, ich habe dir geholfen, ich habe getan, was ich konnte! Da opfert man sich auf und das ist nun der Dank?" Die letzten Worte schrie sie fast. Wieder wurden die Stimmen der Vergangenheit geweckt, die in Ritas Seele mitschrien: ‚Das ist nun der Dank? Warum tust du uns das an? Deinetwegen geht es uns schlecht, du bist an allem schuld, du bist böse, alles nur wegen dir!' Rita wurde abwechselnd heiß und kalt. Wieder hatte sie das Gefühl, immer kleiner zu werden. Aber da war auch diese neue Stimme, die sie seit gestern in sich hörte, leise noch, aber sie konnte sie hören: *Lass dir nicht grauen und entsetze dich nicht; denn der HERR, dein Gott, ist mit dir in allem, was du tun wirst.*

Rita schloss kurz die Augen, während ein neuer Schwall an Beschimpfungen und Anklagen auf sie niederging: „Immer wieder habe ich über deine Fehler hinweggesehen, aber was du jetzt getan hast, schlägt dem Fass den Boden aus!“ Rita Stark hatte bei diesen Worten Luft geholt. Jetzt straffte sie die Schultern, öffnete die Augen und sah Frieda Matzke direkt an.

„Dass du meine Arbeit zerstört hast, dass du ...“ Die unerwartete Änderung in Ritas Haltung schien Frieda Matzke zu verwirren. Etwas unsicherer fuhr sie fort: „... das verbitte ich mir!“

„Es ist nicht deine Aufgabe“, sagte Rita Stark ruhig.

„Was ... soll das heißen?“, schnaufte Frieda.

„Es ist nicht deine Aufgabe, Frieda“, wiederholte Rita schlicht, „es ist meine Aufgabe, die Blumen zu binden.“

Für einen Moment war Frau Matzke sprachlos. Dann ging sie wieder zum Angriff über. „Deine Aufgabe? Ha! Dann musst du deine Arbeit auch erledigen! Was wäre denn gewesen, wenn ich nicht immer wieder nach dem Rechten schauen würde? Immer wieder habe ich dir gesagt: Fege den Boden, wisch mal Staub, achte mehr darauf, dass die Altardecke auch wirklich gerade hängt, pass auf, dass die Kerzen nicht tropfen ... Alles nur für dich, du undankbare, egoistische Person!“

‚Du selbstsüchtige Göre‘, schrie es in Ritas Kopf, ‚du faules Weib, du schlampige ...‘

„Nein!“, sagte Rita fest.

„Was – nein?“, keifte Frieda Matzke.

„Nein, das hast du nicht für *mich* getan“, sagte Rita ebenso ruhig wie vorher, „du hast es für *dich* getan.“

„Wie bitte?“ Frieda Matzke setzte zu einer neuen Wortsalve an, doch Rita war schneller. „Du hast es immer nur für dich getan“, fuhr sie mit fester Stimme fort, „du hast mich herumkommandiert wie eine Sklavin. Bei jeder Gelegenheit hast du mich erniedrigt wie einen Hund und hast es genossen, Macht über mich zu haben. Darum ging es dir, Frieda, um das Gefühl, über andere Macht zu haben. Und bei mir hast du das immer wieder geschafft. Aber jetzt ist das vorbei!“ Rita straffte ihren Körper noch ein bisschen und wunderte sich selbst, wie aufrecht sie stehen konnte.

Erstaunen spiegelte sich in Frieda Matzkes Gesicht. Mit allem hatte sie gerechnet, nur nicht mit Widerstand. Dann gewann wieder die Verärgerung Oberhand.

„Wo sind meine Blumen? Was hast du damit gemacht?“, zischte sie.

„*Deine* Blumen stehen in einer Vase mit frischem Wasser in der Sakristei“, antwortete Rita, „und *meine* Blumen stehen auf dem Altar.“

Frieda Matzke schnappte nach Luft. „Das wird dir noch leidtun“, presste sie hervor, „das lasse ich nicht mit mir machen. Das wird ein Nachspiel haben. Ich werde mich an den Kirchenvorstand wenden und den Leuten sagen, welche Arbeitsmoral hier herrscht und welche Unverschämtheiten sich ihre Küsterin leistet. Ich werde ...“

„Frieda“, unterbrach Rita sie gelassen und schaute ihr direkt in die Augen, „tu, was du nicht lassen kannst. Aber bleib mir in Zukunft vom Hals und lass mich einfach in Ruhe meine Arbeit tun!“

„Das ... das ist doch unerhört“, stammelte Frau Matzke, „da hört sich doch alles auf. Wie redest du denn mit mir? Was bildest du dir eigentlich ...“

„Na, Frau Matzke?“, erklang plötzlich eine tiefe Stimme hinter ihr. „Wia imma guad gelaunt in den Sonndog? “

Frieda Matzke fuhr herum und stand vor einer weißen Wand, die sich auf den zweiten Blick als riesiges Männerhemd entpuppte.

‚Kümmern Sie sich gefälligst um Ihre Angelegenheiten‘, hätte Frau Matzke am liebsten gerufen. Doch sie nahm sich zusammen, der Bayer war ihr nicht geheuer.

„Auf Wiedersehen!“, stieß sie hervor. Dann wandte sie beiden den Rücken zu und rauschte den Mittelgang hinunter.

Rita Stark sackten die Beine weg. Sie merkte kaum, wie Josef Thoma ihr unter die Arme griff und ihr auf eine Bank half. Sobald sie saß, fiel sie in sich zusammen. Ihr kamen die Tränen. Sie schlug die Hände vor das Gesicht; ihre Schultern zuckten. Josef Thoma saß etwas hilflos daneben und wusste nicht recht, was er tun sollte. Schließlich holte er eine Packung Papiertaschentücher aus den

Tiefen seiner Jackentasche und reichte ihr eins. Schniefend nahm sie es an und putzte sich die Nase.

„Danke", sagte sie, „Entschuldigung, dass ich mich so gehen lasse."

„Macht nichts", beruhigte er sie, „de guade Frau Matzke konn manchmol wirkli biestig sei."

„Sie hat mir das Leben so schwer gemacht, weil sie gespürt hat, dass ich mich einfach nicht wehren kann", schniefte Rita.

„Aber heit hoben Sie si gewehrt", sagte er, „und i find, Sie hobn as guad gemacht."

„Ja, wirklich?" Unsicher sah sie ihn mit rot geränderten Augen an.

„Ja, freili", bekräftigte Josef Thoma, „Sie hobn klar gsogt, was Ihna ned gefällt und Grenzn gsetzt, ohne ebenfois zua schimpffa und zua beleidign. Sehr guad war as. "

„Ach Herr Thoma ...", setzte sie an, doch er unterbrach sie sanft.

„Josef", sagte er.

Sie lächelte: „Josef. In Ordnung. Ich bin Rita. Ja, also, das ist mir sehr schwer gefallen. Sie ist so stark!"

„Du doch aba aa", lachte er leise.

Sie schaute ihn verwirrt an. „Was bin ich?"

„Stark", antwortete er, „jedenfois heost du so. "

„Ach so", lachte sie. Dann wurde sie nachdenklich.

„Im Grunde ist mein Name das einzig Starke an mir. Mein ganzes Leben lang bin ich immer schwach gewesen, oder man hat es mir eingeredet." Und Rita kam ins Erzählen. Sie sprach über ihre Kindheit, ihre Eltern, erzählte von ihrem Exmann, eine Geschichte voller Demütigungen und Schläge, bis er gegangen und sie zurückgelassen hatte. Und während sie redete, fragte sie sich, warum sie sich ausgerechnet diesem Menschen anvertraute, den sie nur vom Sehen kannte. Aber irgendetwas an ihm flößte ihr Vertrauen ein, und auf einmal wusste sie, was es war – es war seine Stärke. Zum ersten Mal spürte sie eine Stärke, die nicht zerstörerisch, sondern wohltuend war, die nicht Angst und Schrecken, sondern Ruhe und Geborgenheit verbreitete. Geduldig saß dieser hünenhafte Mann mit dem fremden Akzent neben ihr und hörte aufmerksam zu. Nur hin und wieder fragte er nach. Zum Schluss schwiegen sie beide.

„Wenn es wahr is, dass du voaha di nie getraut hast, di zua wehrn, was hod di dazu gebracht, as jetzt zua tun?", fragte Josef schließlich leise.

Rita sah auf ihre Hände. Dann griff sie in ihre Tasche, holte das Stück Papier hervor, das ihr so viel Mut gegeben hatte.

Wortlos gab sie es ihm. Josef Thoma nahm den Zettel, faltete ihn auseinander und las. Dann zog er die Augenbrauen hoch und schaute sie fragend an. Auf einmal fühlte sie sich wieder unsicher.

„Verrückt, nicht wahr?", flüsterte sie fast. „Es ist ja nur ein Vers aus der Bibel. Aber irgendwie hatte ich das Gefühl, dass er genau mich meint, verstehst du? Dass das ein Wort für mich persönlich ist und dass ich auf Gott vertrauen kann und dann stark bin. Ach, das klingt alles so dumm!" Ihr kamen wieder die Tränen. Doch da spürte sie eine Hand auf ihrer Schulter, sanft und beruhigend, obwohl sie so riesig war, dass ihr halber Oberarm darunter zu verschwinden schien.

„As klingt ganz und gar ned dumm, Rita", sagte Josef leise aber bestimmt, „und weißt du, was i glaube?" Er sah sie ernst an.

„I bin ibazeigt, Gott hod dia desn Vers gschickt, durch wen auch imma. Es is sei Woat an di. Und du kannst di imma darauf verlassn, dass er dia beisteht mit seina Stärke und deine Gebete hört. Dass as wahr is, hast du heit erfahrn. Vertrau auf ihn, und du wirst stark sei!"

Rita sah ihn erstaunt an.

„Aber ... ich dachte immer", stammelte sie, „ich dachte, du glaubst gar nicht! Wie kannst du so von Gott reden, von Vertrauen und Stärke und so. Du bist doch Atheist!"

Josef Thoma runzelte die Stirn. „Wer sogt as? "

„Alle sagen das", versicherte Rita, „außerdem streitest du dich doch immer nach dem Gottesdienst mit Pastor Braun über Glaubensdinge, oder nicht?"

„As stimmt schon", gab Josef Thoma zu, „aba wenn i ned glaubn würde – warum, meinst du, gehe i dann jedn Sonndog in de Kirche?"

Rita zuckte die Achseln.

„Keine Ahnung“, gab sie zu, „wir wundern uns alle darüber.“

Er lächelte. „Wichtig is nur, dass du des Wort ...“, er gab ihr den Zettel zurück und schloss mit seiner Pranke ihre Finger um das Papier, „... fia di festhältst. Es is das Woat Gotts an di! “

Einen Augenblick saßen sie so da, Hand in Hand, dann lösten sie sich verlegen voneinander.

„Dann bist du doch gläubig, oder?“ Rita hielt den Zettel wie einen Schatz in ihrer Hand. Josef Thoma beugte sich vor und flüsterte: „Aber ned dem Pfarra verratn! De Streitgespräche mit ihm machn oafach so viel Spaß.“

***

Sonntag, 20. Juni, früher Abend

Die Baumkronen schlossen sich hoch über ihr zu einem Blätterdach zusammen, das angenehmen Schatten spendete. Die Kühle des Waldes umfing sie. Es roch nach Erde und Harz. Der weiche Boden federte angenehm unter ihren Füßen und sie schlenderte langsam einen gewundenen Weg entlang. Es tat gut, allein einen Spaziergang zu unternehmen. Leonie war mit ihrer Freundin Sara zu einer Radtour aufgebrochen und so hatte Irene Anders Zeit, einmal in Ruhe ihre Gedanken und Gefühle zu ordnen.

Was war nur mit Oliver Schütz los? Seit dem Abend, als er bei ihr gewesen war, hatte sie nichts von ihm gesehen oder gehört. Zum Teil konnte sie es ja verstehen. Dieses Missgeschick mit dem Kaffee. Noch einmal liefen die Bilder wie ein Film vor ihr ab. Ganz schön peinlich! Wie ungeschickt sie sich angestellt hatte! Das war gründlich danebengegangen. Doch musste er sich danach verkriechen wie ein kleiner Junge? Konnten sie nicht einfach darüber lachen und alles nicht so ernst nehmen? Sie hatte gehofft, ihn heute Morgen im Gottesdienst zu sehen, dann hätte sie ihn darauf ansprechen können. Aber vielleicht wollte er genau das nicht.

Was wollte er überhaupt? Sie war sich unsicher. Vielleicht hatte sie sich geirrt und er wollte gar nichts von ihr. Bei seinem Besuch war er ihr ziemlich einsilbig und abweisend vorgekommen. Sie hatte es auf seine Schüchternheit geschoben, doch konnte es nicht genauso gut sein, dass er nichts für sie übrig hatte? Dass er einfach nur gekommen war, um ihren Computer zum Laufen zu bringen, nur um dann so schnell wie möglich nach Hause zurück zu kommen und seine Ruhe zu haben? Und dann hat ihn dieses ungeschickte Weibsstück auch noch mit heißem Kaffee übergossen und ihn dazu gebracht, sich fast den Schädel einzuschlagen!

„Du blöde Kuh!", schimpfte Irene Anders laut mit sich selbst. „Was bildest du dir eigentlich ein? Glaubst du im Ernst, dass sich jemand auf dich einlassen will, auf eine Frau Mitte Dreißig mit Kind? Und nach dieser Vorstellung neulich hat sich das ja wohl endgültig erledigt!"

Damit war sie gedanklich schon bei der nächsten Frage, die sie beschäftigte: Was wollte *sie*? Wollte sie ihn? Sie kannte ihn doch kaum. Vor einem Jahr war sie hierher gezogen und hatte in der Kirchengemeinde Kontakte gesucht. Seitdem sah sie ihn jeden Sonntag. Sie spürte, dass er immer wieder zu ihr hinübersah, doch wenn sie sich ihm zuwandte, nickte er nur kurz und schaute wieder woanders hin. Auf diese Weise hatte sie ihn nicht näher kennenlernen können, dafür aber andere in der Gemeinde.

Besonders die Nachbarschaft zu Josef Thoma tat gut. Auch er wohnte noch nicht lange dort und sie halfen sich gegenseitig. Sie brachte ihm öfter einen Kuchen hinüber und er kam mit der Bohrmaschine vorbei, wenn es nötig war. Und seit einigen Wochen konnte Leonie freitags nach der Schule bei ihm bleiben. Das war eine große Entlastung.

„Da siehst du's", sagte sie, „Josef Thoma kennst du besser als Oliver Schütz und bei ihm kommst du auch nicht auf den Gedanken, er könnte an dir interessiert sein!"

Stimmt, dachte sie, der bayrische Riese von gegenüber war einfach ein netter Nachbar, ein netter Mensch, mehr nicht. Und Oliver? Immer wieder Oliver! Nur in ihren Gedanken nannte sie ihn so – Oliver –, in Wirklichkeit siezten sie sich. Er ging ihr nicht aus dem Kopf. Vielleicht wünschte sie sich ja nur, dass er Interesse an ihr hätte, weil sie ihn mochte? Zum Verzweifeln war das! Das war ja schlimmer als in ihrer Teeniezeit! Wenn sie sämtliche Gespräche des letzten Jahres mit ihm zusammenzählte, kam sie auf eine Viertelstunde verkrampften Smalltalks auf dem Kirchhof. Wo immer sie sich hinstellte, um mit anderen zu reden, stand er ganz in der

Nähe, aber doch immer so weit weg, dass sie ihn nicht wirklich gut ansprechen konnte. Ganz klar: Große Liebe sah anders aus, oder? Was war bloß los mit ihm? Was war bloß los mit ihr?

Und was hielt Leonie davon? Merkte sie überhaupt etwas? Wahrscheinlich, denn das Mädchen war nicht auf den Kopf gefallen. Manchmal konnte Irene direkt spüren, wie ihre Tochter sie von der Seite ansah, wenn sie sich verstohlen nach Oliver Schütz umblickte.

‚Na toll', dachte sie, ‚meine Tochter kommt langsam in die Pubertät, doch anstatt über sie und ihre Freunde zu sprechen, spielen die Hormone der Mutter verrückt!'

Irene Anders verließ den Waldweg und folgte der Straße entlang zurück ins Dorf. Sie hatte einen Entschluss gefasst. ‚Schlag ihn dir aus dem Kopf', hatte sie sich gesagt, ‚vergiss die Hirngespinste und komm wieder runter auf den Boden!' Ihr Schritt wurde fester und schneller. Ja, es war alles Einbildung und Quatsch. Schluss und aus, sie würde nichts weiter darin sehen oder sich etwas wünschen.

„Sieh es doch mal positiv", sagte sie sich, „es ist nichts weiter passiert."

Sie öffnete das Gartentor und fischte den Schlüssel aus ihrer Tasche. Als sie die Haustür aufschließen wollte, sah sie die Ecke eines Umschlags aus dem Briefkasten ragen. Sie zog ihn heraus und drehte ihn um. „AN IRENE ANDERS" stand auf der Vorderseite in säuberlichen Blockbuchstaben geschrieben. War der von ihm? Sie spürte, wie ihr Herz schneller schlug. Sie betrat den Hausflur und versuchte sich innerlich zur Ordnung zu rufen. Gerade eben noch hatte sie einen guten Entschluss gefasst, aber es half nichts. Fahrig kramte sie in der Küchenschublade herum, nahm ein Messer heraus und schnitt den Umschlag auf. Ein weißes Blatt Papier kam zum Vorschein, sorgsam gefaltet. Sie schlug es auf und las:

Du hast mir das Herz genommen, meine Schwester, liebe Braut … Setze mich wie ein Siegel auf dein Herz und wie ein Siegel auf deinen Arm. Denn Liebe ist stark wie der Tod … (Hoheslied 4,9 u. 8,6)

Ihre Knie wurden so weich, dass sie es gerade noch bis zum Küchenstuhl schaffte. Wie ein Vulkan, der lange Zeit tief unter der Oberfläche gebrodelt hatte und nun plötzlich ausbrach, schwemmten die Gefühle in ihr hoch. Alle Argumente, Gedanken und Vorsätze wurden von diesem Strom mitgerissen und fortgeschwemmt. Was noch vor zwanzig Minuten im Wald beschlossen worden war, galt hier und jetzt in dieser Küche nicht mehr. Doch plötzlich stockte sie: ‚Wie kommst du nur darauf, dieser Brief könnte von ihm sein?', tadelte sie sich. Und doch, schnell wurde dieser Einwand durch alle anderen Gefühle erstickt, die gemeinsam im Chor schrien: ‚Ich weiß es, ich fühle es, er muss von ihm sein!'

Wieder fasste sie einen Entschluss, im Bruchteil einer Sekunde. Sie griff zum Telefon. Auch wenn sie ihn noch nie angerufen hatte, kannte sie seine Nummer auswendig, denn schon so oft hatte sie ihn anrufen wollen. Zitternd wartete sie endlose Sekunden lang, bis am anderen Ende das Tuten unterbrochen wurde: „Guten Tag. Hier ist der automatische Anrufbeantworter von Oliver Schütz. Ich bin zurzeit nicht zu Hause. Wenn Sie eine Nachricht für mich haben, sprechen Sie bitte ..." Sie hatte zwar eine Nachricht für ihn, aber die wollte sie ihm persönlich sagen. Sie legte auf.

Beschwingt ging sie in die Küche zurück und griff nach ihren Töpfen.

Eine Stunde später stellte Leonie ihr Fahrrad draußen in den Schuppen. Sie kam ins Haus und schnupperte; ein unwiderstehlicher Geruch nach leckerem Essen durchzog die Räume. Sie schleuderte ihre Tasche in die Ecke und betrat die Küche. Der Tisch war liebevoll gedeckt, eine Kerze und Blumen standen darauf, dazu das gute Geschirr. Ihre Mutter stand am Herd, rührte emsig in der Pfanne und summte vor sich hin.

Irgendetwas kam Leonie komisch vor. Am Sonntagabend warfen sie doch meistens nur eine Tiefkühlpizza in den Ofen, einen Film in den DVD-Player und machten es sich faul auf dem Sofa bequem. Was war hier los?

„Ist heute irgendwas Besonderes?", fragte sie.

Ihre Mutter drehte sich um. Sie hatte Tränen in den Augen, schien aber nicht traurig zu sein.

„Nein, nichts, warum?", antwortete sie.

„Du weinst ja", sagte Leonie.

„Tatsächlich?“ Irene lachte und wischte sich mit dem Handrücken über die Augen. „Müssen wohl die Zwiebeln sein.“

Leonie beugte sich über die dampfende Gemüsepfanne.

„Da sind ja gar keine Zwiebeln drin“, sagte sie.

„Tatsächlich?“, bekam sie wieder zur Antwort. „Ich dachte nur.“

Es wurde das merkwürdigste Abendessen, das beide jemals erlebt hatten.

***

Sonntag, 20. Juni, zum Abendessen

Maren Braun öffnete die Wohnzimmertür einen Spalt breit und steckte den Kopf hinein: „Kommt, das Essen ist fertig!“, sagte sie.

Alle erhoben sich, gingen ins Esszimmer und setzten sich an den großen Tisch: Theo, Johannes, Marieke, ihr Freund Lukas, genannt Lucky, und Günter Neumann, der Organist.

„Vielen Dank noch mal für die Einladung“, sagte Günter, „in meinem Singlehaushalt koche ich nicht so oft und schon gar nicht so etwas Leckeres wie dies hier.“ Erwartungsvoll beugte er sich etwas vor, um die Lasagne zu begutachten, die vor ihm in der Auflaufform dampfte.

„Was gibt's denn bei dir immer so?“, fragte Lucky.

„Spiegeleier, Bratkartoffeln und alles, was die Tiefkühltruhe im Supermarkt hergibt“, lachte Günter.

Theo bot Getränke an. Flaschen wurden geöffnet, es sprudelte in den Gläsern. Dann wurden alle still, und er sprach das Tischgebet.

Auf die Stille folgte fröhliches Geklapper mit Besteck und Geschirr. Maren teilte das Essen aus. Johannes machte sich gleich hungrig darüber her.

„Vorsicht, das ist heiß!“, warnte ihn Marieke, doch da war es schon zu spät. Hechelnd griff er zu seinem Glas und löschte den kochend heißen Bissen mit Wasser.

„Ooooh, Mann, das ist die Hölle!“, röchelte er.

„Wart‘s ab, *da* ist es noch heißer“, zwinkerte ihm Lucky zu.

„Mal wieder mein Brüderchen“, tadelte Marieke, „kann sich am Tisch einfach nicht benehmen, der Gierschlund.“ Sie sah Lucky an mit einem Blick, der zu sagen schien: ‚Entschuldigung, aber das ist nicht meine Familie, in Wirklichkeit bin ich adoptiert.‘

„Ich hab halt Hunger“, verteidigte sich Johannes.

„Ich versteh dich“, lachte Lucky, „das riecht wirklich toll.“

Vorsichtig nahm er einen Bissen.

„Hmmm“, lobte er, „und schmeckt auch super!“

„Danke“, sagte Maren, „dann guten Appetit.“

Es trat eine kleine Pause ein, denn alle genossen das Essen. Marieke war es, die die Unterhaltung wieder in Gang brachte.

„Heute haben die Leute schon nicht mehr so komisch geschaut wie letztes Mal, oder?“, sagte sie.

„Was meinst du?“, fragte Maren. „Wer hat komisch geschaut?“

„*Nicht* mehr komisch geschaut“, erwiderte Marieke, „na, die Leute im Gottesdienst.“

Als ihre Mutter sie immer noch fragend ansah, deutete sie auf ihren Freund und sagte: „Die Leute haben heute Lucky im Gottesdienst nicht mehr so angestarrt, finde ich.“

„Weil ich etwas seltsam aussehe“, bekräftigte er.

„Was soll an dir seltsam aussehen?“, fragte Günter und alle lachten. Es war offensichtlich, dass Lucky mit seinen langen Haaren, der schwarzen Kleidung und den vielen Piercings sich optisch deutlich von den anderen Kirchgängern abhob. Doch Günter legte sein Besteck hin und betrachtete ihn demonstrativ. „Nase im Gesicht, zwei Ohren links und rechts ... tut mir leid, ich kann nichts Seltsames entdecken“, lautete sein Urteil.

„Danke, Günni“, sagte Lucky.

„Aber mal im Ernst“, wollte Theo wissen, „gibt es denn tatsächlich böse Blicke in der Gemeinde?“

„Nein, *böse* Blicke nicht direkt“, sagte Lucky, „eher überraschte oder leichte pikierte Blicke. Manche scheinen etwas verwirrt davon zu sein, dass jemand, der so aussieht wie ich, in die Kirche geht. Und vereinzelt wird mal hier und da ungläubig der Kopf geschüttelt. Aber wie Marieke sagt, heute war‘s schon besser als beim letzten Mal.“

„Am meisten hat, glaube ich, Herr Brammer zu kämpfen“, vermutete Marieke.

„Ist das der oberkorrekte Typ, der die Kollekte eingesammelt hat?“, fragte Lucky.

„Genau der“, bestätigte Johannes in einem Tonfall, als ginge es um eine Nacktschnecke.

„Cool“, sagte Lucky nur.

Johannes sah ihn ungläubig an. „Du findest Herrn Brammer cool?“

„Klar!“, erwiderte er. „Der ist auch ein klein wenig anders als die anderen, genau wie ich. Oder Günni“, fügte er hinzu.

„Da könntest du Recht haben“, überlegte Theo, „so hab ich ihn noch gar nicht gesehen.“

„Du hast also ein Faible für das Andere und Seltsame“, sagte Marieke, „und was ist dann mit mir?“ Sie schmiegte sich an Luckys Arm und sah wie ein kleiner Hund mit großen Augen zu ihm auf. „Bin ich etwa langweilig und gewöhnlich?“

Lucky sah sie zärtlich an.

„Du bist das außergewöhnlichste Mädchen, das ich je getroffen habe“, sagte er, beugte sich zu ihr hinunter und gab ihr einen Kuss.

Johannes drehte sich weg, griff sich an den Hals und tat so, als müsste er sich übergeben. Dafür erhielt er postwendend unter dem Tisch einen Tritt gegen das Schienbein. „Autsch“, rief er theatralisch, „das außergewöhnliche Mädchen hat mich außergewöhnlich doll getreten!“

Günter war in Gedanken noch bei Herrn Brammer.

„Ich glaube nicht, dass Herr Brammer mit uns beiden in einen Topf geworfen werden möchte“, gab er Lucky gegenüber zu bedenken.

„Kann ich mir auch nicht vorstellen“, mischte sich Theo ein, „er sieht sich selbst eher als Vorbild denn als Abschreckung!“ Alle lachten.

„Übrigens“, fügte er hinzu, „Herr Brammer ist zur Zeit sehr verärgert.“

„Immer noch die Sache mit dem Zettel?“, fragte Maren.

„Was für ein Zettel?“ Lucky blickte neugierig auf und Theo erzählte kurz, worum es ging.

„Und wegen eines Bibelverses regt der sich so auf?“, wunderte sich Günter.

„Er hat das wortwörtlich auf sich bezogen und das hat ihn verletzt", erklärte Theo, „ich kann das gut verstehen. Immerhin ist da von Pharisäern die Rede und über die wird bekanntlich nicht viel Nettes gesagt."

„Ach Papa, du hast mal wieder für alles Verständnis", sagte Johannes genervt und stopfte sich Lasagne in den Mund, „dabei ist Herr Brammer wirklich wie ein Pharisäer. Immer hat er etwas zu meckern. Jugendliche mag er nicht, Günnis Musik mag er nicht und jetzt ist es Lucky, über den er sich aufregt."

„Stimmt", gab Günter ihm Recht, „Herr Brammer und ich werden wohl nie die besten Freunde werden."

„Mag ja sein, dass Herr Brammer etwas von einem Pharisäer hat", gab Theo zu, „aber zur Zeit Jesu waren die Pharisäer gläubige Leute, die das Wort Gottes sehr ernst genommen haben. Sie hatten nur nicht erkannt, wer Jesus ist. Herr Brammer nimmt seinen Glauben und sein Amt als Kirchenvorsteher genauso ernst, und an Jesus glaubt er auch."

„Also ein aufrechter Fighter für den Herrn?", überlegte Lucky.

„So könnte man das sagen", nickte Theo zustimmend, „obwohl Herr Brammer sich vermutlich anders ausdrücken würde. Übrigens hat er mich angerufen und gesagt, er wolle bei der Gemeindeversammlung in einer Woche eine Erklärung abgeben."

„Ach du meine Güte", entfuhr es Günter, „was will er denn erklären?"

„Ich befürchte, er wird alle Missstände aufzählen, die es seiner Ansicht nach in unserer Gemeinde gibt", sagte Theo, „als da wären: Das schlechte Benehmen von Konfirmanden ..."

„Wildes, unharmonisches Orgelspiel ...", fiel Günter grinsend ein.

„... und unangemessene Kleidung der Gottesdienstbesucher!", lachte Lucky.

„Wieso?", sagte Marieke erstaunt, „dein T-Shirt und deine Lederjacke waren sauber!"

„Und was will der gute Herr Brammer erreichen?", fragte Maren und reichte noch einmal das Mineralwasser herum.

„Ich vermute, damit will er allen zeigen, dass er ein ernsthafter, verantwortungsvoller Christ ist und keineswegs ein Pharisäer", sagte Theo, „nur leider wird er vermutlich den gegenteiligen Eindruck bei der Gemeinde hinterlassen."

„Und dann macht er dieselbe Erfahrung wie wir", sagte Marieke und schmachtete Lucky an, „alle werden ihn komisch angucken."

„Wieso wie *ihr*", wollte Maren wissen, „bei Lucky kann ich mir das denken, aber hast du den Eindruck, dass die Leute auch dich komisch ansehen?"

„Natürlich tun sie das", bestätigte Marieke, „ich bin sicher, die alten Damen, die sich regelmäßig bei Pohlmanns Edeka treffen, zerreißen sich die Mäuler darüber, welchen Umgang die Pastorentochter da hat. Und über dich tratschen sie übrigens auch, Mom!"

„Hab ich mir gedacht", murmelte Maren und drehte ihr Glas in der Hand.

„Was, über dich auch?" Theo schaute seine Frau verwundert an. „Was hast du denn damit zu tun?"

„Na komm, Theo", sagte Maren, „du weißt doch, wie das geht …" Und mit verstellter Stimme fuhr sie fort: „Wie kann eine Pastorenfrau es nur zulassen, dass ihre eigene Tochter mit so einem durch das Dorf geht? Und dann auch noch in den Gottesdienst! Der sieht ja zum Fürchten aus! Und was macht die eigentlich den ganzen Tag! Und so weiter und so fort …"

„Bravo!", rief Lucky in das allgemeine Gelächter hinein und klatschte Beifall. „Das wirkt richtig echt!"

„Meinst du wirklich, so reden die?", fragte Theo zweifelnd.

„Na klar, was glaubst du denn?", versicherte Marieke. „Als Pastorenfamilie stehen wir doch noch mehr auf dem Prüfstand als alle anderen!"

„Und über dich wird auch geredet, mein Lieber", sagte Maren und legte ihre Hand auf Theos Arm.

„Ja, gut", gab dieser zu, „geredet wird ja immer ein wenig. Aber das wird schon nicht so schlimm sein."

„Klar, Papa, träum weiter", meldete sich Johannes zu Wort, „schön, wenn du es nicht so mitbekommst, ist vielleicht besser für dich. Wir leben ja schon länger damit, wir kommen schon klar."

„Danke, mein Sohn", Theo nahm einen betont salbungsvollen Ton an, „für dieses ermutigende Wort hast du dir noch eine

Portion verdient.“ Er schaufelte noch Lasagne auf den Teller, den Johannes ihm bereitwillig hinhielt. „Nimm hin und iss.“

„Das war übrigens stark, dein Orgelvorspiel heute“, sagte Lucky zu Günter und nickte ihm anerkennend zu. Der nahm es sichtlich erfreut auf. „Hast du es erkannt?“

„Natürlich“, sagte Lucky, „das war *Rock my Soul* von der CD, die ich dir geliehen habe, stimmts?“

Günter nickte.

„Genau. Ich hab einfach mal probiert, das auf der Orgel umzusetzen. Die CD gefällt mir.“

„Das klang fantastisch!“ Lucky war beeindruckt. „Ich hätte nie gedacht, dass es so was gibt wie Metal-Orgel!“

Maren begann, die Teller zusammenzustellen und den Tisch abzuräumen. Marieke half ihr und auch Lucky stand auf, nahm die Auflaufform und trug die wenigen Überreste der Lasagne in die Küche, in der Mutter und Tochter das Geschirr auf der Spüle stapelten. Marieke öffnete den Kühlschrank, holte eine große Schüssel Quarkspeise heraus und verschwand mit ihr ins Esszimmer. Von dort hörte man Begeisterungsrufe. Lucky und Maren waren einen Moment lang allein.

„Vielen Dank“, sagte er, „das hat wirklich gut geschmeckt.“

„Das ist schön, danke“, antwortete sie, „weißt du, ich hab es einfach gern, wenn alle zusammensitzen und sich wohlfühlen, auch wenn das dann manchmal etwas chaotisch bei uns ist.“

„Wieso chaotisch?“, antwortete Lucky. „Ich finde es gemütlich und persönlich.“

„Danke.“ Maren war gerührt. Unwillkürlich berührte sie seinen Arm: „Schön, dass du da bist.“

Plötzlich wirkte der sonst so coole Lucky etwas verlegen. Schnell wich er auf ein anderes Thema aus: „Marieke hat erzählt, dass du heimlich Bücher schreibst. Stimmt das?“

Jetzt war es an Maren, verlegen zu sein.

„Ja, das stimmt“, gab sie zu, „aber ich mache das, wie sie sagte, *heimlich*. Also behalte es für dich.“

Lucky war fasziniert.

„Wie geht das denn, heimlich schreiben?“, fragte er.

„Ganz einfach“, antwortete sie, „du schreibst unter einem Pseudonym, einem Decknamen.“

„Und warum?“, wunderte er sich. „Warum soll das keiner wissen? Das ist doch nichts Schlimmes, ganz im Gegenteil.“

„Weil es erstens darauf ankommt, *was* man schreibt und zweitens, weil die Frau eines Pastors im Dorf eben keine normale Frau ist. Marieke hat schon Recht. Alle schauen auf uns und jede Regung wird kommentiert. Da schreibe ich lieber im Verborgenen.“

„Und wer bist du?“, fragte er rundheraus. „Ich meine, in der Bücherwelt? Kenne ich dich vielleicht?“

„Ich fürchte, ja“, druckste Maren herum. Sie rang mit sich. Schließlich sagte sie: „Hast du schon mal was von Jane Bennet gehört?“

Luckys Gesichtszüge entgleisten kurzzeitig, dann hatte er sich wieder im Griff.

„Ah ja, schön ...“, stammelte er.

„Lucky, entspann dich“, lachte Maren, „ich weiß, dass das schnulzig ist. Aber was soll ich sagen ... es macht einfach unheimlich Spaß!“

„Und hier im Ort weiß das keiner?“, fragte er entgeistert.

„Nein“, antwortete sie, „meine Familie natürlich und Günni weiß Bescheid, aber sonst zum Glück niemand.“

Lucky nickte, er begriff den Ernst der Lage.

„Aber ich bin nicht nur Jane Bennet“, fuhr Maren zögerlich fort, „ich habe noch ein weiteres Pseudonym.“

Lucky schaute überrascht auf.

„Wie, was – du bist noch jemand anderes?“, fragte er ungläubig. „Wer denn?“

„Willst du es wirklich wissen?“, fragte sie unsicher.

„Na klar“, versicherte er.

„Frank N. Stone.“

Sie beobachtete sein Gesicht. Das wechselte gerade von ungläubigem Erstaunen zu unverhohlener Bewunderung. „Du bist Frank N. Stone?“

„Ja, bin ich. Enttäuscht?“

„Enttäuscht?“, schwärmte er. „Bist du verrückt? Ich habe drei Bücher von dir gelesen, ohne es zu wissen! Die waren super!“

„Ach komm“, winkte Maren ab, „hohe Literatur ist das nun wirklich nicht.“

„Egal, Hauptsache gruselig!" Lucky war fasziniert.

„Aber sag mal", lachte er, „wo nimmst du den ganzen Horror her? Aus dem Alltag?"

Maren lachte auch.

„Nein, so schlimm ist es nicht. Aber es ist ein willkommener Ausgleich zu dem ‚kleinen Horrorladen Gemeinde', den wir hier täglich erleben."

„Was macht ihr denn da drüben so lange?", rief Theo aus dem Esszimmer herüber. „Eure Quarkspeise wird kalt."

„Sehr witzig", rief Maren, „aber wir kommen schon!" Sie hakte Lucky ein und führte den jungen Mann ins Nebenzimmer zurück. Rund um den Tisch klapperten bereits genüsslich die Löffel in den Schälchen.

„Der Nachtisch ist einfach spitze", lobte Günter und kratzte noch den letzten Rest seines Desserts zusammen.

Johannes hatte bereits aufgegessen.

„Kann ich aufstehen?", fragte er.

„Aber klar", nickte Maren ihm zu.

„Ach ja, Jo", rief Theo ihm noch hinterher. Johannes blieb auf der Treppe stehen.

„Ja?"

„Mir fällt grad ein", sagte Theo, „da ist ein Brief für dich angekommen, aus Osnabrück, von einer Firma für Kunstdrucke oder so was. Ich dachte, es wäre Werbung für mich, deshalb habe ich ihn aufgemacht. Hab jedenfalls kein Wort verstanden. Ist sicherlich falsch adressiert, oder weißt du, worum es da geht?" Johannes blickte seinen Vater fragend an.

„Warte hier", sagte Theo und stand auf, „ich hol den Brief kurz."

Als Theo aus seinem Arbeitszimmer zurückgekehrt war, wedelte er mit dem Schreiben von Eschbach & Söhne herum und gab es Johannes in die Hand. Der brauchte eine Weile, bis er verstanden hatte, was der Brief bedeutete. Auf einmal wurde er ganz aufgeregt.

„Das ist wegen unserer Internetseite!", rief er.

Alle schauten ihn ratlos an.

„Welche Internetseite?", fragte Theo.

„Die von Max und mir!" Johannes deutete auf das Papier. „Steht doch hier: www.pantokrator.de!"

„Panto – was?“, fragte Marieke.

„Pantokrator“, wiederholte Theo, „das heißt: Weltenherrscher.“

„Danke“, sagte Marieke sarkastisch, „jetzt sind wir alle schlauer!“

„Seit wann hast du eine eigene Internetseite?“, fragte Maren misstrauisch.

„Na ja“, gab Johannes kleinlaut zu, „seit letzter Woche, die haben wir bei Max gemacht. Wir haben Bilder von Ikonen ins Netz gestellt.“

Alle schauten ihn verständnislos an, als hätte er gerade behauptet, es ginge um Bilder von Benjamin Blümchen.

„Ikooonen“, betonte Johannes und verdrehte leicht ungeduldig die Augen, „ihr wisst schon: Heilige, orthodoxe Kirche, Jesusdarstellungen ...“

„Wir wissen, was Ikonen sind“, unterbrach Theo ihn, „wir sind nur von den Socken, dass ausgerechnet du dich damit beschäftigst.“

Maren nahm den Brief und überflog ihn.

„Ich verstehe es trotzdem immer noch nicht ganz“, sagte sie, „sind das besondere Ikonen, um die es hier geht?“

„Unsere“, antwortete Johannes, „die von Max und mir.“

„Aber du hast doch gar keine Ikonen!“

„Doch, die haben wir selbst gemacht“, antwortete er, „ich hab die Entwürfe gezeichnet und Max hat sie gemalt. Das kann der ganz toll!“

„Muss wohl so sein“, sagte Maren, „denn wenn ich das recht verstehe, wollen die von Eschbach & Söhne dir ein Angebot dafür machen.“

„Ein Angebot?“

„Ich schätze, die wollen eure Entwürfe drucken und verkaufen“, sagte Maren und überflog noch einmal das Schreiben.

„Hey“, freute sich Johannes, „cool, dann werde ich ja reich!“

„Nana, immer schön auf dem Teppich bleiben“, mischte Theo sich ein, „erst mal wollen die nur mit dir reden.“

Theo stand auf und ging hinaus. Kurz darauf kehrte er mit seinem Notebook zurück, stellte es auf den Tisch und klappte es auf.

„Jetzt will ich die Bilder aber auch mal sehen", sagte er, „schaut ihr mit?"

Alle scharten sich neugierig um das Notebook. Theo öffnete den Browser, gab die Adresse www.pantokrator.de ein und drückte Enter. Der Bildschirm wurde schwarz. Dann wurde ein Lichtpunkt in der Mitte des Bildschirms immer größer und heller: Ein leuchtendes @-Zeichen erschien und danach immer mehr von der gemalten Umgebung, bis das ganze Bild aufstrahlte.

„Meine Güte!", flüsterte Günter ehrfürchtig.

„Darf ich vorstellen? Der Pantokrator!", sagte Johannes stolz. „Geil, was?"

„Also", sagte Theo, „wenn auch mit anderen Worten, aber ich muss zugeben, dass ich ganz schön platt bin!"

„Das ist der Hammer!", staunte Lucky. „Wahnsinn, Mann!"

Maren legte ihrem Sohn den Arm um die Schulter.

„Und das habt ihr ganz allein geschafft, Max und du?"

„Ja. Wir sind ein prima Team."

„Mein Brüderchen bringt was Großes zustande; hätt ich nicht gedacht", sagte Marieke und schüttelte verwundert den Kopf.

Sie standen noch einen Augenblick um den Bildschirm herum und betrachteten ehrfürchtig und voller Staunen die erhabene Figur auf dem Thron. Dann hob Theo den Kopf. „Und jetzt?", fragte er.

Maren schaute in die Runde: „Kaffee?"

***

Montag, 21. Juni, früh morgens vor der Schule

„Tschüss, Mom!" Leonie drehte sich noch einmal um und winkte ihrer Mutter zu, die in der Haustür stand, wie jeden Morgen. Dann schlug sie den Weg zur Bushaltestelle ein.

Sie hing ihren Gedanken nach. Am gestrigen Abend war zwischen ihr und ihrer Mutter viel passiert. Leonie hatte sich an den Tisch gesetzt, den Teller beiseitegeschoben und mit einem „Raus-mit-der-Sprache-was-ist-los" zuerst Verlegenheit und dann einen Sturzbach an Worten hervorgerufen. Natürlich war es für Leonie keine Überraschung, dass ihre Mutter Oliver Schütz sympathisch fand, aber die plötzliche Heftigkeit ihrer Gefühle überraschte sie dann doch. Und dieser Brief war, zugegeben, ziemlich romantisch. Sollte aus dem Fiasko am besagten Dienstagabend doch noch etwas Schönes entstehen?

Von ihrer Verschwörung mit Josef Thoma hatte sie gestern nichts gesagt. Sie war ohnehin nicht zu Wort gekommen, denn ihre Mutter hatte geredet, gelacht, geweint und wieder geredet und das in einem fort. Leonie hatte ihrer Mutter liebend gern zugehört und sie dadurch von einer ganz neuen Seite kennengelernt. Ab und zu hatte sie ihr neue Papiertaschentücher über den Tisch gereicht, und in einigen Momenten war es ihr sogar so vorgekommen, als hätte sie ein junges Mädchen vor sich, das nur wenig älter als sie selbst war. Schließlich hatte es lange Umarmungen gegeben und sie hatten das Essen wieder aufwärmen müssen.

An der Ecke angekommen, bog Leonie nun nach rechts ab zur Hauptstraße und weiter zur Bushaltestelle, als ihr auf der anderen Straßenseite ein Fahrradfahrer entgegenkam.

„Hallo, Herr Schütz!“, rief sie schon von weitem und winkte fröhlich.

Oliver Schütz winkte zurück und ließ sich rollen. Für einen Moment schien sein Fahrstil unsicherer zu werden. Er eierte fast an ihr vorbei, schaute sich dann nach ihr um und wendete, als er sie erkannt hatte. Mit einem Ruck kam er schließlich neben ihr zum Stehen.

„Hallo, Leonie“, sagte er, stieg ab und reichte ihr die Hand. Dann schob er sein Fahrrad neben ihr her.

„Müssen Sie nicht in die andere Richtung?“, fragte sie scheinbar ruhig, doch innerlich war sie gespannt wie ein Flitzebogen. Würde er etwas über den Brief sagen?

„Ja, schon“, antwortete er, „es ist nur ... also, wegen neulich, als ich bei euch war ... ich glaube, ich habe mich nicht gut benommen ...“

„Ach, machen Sie sich da mal keine Sorgen. Schließlich ist keiner gut gelaunt, wenn er mit Kaffee begossen wird und sich den Kopf stößt“, lachte sie.

„Und deiner Mutter“, fragte er unsicher, „... wie geht es ihr?“

„Gut. Sehr gut sogar. Am Anfang natürlich nicht. Ich glaube, was an dem Abend passiert ist, war ihr ganz schön peinlich. Hinterher saß sie da und hat geweint."

Oliver sah betroffen aus.

„So, hat sie das?"

„Ja. Aber als sie dann gestern den Brief bekommen hat ..." Leonie machte eine bedeutungsvolle Pause und beobachtete ihn von der Seite. Würde er sich verraten?

Oliver Schütz schluckte. Er bemühte sich offenbar, ganz locker zu bleiben, was ihm aber gründlich misslang.

„Den Brief ... ja, und ... wie hat sie darauf reagiert?", fragte er betont beiläufig.

Der Brief *war* also von ihm! Hatte sie es doch gewusst! Leonie versuchte, ihre Aufregung zu unterdrücken; es gelang ihr weitaus besser als Oliver.

„Ja, wie hat sie darauf reagiert?" Leonie zog die Nachfrage in die Länge wie einen Kaugummi. Sie brauchte Zeit, um zu überlegen. Jetzt bloß nichts Falsches sagen! Neben ihr biss sich Oliver auf die Unterlippe.

„Also, der Brief ...", begann Leonie erneut, „hat sie *glücklich* gemacht." Sie betonte das Wort „glücklich" absichtlich.

Oliver schaute sie überrascht von der Seite an. „Ehrlich?"

„Ja", bekräftigte Leonie, „wirklich. Sie hat gelacht und ist durch die Küche getanzt! Und dann hat sie zur Feier des Tages für uns beide ein Festessen gekocht!"

‚Gut gemacht, Leonie', dachte sie, ‚das war nicht gelogen.' Es kam so rüber, dass auch der unsicherste Typ merken musste, was los war. Nur merkwürdig, dass Oliver Schütz neben ihr nicht den Eindruck machte, als sei er besonders glücklich. Er sah eher traurig aus, blickte zu Boden und nickte langsam.

„Ja, das ist deutlich", sagte er mehr zu sich selbst als zu ihr, „klar, das hatte ich mir ja schon gedacht. Also, dann nimmt sie das so an, was ich geschrieben habe?"

Leonie war verunsichert. Sie hatte sich seine Reaktion anders vorgestellt. Dass er plötzlich so niedergeschlagen wirkte, passte doch gar nicht zu dem, was sie erzählt hatte. Eigentlich sollte er rot werden, lachen, irgendwie glücklich sein, aber doch nicht traurig!

„Ja, klar nimmt sie das an“, antwortete sie, „sehr gern sogar.“

„Gut!“ Oliver Schütz wirkte plötzlich hart und verschlossen. „Dann ist ja alles klar zwischen uns. Dann ... auf Wiedersehen, Leonie. Ich muss jetzt zur Arbeit.“

Ohne ihren Gruß abzuwarten drehte er um, schwang sich auf sein Fahrrad und fuhr in die Gegenrichtung davon.

Leonie ging bedrückt weiter. Irgendetwas stimmte hier nicht, das spürte sie. Doch sie wusste nicht, was! Sie ging in Gedanken noch einmal alles durch. Hatte sie etwas Falsches gesagt? Nein, nur wahre und schöne Dinge. Oder war Liebe immer so kompliziert und verworren, dass sie in ihrem Alter das einfach noch nicht verstehen konnte?

Der Bus kam und hielt direkt vor ihrer Nase. Zischend öffnete sich die Tür. Bevor sie einstieg, blickte sie noch einmal die Straße herunter, doch von Oliver war nichts mehr zu sehen.

Oliver war bereits in eine Nebenstraße eingebogen und kämpfte gegen den Wind an. Er war spät dran und musste sich beeilen, um am Bahnhof den Zug zur Arbeit noch zu erwischen. Und er musste seine Enttäuschung aus sich herausstrampeln.

Er hatte noch gut in Erinnerung, was er Irene geschrieben hatte, schließlich hatte er um jedes Wort gerungen: *Ich hoffe, Ihr PC funktioniert wieder zu Ihrer Zufriedenheit und Sie kommen weiterhin ohne mich zurecht; ich werde Sie in Zukunft ganz gewiss nicht mehr belästigen ...* genau das hatte er geschrieben. Und er hatte gehofft, dass sie das als Entschuldigung annehmen würde. Insgeheim hatte er sogar gehofft, sie würde höflich widersprechen: ‚Nein, Herr Schütz, Sie belästigen mich doch nicht, ganz im Gegenteil, sie dürfen gern einmal wieder vorbeikommen.‘ Aber dass sie seine Zusage, ihr in Zukunft nicht mehr zu nahe zu treten, so euphorisch aufnehmen würde, darauf war er nicht gefasst gewesen. Unaufhörlich kreisten die Worte von Leonie in seinem Kopf: ‚Sie hat gelacht und ist durch die Küche getanzt!‘ Und ein Festessen hatte es gegeben! Meine Güte, musste die Frau sich gefreut haben, ihn los zu sein!

Plötzlich hörte er diese verhasste Stimme wieder in sich, die ihn verhöhnte: ‚Was hast du denn anderes erwartet? Hältst du dich für George Clooney? Schau mal in den Spiegel! Und zieh endlich eine Lehre aus dieser Sache: Du und Frauen, das passt einfach nicht zusammen, da wird nie was draus! Und außerdem – wer hat denn den Brief geschrieben und den Vorschlag gemacht, sie nicht mehr zu belästigen? Du! Also halt dich dran und geh ihr in Zukunft aus dem Weg!‘

Oliver trat noch kräftiger in die Pedalen. ‚Du hast Recht‘, keuchte er, ‚du hast immer Recht gehabt!‘

Er spürte, dass seine Wangen nass waren. Vom Wind, redete er sich ein. Dieser verdammte Gegenwind!

***

Montag, 21. Juni, 8 Uhr

Ein paar Straßen weiter zog Frieda Matzke mit einem Rumms die Haustür hinter sich zu und ließ den Schlüssel zweimal im Schloss rotieren. Sie war schlecht gelaunt aufgestanden, in derselben seelischen Verfassung, in der sie am Abend vorher auch schon zu Bett gegangen war. Immer noch ärgerte sie sich über die Abfuhr, die sie gestern von Rita Stark und diesem unausstehlichen bayrischen King Kong bekommen hatte. Die Niederlage nagte an ihr. Wenn sie nur daran dachte, wurde sie wütend, und sie dachte die ganze Zeit daran. Aber mit einer Frieda Matzke konnte man so nicht umspringen, mit ihr nicht!

Sie stapfte durch den Vorgarten zur Straße, kramte ihren Autoschlüssel hervor, ging um ihren grünen Kleinwagen herum und schloss ihn auf. Heute hatte sie einen Arzttermin in der Stadt, da musste sie das Auto nehmen. Sonst fuhr sie nicht so gern selbst. Frieda Matzke pfefferte ihre Handtasche auf den Nebensitz, klemmte sich hinter das Lenkrad und startete. Der Motor heulte auf, als sie im Leerlauf das Gaspedal ein paarmal durchtrat. Mit Gewalt zwang sie den Schaltknüppel in den ersten Gang; der Wagen ächzte. Wenigstens einer, der ihr gehorchen musste! Langsam fühlte sie sich besser. Sie sah im Rückspiegel, dass alles frei war, riss das Steuer herum und fuhr mit einem Satz an. Sie war schon halb auf der Straße, da sah sie auf der Beifahrerseite einen Zettel hinterm Scheibenwischer stecken. Sofort stieg sie auf die Bremse. Der Wagen bockte und kam dann quer auf der Fahrspur zum Stehen.

„Immer diese Werbung!", schimpfte Frieda Matzke, schälte sich aus dem Auto und umrundete es schnaufend. Mit einem energischen Ruck zog Frieda Matzke das gefaltete Stück Papier hinter den Wischblättern hervor, ging die Auffahrt entlang zu den Mülltonnen und öffnete schon den Deckel, da fiel ihr Blick auf den Namen. „AN FRIEDA MATZKE" stand sorgfältig in großen Buchstaben darauf. Also keine Werbung. Was sollte das? Konnte man Briefe nicht ganz normal in den Briefkasten werfen? Ungehalten entfaltete sie das Papier und las mit immer größer werdender Empörung:

Dein Herz ist nicht rechtschaffen vor Gott. Darum tue Buße für diese deine Bosheit und bitte Gott, ob dir vergeben werden möchte die Tücke deines Herzens. Denn ich sehe, du bist voll bitterer Galle und verknüpft mit Ungerechtigkeit. (Apostelgeschichte 8,21-23)

Wütend knüllte Frieda Matzke den Zettel zusammen. Diese bösartige Rita! Dieses hinterhältige Weib nutzte wirklich jede Gelegenheit, um sie zu demütigen. Das nach allem, was Frieda für sie getan hatte! Aber das würde sie ihr heimzahlen!

Plötzlich hielt sie inne, sah auf die Papierkugel in ihrer Hand und ein diabolisches Lächeln umspielte ihre Mundwinkel.

„Ah, jetzt wissen wir auch, wer dem armen Brammer so einen Zettel zugeschoben hat", murmelte sie, „tja, Pech für dich, Rita!"

Sie kehrte zu ihrem Auto zurück, stieg ein und strich den Zettel auf ihrem Oberschenkel glatt, so gut es ging. Dann startete sie den Motor erneut. Das Getriebe kreischte, als sie den Gang einlegte. Jetzt war ihre Laune wesentlich besser. Sie freute sich auch schon auf den Arztbesuch. Besonders auf die schüchterne Sprechstundenhilfe, die immer anfing zu stottern, wenn man ihr ein wenig zeigte, wo es langging.

***

Montag, 21. Juni, nach der Schule

„Ruf ihn an", schlug sie vor.

„Meinst du wirklich?"

„Ja, natürlich! Was willst du denn sonst machen?"

Sie stocherten schweigend in ihren Spaghettis herum.

Gleich nach der Schule hatte Leonie ihre Tasche in die Ecke geworfen und ihrer Mutter von der Begegnung mit Oliver Schütz erzählt. Augenblicklich wurde aus einer beschwingt singenden, fröhlichen Mutter eine verunsicherte, bangende Frau. Leonie wusste nicht so recht, wie sie sich verhalten sollte. So kannte sie ihre Mutter nicht. Bisher war sie in ihrem Leben immer souverän und selbstbewusst vorangegangen, doch nun hatte Leonie das Gefühl, dass sie die Stärkere von beiden war.

Auch Irene Anders konnte sich auf das, was ihre Tochter da erzählte, keinen Reim machen. Unzählige Male hatte sie jetzt schon den Zettel gelesen. Das konnte nur jemand schreiben, der sie liebte, alles andere war völlig undenkbar. Doch warum hatten die Worte ihrer Tochter in Oliver eine solche Traurigkeit ausgelöst? Immer wieder musste Leonie das Gespräch mit ihm wiederholen, an jedes Wort und jede Geste sollte sie sich erinnern. Sie hatten sich mehrmals haarklein durch die Erinnerung gequält, aber am Ende hatten beide das Gefühl, dass ein entscheidendes Puzzleteil fehlte.

„Ruf ihn an", sagte Leonie nochmals. „Was hast du zu verlieren?"

Ihre Mutter nickte.

„Du hast Recht", sagte sie mit Nachdruck und pikste ihre Gabel mit einem Ruck in die Pasta, „gleich heute Abend, wenn er von der Arbeit wieder nach Hause gekommen ist, rufe ich ihn an."

***

Montag, 21. Juni, Feierabend

Mit der Schulter stieß er die Tür zum Treppenhaus auf, während er sein Fahrrad an sich vorbei hineinschob. Dann brachte er es in den Keller hinunter, wo er es gegen eine große Kartoffelkiste lehnte. Zurück im Hausflur schloss er die Rückwand seines Briefkastens auf und nahm einen Stapel Post heraus, bevor er sich die drei Treppen hinauf in seine Wohnung schleppte. Er fühlte sich, als hätte er einen olympischen Zehnkampf bestritten, allerdings ohne

Chancen auf eine Medaille. Das Gespräch mit Irenes Tochter am Morgen auf dem Weg zur Arbeit steckte ihm immer noch in den Knochen wie ein Grippevirus. Die Symptome waren die gleichen: Er war schlapp und ihm tat alles weh.

Stöhnend ließ er sich auf das Sofa fallen. Was für ein verkorkster Tag! So wie er angefangen hatte, war es auf der Arbeit weitergegangen: Pleiten, Pech und Pannen. Das Computersystem, das sie für eine große Firma eingerichtet hatten, funktionierte nicht richtig und er hatte unter Hochdruck mit einem Kollegen zusammen daran gearbeitet, permanent umgeben von gereizten Leuten. Bis der Fehler gefunden und behoben worden war, hatten die Nerven blank gelegen. Na, immerhin hatte es ihn einige Stunden abgelenkt.

Doch hier zu Hause, allein in seiner Wohnung, holte ihn sein privates Gefühlschaos wieder ein. Er hatte den Eindruck, alles verloren zu haben; sein Alltag erschien ihm sinnlos. Dabei war, genau genommen, mit Irene Anders alles so gelaufen, wie er es ihr in seinem Brief vorgeschlagen hatte. Das war ja der Mist! Er hätte sich ohrfeigen können. Wieso hatte er nicht den Mut aufgebracht, den ersten Brief abzugeben? Den Brief, in welchem die Wahrheit gestanden hatte … *dass ich dich liebe …*

Seine Hand griff nach dem Poststapel. Es war das Übliche: Dreimal Werbung, ein Brief von der Krankenkasse, eine Rechnung, eine Urlaubskarte seines Cousins von der Costa Brava und ein Brief ohne Absender.

„AN OLIVER SCHÜTZ" stand auf dem Umschlag. Ratlos drehte er ihn hin und her, bevor er ihn öffnete. Er nahm einen rosafarbenen Briefbogen heraus, faltete ihn auseinander und las:

Des Nachts auf meinem Lager suchte ich, den meine Seele liebt.
Ich suchte; aber ich fand ihn nicht.
Ich will aufstehen und in der Stadt umhergehen auf den Gassen und Straßen und suchen, den meine Seele liebt. Ich suchte, aber ich fand ihn nicht.
Meine Seele war außer sich, als er redete. Ich suchte ihn, aber ich fand ihn nicht; ich rief, aber er antwortete mir nicht … findet ihr meinen Freund, so sagt ihm, daß ich vor Liebe krank liege.
(Hoheslied 3,1-2 + 5,6+8)

Wie gelähmt saß Oliver auf dem Sofa, den Brief in der Hand. Als würde er sich selbst beobachten, registrierte er wie aus weiter Ferne, was mit ihm passierte. Ihm wurde heiß und kalt zugleich. Sein Kopf war wie ein leerer Raum, in dem die Worte wie Schmetterlinge umherflatterten: … *den meine Seele liebt … ich fand ihn nicht … vor Liebe krank …*

Die innere Stimme, die ihn sonst immer runterzog, hatte keine Kraft mehr. Er hörte sie nur leise wispern: „Das ist nur ein Bibelzitat, nichts weiter!" Doch er brachte diese Stimme endgültig zum Schweigen. Dieser Vers war an ihn gerichtet, an ihn persönlich. Und ihm war klar, von wem. Rosa Papier? In seiner Welt gab es kein anderes weibliches Wesen, zu dem er persönlichen Kontakt hatte, außer Irene Anders.

Schlagartig übermannten ihn seine Gefühle. Wie eine hungrige Meute fielen sie über ihn her: glühende Hoffnung, verzweifelte Sehnsucht und ein flaues Gefühl im Magen.

Dann folgten etwas langsamer seine Gedanken. Wie passte das zusammen? Erst ihre Freude über seinen Brief und dann dies hier? Oder hatte Leonie ihm Märchen erzählt? Nein, so schätzte er das Mädchen nicht ein. Was also sollte er davon halten? Zwischen der Begegnung mit Leonie heute Morgen und diesem rosafarbenen Bogen Papier war ein breiter Graben, über dem die Schmetterlinge tanzten.

Das Klingeln des Telefons ließ ihn aufschrecken. Er stand auf, griff wie im Traum zum Hörer und meldete sich: „Oliver Schütz …?"

„Hier ist Irene Anders." Ihre Stimme so nah an seinem Ohr ließ fast sein Herz aussetzen.

„Ich rufe an, weil …", sie stockte und atmete schwer ins Telefon, „… ich verstehe das alles nicht …"

Er hörte, wie sie schwer schluckte und schniefte. Weinte sie?

„Ich habe den Brief gelesen", fuhr sie leise fort, „und er war so … wunderschön …"

Sein Brief – wunderschön? Oliver fuhr sich mit der freien Hand durch die Haare. Dann war es doch wahr, was Leonie ihm erzählt hatte. Aber was wollte sie dann von ihm?

Pause am anderen Ende. Wieder das Taschentuch. Dann fuhr

sie mit erstickter Stimme fort: „Und dann kam Leonie vorhin nach Hause und erzählte mir, dass sie sich mit Ihnen auf ihrem Schulweg unterhalten hätten. Sie hätte Ihnen erzählt, wie ich mich über den Brief gefreut habe und dass Sie auf einmal so aussahen und redeten, als wäre es das Letzte, was Sie wollten. Jetzt weiß ich einfach nicht mehr, woran ich mit Ihnen bin!"

Nun konnte sie das Weinen nicht mehr unterdrücken. Oliver hörte sie schluchzen. Panik machte sich in ihm breit, vermischt mit Hilflosigkeit. Er verstand immer weniger. Was er ihr geschrieben hatte, war doch klar, da gab es doch nichts falsch zu verstehen. Wie sollte er jetzt mit einer weinenden Frau am Telefon umgehen? Ihm fehlte da jegliche Erfahrung. Weibliche Tränen setzten ihn völlig schachmatt.

„Wenn Sie mich nicht mögen, dann sagen Sie es mir, und gut", rief ihre verweinte Stimme, „aber Sie können doch nicht so abweisend sein, nachdem Sie mir so einen romantischen Brief geschrieben haben! Es ist nicht fair, so mit mir zu spielen!"

Vor Olivers Augen tanzte ein großes Fragezeichen, das sich in ein Ausrufezeichen verwandelte.

„Moment mal", sagte er und seine Stimme klang, als hätte er einen Frosch im Hals, „mein Brief soll romantisch gewesen sein? Ehrlich gesagt, das finde ich gar nicht. Ich kann gar keine romantischen Briefe schreiben, auch ..." Er schluckte. ‚Weiter', feuerte eine Mut machende Stimme ihn an, ‚jetzt ist die Zeit des Versteckspiels vorbei! Sag es ihr!'

„... auch wenn ich Ihnen gern einen geschrieben hätte. Aber Ihr Brief an mich, der ist ... wirklich romantisch ... vielen Dank dafür."

Jetzt war es ganz still am anderen Ende. Oliver lauschte in den Hörer. War sie noch da? Ja, er hörte ihre Atemzüge. Sie klangen aufgewühlt.

„Was für ein Brief?", fragte Irene unsicher.

Oliver hatte das Gefühl, als würde ihm jemand den Teppich unter seinen Füßen wegreißen.

„Na, der Brief", stammelte er, „der mit dem Bibelzitat auf dem rosa Briefpapier."

Wieder eine Pause mit schweren Atemzügen in der Leitung.

„Er lag in meinem Briefkasten und ich habe ihn gerade geöffnet. Was Sie da geschrieben haben, das ... hat mich berührt, ich ... bin ganz durcheinander."

„Das sind wir beide offensichtlich", sagte sie seltsam gedehnt, mit einem Unterton, als würde sie langsam etwas verstehen, was bisher im Dunkeln lag.

Auf einmal klang ihre Stimme fester.

„Herr Schütz ...", begann sie mit neuer Entschlusskraft.

„Bitte, bitte ...", unterbrach er sie. Er griff sich an die Stirn. Diese Anrede machte ihm Kopfschmerzen. „Können wir uns vielleicht duzen? Ehrlich gesagt, ich weiß gerade nicht, was hier passiert, aber bitte nennen Sie mich Oliver!"

Erleichtertes Aufatmen im Hörer.

„Gut, sehr gern ... Oliver!"

So weich hatte er seinen Namen noch nie gehört. Er hielt sich am Regal fest.

„Darf ich mir etwas wünschen?", fragte sie leise.

„Klar", sagte er. Was kam jetzt?

„Können wir uns bitte treffen?"

Sein Ja kam schneller und lauter, als er es wollte.

„Ja, natürlich! Äh ... wo, wann, ich meine ... jetzt?"

„Am besten auf einen Spaziergang", erwiderte sie, „in einer Stunde?"

Sie verabredeten sich am Feldweg, der in das kleine Wäldchen führte.

„Und, bitte", fügte sie hinzu, bevor sie auflegte, „kannst du den Brief mitbringen, den du heute bekommen hast?"

***

Montag, 21. Juni, zur selben Zeit

„Brammer!"

Erschrocken hielt sie den Hörer weit vom Ohr weg. ‚Meine Güte', dachte sie, ‚als ob man mit dem Militär telefoniert.'

„Frieda Matzke", sagte sie, „guten Abend, Herr Brammer."

„Frau Matzke!", dröhnte es überrascht aus dem Hörer. „Guten Abend auch Ihnen!"

„Herr Brammer", begann Frieda Matzke, „ich rufe Sie an, weil Sie in meinen Augen ein Kirchenvorsteher sind, der sich um das Wohl der Gemeinde sorgt und mit seinen Werten und seinem Tun für Tradition und Verantwortung steht."

Sie ließ das Kompliment etwas wirken.

„Stimmt", war die Antwort „und?"

„Auch ich mache mir Sorgen über manch ungute Entwicklungen. Gerade in letzter Zeit sind mir doch zunehmend Dinge aufgefallen, die man, wie ich finde, auf Dauer so nicht tolerieren kann und da dachte ich, Sie als Vorsitzender des Kirchenvorstands könnten doch, erfahren und entschlusskräftig wie Sie sind ..."

„Würden Sie bitte zur Sache kommen?", unterbrach Herr Brammer Frieda Matzkes Redeschwall. „Welche Entwicklungen, welche Dinge?"

‚Na gut', dachte Frau Matzke, ‚offenbar bist du kein Mann, den man so einfach beeinflussen kann, indem man dir um den Bart geht. Dann eben auf direktem Wege.'

„Es geht um unsere Küsterin."

„Um Frau Stark? Was ist mit ihr?"

„Sie vernachlässigt meiner Ansicht nach ihre Arbeit!"

„In welcher Weise?"

„Sie putzt nicht richtig", erwiderte Frieda Matzke spitz, „jeden Samstag, wenn ich vom Markt komme, schaue ich kurz zur Kirche rein. Das ist die Zeit, in der sie die Kirche sauber macht und für den Sonntagsgottesdienst vorbereitet. Und wenn ich komme, ist die Kirche definitiv nicht sauber!"

„Aber sonntags ist sie doch, zumindest meinem Eindruck nach, jedes Mal zufriedenstellend gereinigt", entgegnete Herr Brammer. „Oder finden Sie nicht?"

„Ja, natürlich, weil ich ihr helfe", behauptete Frau Matzke und fuhr aufgebracht fort, „sonst kriegt die nie ihre Arbeit geregelt. Zum Beispiel der Blumenschmuck. Haben Sie sich den mal genauer angesehen? Letzten Sonntag sah das mal wieder derart armselig aus. Immerhin ist das der Tisch des Herrn ..."

„Frau Matzke", unterbrach Herr Brammer sie erneut, „es mag sein, dass ich als alleinstehender Mann für Blumen wenig Sinn habe, aber mir scheinen Ihre Vorwürfe doch sehr subjektiv, wenn nicht gar haltlos zu sein. Wenn Sie nichts Gravierenderes gegen unsere Mitarbeiterin Frau Stark vorzubringen haben, würde ich doch vorschlagen, dass wir unser Gespräch ..."

„Außerdem schreibt sie Zettel!", fiel ihm Frieda Matzke barsch ins Wort.

Herr Brammer verstummte. Dann zog er die Luft scharf ein und fragte: „Was für Zettel?"

Frieda Matzke konnte förmlich spüren, wie sehr Herr Brammer am anderen Ende um Fassung rang. Jetzt hatte sie ihn am Haken, das merkte sie genau. Nun langsam die Leine einholen.

„Na, Zettel", sagte sie, „solche mit Bibelversen drauf. Sie haben doch auch einen bekommen, oder nicht?"

Jetzt stieg der Adrenalinspiegel am anderen Ende, da war sie sich sicher. Ein Schnaufen war in der Leitung zu hören.

„Was heißt hier *auch*, Frau Matzke? Hat etwa noch jemand einen Zettel bekommen?"

„Ja, ich", erwiderte sie, „stellen Sie sich vor! Mit einem Bibelvers darauf, der inhaltlich derart beleidigend und unehrenhaft war, dass ich bei mir dachte: Jetzt kann ich verstehen, wie der arme Herr Brammer sich gefühlt haben muss!"

Herr Brammer war überrascht und betroffen, das merkte sie. Sie konnte ihn weichklopfen! Seine nächste Frage kam auch prompt nicht mehr so sicher: „Und wie kommen Sie darauf, dass ausgerechnet unsere Küsterin diese Zettel verbreitet?"

„Weil sie mich gestern offen angegriffen hat. Noch am Samstag hatte ich ihr geholfen, wie gesagt, alleine bekommt sie ja alles nicht so recht geregelt. Selbstlos, wie ich bin, hatte ich die Gestaltung des Blumenschmucks auf dem Altar übernommen, teilweise mit Blumen, die ich vorher eigentlich für mich selbst gekauft hatte; na ja, man tut ja, was man kann. Und am Sonntag, im Gottesdienst, was sehe ich da? Hatte sie doch alle meine Blumen hinterher wieder aus den Vasen rausgeworfen! Ich stellte sie später zur Rede, und Sie werden es nicht glauben, sie wies mir die Tür. Im Haus des Herrn! Also, wenn Sie mich fragen: Das ist für eine christliche Gemeinde untragbar!"

„Und weiter? Was ist jetzt mit dem Zettel?"

„Heute Morgen finde ich dann besagten Zettel an der Windschutzscheibe meines Autos, hinter die Scheibenwischer geklemmt. Von wem soll er sonst kommen, frage ich Sie, wenn nicht von Frau Stark?"

„Hmmm ..." Herr Brammer überlegte, während Frieda Matzke sich zusammenriss und auf die Zunge biss. Jetzt durfte sie seinen Gedankengang auf keinen Fall unterbrechen!

Nach einer Weile sagte er noch einmal: „Hmmm ..."

Und dann: „Frau Matzke, wären Sie unter Umständen bereit, diese Aussage öffentlich zu vertreten? Zum Beispiel auf der Gemeindeversammlung?"

‚Na also', dachte sie befriedigt. Laut sagte sie: „Selbstverständlich, Herr Brammer. Ich stehe zu meinem Wort. Das haben wir beide gemeinsam."

„Gut, gut", murmelte er.

Sie spürte, wie es in ihm arbeitete.

„Dann bedanke ich mich, dass Sie sich in dieser Angelegenheit so offen und vertrauensvoll an mich gewandt haben", fügte er hinzu.

„Keine Ursache, das ist doch meine christliche Pflicht. Einen schönen Abend noch, Herr Brammer!"

Ein hämisches Grinsen machte sich auf ihrem Gesicht breit. Auf diese Gemeindeversammlung freute sie sich jetzt schon.

***

Montag, 21. Juni, eine Stunde später

Er wollte vor ihr da sein. Deshalb stand er nun allein auf weiter Flur und ging unruhig auf und ab. Wie würde es sein, ihr gleich zu begegnen? Er wusste nicht, wie er sich verhalten sollte. Vor allem, wohin mit seinen Händen? Seine Gesten waren immer verräterisch. Zurzeit fühlten sie sich an wie zwei lästige Dinger am Ende der Arme, die irgendwie übrig waren. Er steckte sie in die Hosentaschen, das sah locker aus und signalisierte: Ich warte ab, was kommt, Umarmung ausgeschlossen. Nicht, dass er so etwas tatsächlich erwartete, aber er hatte auch nicht wirklich etwas dagegen, im Gegenteil.

Dann sah er sie die Straße hinabkommen, mit federndem Schritt in ihren leichten Stoffschuhen, einen Pullover locker um die Schultern gebunden. Die Farbe ihrer Bluse ließ ihr kastanienbraunes Haar zur Geltung kommen. Er schluckte. Sie sah wunderschön aus. Schnell sah er an sich herunter. Mist! – Er trug immer noch das gleiche langweilige T-Shirt, mit dem er auch schon auf der Arbeit war!

‚Da bist du mit der Frau deiner Träume verabredet und ziehst dich noch nicht einmal um? Hornochse! Lass es doch gleich bleiben!'

„Ruhe!", sagte er leise zu sich selbst. Er war da, sie war da, nur das zählte jetzt. Mittlerweile war sie näher gekommen, verlangsamte ihren Schritt und sah ihn unsicher an. Er nickte in Richtung Wald.

„Wollen wir?" Sie gingen eine Weile schweigend nebeneinander her, ohne einander anzusehen; stattdessen schienen der Weg, die Wolken, die Felder und Büsche um sie herum enorm interessant zu sein. Er merkte, wie ihm in der Sonne heiß wurde. Jetzt bloß nicht schwitzen! Der Wald kam näher.

‚Sag was', drängte die Stimme in seinem Kopf, ‚du kannst doch nicht stumm sein wie ein Fisch!' Der Boden im Wald wurde weicher und das Blätterdach sorgte nun für willkommene Abkühlung. Er spürte, dass auch sie unter Druck stand und nach Worten suchte. Und plötzlich redeten beide gleichzeitig los:

„Also, das mit dem Brief, das war schön, aber ..."

„Als Leonie heute Morgen von dir erzählte, da dachte ich ..."

„... irgendwas stimmt da doch nicht, ich meine ..."

„... dass du endgültig nichts mehr mit mir, ich meine ..."

Überrascht blieben sie stehen und sahen sich an. Dann löste ein verlegenes Lachen die erste Anspannung.

„Vielleicht sollten wir doch nacheinander reden", schlug sie lächelnd vor.

Oliver nickte.

„Ich habe den Brief mitgebracht", sagte er. Er holte den Umschlag hervor und gab ihn ihr.

Zögerlich nahm sie ihn entgegen, als sei er etwas Fremdes, zog den Briefbogen heraus und las.

Lange schaute sie auf die Zeilen. Schließlich blickte sie auf und sah ihm in die Augen. „Und wie ... wie findest du das?", fragte sie.

„Also, ich ...", druckste er herum und sah zu Boden, denn lange konnte er ihr nicht in die Augen sehen, „ich habe es ja schon vorhin am Telefon gesagt. Ich finde das sehr schön ..."

„Ich auch", stimmte sie zu und ihr Lächeln wurde wärmer, „aber ob du es glaubst oder nicht, ich habe diesen Brief noch nie zuvor gesehen! Ehrlich gesagt, ich habe dir gar keinen geschrieben."

Oliver schluckte und starrte sie jetzt doch an, unsicher, ungläubig, verwirrt. Ihm stockte der Atem, wie erstarrt stand er da. Irene berührte vorsichtig seinen Arm, dann gab sie ihm ein weißes, gefaltetes Blatt Papier in die Hand: „Hier ist der Brief, von dem ich annahm, er wäre von dir."

Befremdet schaute Oliver das Schreiben an, das sie ihm hinhielt. Er sah auf den ersten Blick, dass es nicht der Brief war, den er morgens zwischen die Zeitungsseiten gesteckt hatte. Er nahm den Zettel entgegen und seine Augen wurden immer größer, als sie über die Zeilen flogen.

„Das ist nicht dein Brief, oder?", fragte sie flüsternd und forschte in seinem Gesicht nach einer Antwort. „Du hast das nicht geschrieben!"

„Nein, habe ich nicht", gab er stockend zu, „ich weiß gar nicht, wo das hier herkommt, ich meine, ich hätte so etwas niemals ..." Er sah, dass sich ihre Augen, die jede Regung seines Gesichts abtasteten, mit Tränen füllten.

„Was ich meine, ist: Ich hätte so etwas Poetisches niemals schreiben können. Das ist mir nicht gegeben. Ist ja auch aus der Bibel. Aber ich wünschte, ich hätte es gekonnt ..."

Er senkte den Blick. Wenn er noch länger in diese Augen sehen musste, würde er zusammenbrechen.

„Was ich sagen will ...", er holte tief Luft, „... ich wünschte, dieser Brief ... wäre von mir. Ich ... ich kann das nicht besser ausdrücken."

„Musst du auch nicht", hörte er ihre Stimme ganz leise und ganz nah. Er spürte ihre Stirn auf seiner Stirn, kastanienbraune Haare auf seinen Wangen, eine sanfte Hand an seinem Nacken und ihre Tränen.

Dass gestern unter diesen Bäumen noch ganz andere Vorsätze gefasst worden waren, schien Jahre her zu sein.

***

Montag, 21. Juni, weitere zwei Stunden später

Leonie zog ein Gummibärchen aus der Tüte, schob es in den Mund und blickte dann wieder zum Fenster ihres Zimmers heraus. Von hier aus konnte sie bis zum Ende der Straße sehen.

Vor gut anderthalb Stunden war ihre Mutter aufgebrochen. Sie hatte es tatsächlich gewagt, Oliver Schütz anzurufen. Leonie hatte sie sprechen hören und leiden sehen. Dann musste das Gespräch auf einmal eine Wendung genommen haben. Ihre Tränenflut war abgeebbt und plötzlich hatte sie irgendwie nachdenklich gewirkt.

Sie hatte sich mit ihm verabredet. Gemeinsam hatte Leonie mit ihrer Mutter erst vor dem Kleiderschrank und dann vor dem Spiegel im Bad gestanden, bevor Irene sich auf den Weg gemacht hatte.

Immer wieder schickte Leonie Stoßgebete zum Himmel.

‚Merkwürdig', dachte sie, ‚sollte es nicht umgekehrt sein? Sollte sich nicht meine Mutter Gedanken machen, wenn ich mich mit einem Jungen treffe?'

Leonie griff erneut nach den Gummibärchen. Es waren nur noch drei. Wenn die alle sind, hatte sie beschlossen, würde sie ihrer Mutter entgegengehen. Oder lieber doch nicht?

Wieder ein Blick nach rechts, die Straße hinunter. Nichts.

‚Herr, hilf ihr, steh ihr bei, du bist doch die Liebe ...'

Sie wollte gerade wieder ihr Gesicht von der Scheibe lösen, da sah sie ihre Mutter – und sie war nicht allein! Oliver ging neben ihr und Leonie täuschte sich nicht – beide gingen Hand in Hand!

Leonie hatte genug gesehen. Sie stieß sich vom Fensterbrett ab, rannte aus ihrem Zimmer die Treppe hinunter in den Flur. Dort riss sie einen Zettel vom Notizblock, schnappte sich einen Kugelschreiber und schrieb hastig eine Nachricht. Dann lief sie in die Küche, legte den Zettel auf den Tisch und stürmte aus dem Haus. An der Gartenpforte hielt sie kurz inne. Ein vorsichtiger Blick die Straße hinunter zeigte ihr, dass Oliver und ihre Mutter noch weit genug entfernt und außerdem stark mit sich selbst beschäftigt waren. Leonie rannte wie der Blitz über die Straße zum Haus gegenüber und klingelte Sturm.

„Jaja, i komm ja schon", dröhnte eine tiefe Stimme von drinnen. Sie stellte sich vor, wie der große Josef Thoma versuchte, seinen Körper in dem engen Flur zu beschleunigen und lächelte. Da ging schon die Tür auf, und bevor er etwas sagen konnte, war sie schon an ihm vorbei geflitzt und rief: „Kakaokonferenz!"

„He, Moment mol!", rief er ihr nach und folgte ihr in die Küche. „Heit is doch noch gar ned Freidog!"

„So lange können wir aber nicht warten", erwiderte Leonie, setzte sich auf ihren Stammplatz am Küchentisch und sah ihn verschwörerisch an, „es gibt Neuigkeiten!"

„Ach so, a außeroadentliche Kakaokonferenz", schmunzelte Josef Thoma, drehte sich um, nahm zwei Becher vom Regal und kümmerte sich um die heiße Milch. Währenddessen brachte Leonie ihn auf den neuesten Stand und erzählte von dem romantischen Brief mit dem Bibelzitat, von ihrem verwirrenden Gespräch mit Oliver Schütz am Morgen und wie ihre Mutter schließlich am Ende eines tränenreichen Telefonats zu dem Spaziergang aufgebrochen war. Josef hörte zu. Ab und zu nickte er oder schüttelte den Kopf, unterbrach sie aber nicht. Als sie ihren Lagebericht beendet hatte, schaute sie ihn erwartungsvoll an. Mittlerweile stand ein dampfender Becher Kakao vor ihr; Leonie nahm einen Schluck.

„Und sie halten Händchen", fügte sie triumphierend hinzu.

„Wirkli?", Josef Thoma zog eine Augenbraue hoch.

„Ja, schau", sagte Leonie und schob vorsichtig die Gardine beiseite. Josef und sie spähten durch den Spalt auf die Straße und blickten direkt auf Irene und Oliver, die nun an der Gartenpforte angekommen waren – immer noch Hand in Hand.

„Ja is es denn …", staunte Josef Thoma, „da soll mi doch …!"

Lachend setzte er sich wieder und Leonie ließ die Gardine wieder vors Fenster gleiten.

„Mocht si dei Muada koa Soagn, wenn sie merkt, dass du ned zuaahause bist?"

„Nein, ich habe ihr einen Zettel geschrieben, dass ich hier bin.

Ehrlich gesagt, bin ich auch zu dir gelaufen, damit ich nicht im Weg steh."

„Klugs Madl", lobte Josef, „apropos Zettel ..."

Seine Miene wurde ernst.

„I glaube, mit desem Brief stimmt was ned. Kannst du mir den noch eimol genau beschreibn? Wia sah da aus?"

Das war kein Problem für Leonie. Den Text kannte sie auswendig, weil er so schön gewesen war. Und an das Bild, wie ihre Mutter ihn in ihren Händen gehalten hatte, würde sie sich ihr Leben lang erinnern.

„Hmmmm", brummte Josef Thoma und machte eine Pause, wie immer, wenn er nachdachte. „I hob da so oan Verdacht", sagte er schließlich, „i vermute, dass da Herr Schütz desn Brief gar ned gschriebn hod."

Leonie sah ihn fragend an.

„Frau Stark, de Küsterin, hod aa oan Brief bekomma, da war ganz ähnli", fuhr Josef Thoma nachdenklich fort, „natürli ned inhoitli, da stand etwas anders drin. Doch aa bei ihr war es a Bibelvers, ebenfois mit da Hand in grousn Buchstobn gschriebn. Es stand ‚AN RITA STARK' darauf, so ähnli wia bei deina Muada. Und was man im Doaf iba den Zettel erzählt, da Herrn Bramma so aufgregt hod, dann muass der genauso ausgesehn hobn."

Leonie sah ihn ratlos an. Dann hellte sich ihr Gesicht plötzlich auf.

„Das ist ja ein richtiges Geheimnis", sagte sie begeistert, „das Rätsel um den geheimen Briefeschreiber!" Sie lachte.

„Vielleicht ist es aber auch nur ein Streich", überlegte sie weiter.

„Glaub i ned", sagte Josef Thoma nachdenklich, „im Gegenteil, da Briefeschreiba muass de Leite hier im Doaf sehr guad kenna und hilft ihna a wenig auf de Sprünge!"

„Zumindest hat der Brief mehr bewirkt als unsere LAN-Kabel-Aktion", sagte sie. „Jetzt hat diese Ungewissheit endlich mal ein Ende !"

„A glücklichs", ergänzte Josef.

Das Telefon klingelte und schreckte beide aus ihren Gedanken. Josef nahm den Hörer vom Küchenbord.

„Thoma“, meldete er sich und nach einer Pause, „oh, guadn Obend, Rita!“

Leonie versteckte ihr Gesicht in ihrem Becher und lauschte aufmerksam.

„As is ja nett ... a scheene Idee ... ja, natürli ... am Mittwoch? Ja, as passt ... bei dia, obnds um acht? In Oadnung ... ja, i mi aa ... vuiln Dank, Rita. Dann bis Mittwoch!“

Er legte den Hörer so vorsichtig beiseite, als könne er zerbrechen und lächelte versonnen vor sich hin.

„Rita?“, fragte Leonie keck.

„Ja“, antwortete Josef.

„Rita Stark?“ Jetzt war es an Leonie eine Augenbraue hochzuziehen.

„Ja“, sagte Josef erneut, „sie hod mi zuam Essn eigeladn, am Mittwoch.“

„Sie kocht für dich?“, fragte Leonie. „Oh oh!“

„Was hoast da oh oh“, winkte Josef Thoma ab, „ned, was du denkst, Leo! Oafach nur a Dankeschee, i hob ihr am Sonndog etwas geholffa.“

Doch Leonie grinste breit und lehnte sich mit wissendem Gesichtsausdruck zurück.

„Jetzt hör aba auf, Madl!“, schimpfte Josef gespielt empört, „a Dreffa unta Freindn, weida nichts!“

„Klar doch“, nickte Leonie, „weiter nichts.“

***

Immer noch Montag, 21. Juni, später am Abend

Josef Thoma stand am Wohnzimmerfenster und schaute in den Garten hinaus. Leonie war schließlich wieder nach Hause gegangen, und er brauchte einen Moment, um seine Gedanken zu ordnen. Er hatte noch Rita Starks Stimme im Ohr. Ihre Einladung hatte ihn überrascht. Er freute sich auf Mittwochabend mehr, als er sich eingestehen wollte. Er sah Leonie deutlich vor sich, wie sie ihm nach dem Anruf diesen besonderen Blick zugeworfen hatte.

Manchmal war ihm Leos Gespür für Stimmungen unheimlich. Was jetzt wohl bei ihr zu Hause los war? Jedenfalls war sie sich sicher, dass die Geschichte zwischen ihrer Mutter und Oliver Schütz einem Happy End entgegen ging. Schön für die beiden. Er gönnte es ihnen. Die halbe Kirchengemeinde würde erleichtert aufatmen, da war er sich sicher. Das Einzige, was ihm noch Sorge bereitete, waren diese geheimnisvollen Briefe. Wer brachte offenbar sehr gezielt Bibelzitate unter die Leute? Sie trafen auf den Punkt genau, sodass sich Josef sicher war, dass der Schreiber die Menschen im Dorf gut kennen musste.

Er drehte sich um, ging in die Küche und suchte unter der Tageszeitung nach dem Gemeindebrief. Dann griff er zum Telefon, wählte und wartete.

„Evangelische Kirchengemeinde, Braun“, hörte er am anderen Ende.

„Thoma hier, guadn Obnd, Herr Pfarra. Entschuldign Sie bitte, dass i Sie noch am Obnd störe ...“

„Das macht nichts, Herr Thoma, das ist kein Problem. Worum geht's?“

„I würde gern mit Ihna iba a wichtigs Thema redn“, sagte Josef.

„Aber gern“, antwortete Theo Braun etwas spöttisch, „was darf es dieses Mal sein? Evolution contra Schöpfung? Nietzsches Gott-ist-tot-Provokation? Abschied vom Kreuz als notwendige Befreiung?“

„Nein, Herr Pfarra, Scherz beiseite“, wehrte Josef ab, „es geht darum, dass in unsar Gemeinde Zettl mit Bibelversn kursiern, de Verwirrung stiftn. “

„Sie meinen den Zettel, den Herr Brammer gefunden hat?“

„Ja, den auch“, bestätigte Josef, „doch es han mittlerweile noch andere so oan Zettel bekomma. Ihre Küsterin Frau Stark zuaam Beispuil hod oan Bibelvers in ihrem Putzeima gefundn, da ihr onscheinend sovuil Mut gegebn hod, dass sie am Sonndog nach dem Gottesdaenst Frau Matzke gsogt hod, sie soie sie ned mehr drangsaliarn.“

„Tatsächlich?“ Theo klang überrascht.

„Ja, und wa weiß, wa noch ois so oan Zettl bekomma hod.“

„Ich verstehe“, sagte Theo, „wann und wo wollen wir uns treffen?“

„Am bestn, mia dreffa uns bei mir und besprechn ois bei oana vernünftign boarischn Maß Bier", schlug Josef vor, „hättn Sie moagn Obnd Zeit?"

„Eine verlockende Idee", gab Theo zu und freute sich wirklich darauf, „ja, da hab ich Zeit."

„Dann also bis moagn? ", fragte Josef Thoma.

„Bis morgen", bestätigte Theo Braun und legte auf.

Josef Thoma stand noch längere Zeit an seinem Wohnzimmerfenster. Draußen schien die tiefe Abendsonne durch das Laub der Bäume und malte helle Kringel auf die Terrasse. Doch er nahm das kaum war. Andere Bilder schoben sich vor sein Auge: Irene Anders und Oliver Schütz Hand in Hand, ein Haufen Briefe und immer wieder Ritas Gesicht.

***

Dienstag, 22. Juni, kurz vor acht

Um 7.45 Uhr betrat Theo Braun mit einem „Guten Morgen" den Edeka Markt und ging hinüber zu den Fächern mit den Brötchen.

„Guten Morgen, Pastor Braun", grüßte Herr Pohlmann zurück, der gerade einen Wagen mit Gemüse den Gang hinunter schob, „brauchen Sie etwas für's Frühstück?"

„Ja, genau", bestätigte Theo, nahm sich eine Brötchentüte, griff nach der Zange und ließ seinen Blick über den Inhalt der durchsichtigen Fächer wandern.

„Guten Morgen!", rief eine unverkennbare Stimme hinter ihm. Er drehte sich um.

„Guten Morgen, Frau Matzke."

„Na, Herr Pastor, müssen Sie jetzt schon selber einkaufen? Ist Ihre Frau verreist?"

„Frau Matzke, ich bin alt genug, um selbst Brötchen holen zu gehen", konterte Theo, „außerdem tut so ein kleiner Spaziergang am Morgen ganz gut."

„Schön, schön", grummelte sie, „na, Sie haben ja Zeit für so was."

Sie schob ihren Wagen hinter ihm an den Obstständen entlang. Ihr kritischer Blick nahm bei den Äpfeln, Birnen, Bananen und Pfirsichen die Parade ab.

Herr Pohlmann dirigierte seinen Gemüsewagen an den Rand des Ganges und ordnete die Ware auf einem Stand.

Frieda Matzke blickte von den Birnen auf und sagte beiläufig: „Am Sonntag ist ja Gemeindeversammlung."

„Ja", sagte Theo vorsichtig, „kommen Sie auch?"

„Aber natürlich!" Sie nahm eine dünne Plastiktüte von der Rolle und versuchte, sie zu öffnen. „Vor allem, weil es um diese Briefe geht."

Mit der Brötchentüte in der einen und der Zange in der anderen Hand drehte Theo sich erstaunt zu ihr um. „Welche Briefe meinen Sie?"

„Na, Sie wissen schon." Endlich hatte sie die Tüte geöffnet und füllte sie mit Birnen. „Herr Brammer hat doch so einen Zettel bekommen mit einem Bibelvers drauf, oder nicht?"

„Das hat sich ja schnell herumgesprochen", stellte Theo fest, „doch Sie sprachen von mehreren Briefen, oder habe ich das eben falsch verstanden?"

„Ganz recht, Herr Pastor, ganz recht", rief sie aufgebracht, „ich habe nämlich auch einen bekommen! Und ich kann Ihnen sagen, dass der Inhalt mindestens so beleidigend ist wie bei Herrn Brammer!" Mit einer Birne in der Hand gestikulierte sie dramatisch. Herr Pohlmann sah besorgt auf sein Obst.

„Ich habe ihn gleich angerufen, als ich diesen Wisch gefunden hatte und er hat mir volle Unterstützung zugesagt. Das wird auf der Gemeindeversammlung zur Sprache kommen, darauf können Sie sich verlassen."

Völlig überrascht stand Theo Braun da, immer noch mit Brötchentüte und Zange in den Händen. „Aber ... davon weiß ich ja gar nichts!"

„Ach, Herr Pastor, Sie können sich doch nicht um alles kümmern", räumte Frieda Matzke ein, „das überlassen Sie mal uns!" Mit einer neuen Tüte bewaffnet, wühlte sie jetzt zwischen den Äpfeln herum und hielt jeden in Frage kommenden Kandidaten prüfend ans Licht. „Wie gut, dass wir so einen aufrechten und hilfsbereiten Vorsitzenden haben, der ein offenes Ohr für die Nöte und Anfechtungen der Gemeindeglieder hat", fügte sie pathetisch hinzu.

„Das ist ja ganz was Neues!“, ertönte eine Stimme vom Marmeladenregal.

Frieda Matzke fuhr herum und erblickte nun Frau Rustig, die unbemerkt mit ihrem Wagen herangerollt war.

„Lieselotte, hast du mich erschreckt!“

„Ich finde es eher erschreckend, wie schnell du deine Meinung änderst“, entgegnete Frau Rustig, „hast du nicht erst letzte Woche noch über Herrn Brammer hergezogen?“

Frieda Matzke schnappte nach Luft und knallte ihre Apfeltüte in den Wagen. „Ich ziehe nie über andere her! Das ist ja wohl die Höhe!“

Aber Frau Rustig brachte das nicht aus der Fassung. „Ich meine, du hättest letztens gesagt, ihm ginge es nur um Macht und er würde allem Modernen im Wege stehen.“

Theo Braun hatte mittlerweile seine Brötchentüte verschlossen und ging hinüber zur Milch. Er wollte sich zwar nicht in den Streit der Frauen hineinziehen lassen, aber dennoch alles mitbekommen. Dabei kam er sich wie ein unerlaubter Lauscher vor. Andererseits konnte bei dieser Lautstärke jeder im Supermarkt die Stimme von Frieda Matzke hören. Er schaute hinüber zu Herrn Pohlmann, der immer noch demonstrativ abgewandt sein Gemüse in die Auslage sortierte und beschäftigt tat. Doch Theo sah, wie sich seine Mundwinkel lächelnd verzogen. Frieda Matzke war mittlerweile rot angelaufen.

„Das hast du mal wieder völlig falsch verstanden, Lieselotte!“, entrüstete sie sich. „Wenn ich etwas von Macht gesagt habe, dann meinte ich die Bürde der Verantwortung, die dieser Mann trägt, und wenn er die Tradition unserer Kirche bewahren will, kann er ja wohl nicht jeden Jux gutheißen, oder?“

„Aber hast du nicht angekündigt, du wolltest auf der Gemeindeversammlung aufstehen und gegen ihn ...“

„*Mit* ihm, Lieselotte, mit ihm!“, unterbrach Frau Matzke sie. „Da sieht man mal wieder, was du da alles durcheinander gekriegt hast. Bist wohl schon ein bisschen tüddelig, was?“

Frau Rustig schaute ihr direkt in die Augen und sagte: „Frieda, ich weiß genau, was ich letzte Woche gehört habe und was ich soeben gehört habe. Und der Unterschied macht mir große Sorgen!“

Sie drehte sich um und verschwand mit ihrem Wagen zwischen den Regalen.

Voller Wut riss Frau Matzke eine neue Tüte von der Rolle und machte sich über die Pfirsiche her. Dabei prüfte sie mit ihrem Daumen jede einzelne der bemitleidenswerten Früchte und schimpfte vor sich hin.

„Diese alte Schachtel!" Matsch! Ihr Daumen hatte im Pfirsich eine Druckstelle hinterlassen.

„Was bildet die sich eigentlich ein?" Sie legte den Pfirsich mit der eingedrückten Stelle nach unten wieder zu den anderen zurück. „Behauptet, ich würde schlecht über andere reden!" Sie nahm den nächsten Pfirsich. „Unverschämtheit!" Matsch – machte der Daumen. „Das hat man davon, wenn man sich engagiert!" Der Pfirsich wurde gedreht und wieder zurückgelegt.

Herr Pohlmann legte einen Kohlrabi aus der Hand und schaute zu Frau Matzke hinüber. Die war jetzt richtig in Fahrt.

„Nichts als Ärger!" Der nächste Pfirsich war an der Reihe. „Dabei will man ja nur ..." Matsch! „... helfen!"

Die Augen von Herrn Pohlmann weiteten sich vor Entsetzen.

„Und das ist dann der Dank!", zeterte sie weiter und legte den nächsten gematschten Pfirsich in die Auslage zurück – Druckstelle nach unten.

„Aber so leicht kann man Frieda Matzke nicht entmutigen, so leicht nicht!"

Sie griff nach der nächsten Frucht. Das konnte Herr Pohlmann nicht länger ignorieren und kam herangeeilt. „Kann ich Ihnen vielleicht helfen?"

„Nein danke", wies ihn Frieda Matzke ab, „ich komm schon ganz gut alleine klar!"

„Aber Frau Matzke, das mach ich doch gern für Sie", versicherte Herr Pohlmann und nahm ihr den Pfirsich behutsam aus der Hand, bevor ihr Daumen erneut Schaden anrichten konnte. Erleichterung stand ihm ins Gesicht geschrieben, als sie ihn losließ. „Wie viele sollen es denn sein?"

„Fünf Stück", sagte Frieda Matzke, „aber keine weichen oder angematschten. Manche haben ja schon richtige Druckstellen. Die Qualität nimmt hier ja auch immer mehr ab!" Sie ließ sich jeden einzelnen Pfirsich zeigen, bevor Herr Pohlmann ihn in die Tüte steckte.

Theo zwang sich, die Sicherheit des Milchregals aufzugeben und kam zum Obststand zurück. Er musste wissen, was sie auf der Gemeindeversammlung vorhatte!

„Frau Matzke, was war das jetzt mit der Gemeindeversammlung?“, fragte er bemüht sachlich, „Sie haben etwas mit Herrn Brammer verabredet?“

„Ja, Herr Pastor“, schnaubte sie, „Herr Brammer wird einiges über die Zustände in unserer Gemeinde sagen und ich werde ihn unterstützen.“

„In welcher Form, wenn ich fragen darf?“ Theo befürchtete das Schlimmste.

„Ich werde von dem beleidigenden Brief berichten, den ich da bekommen habe. Und ich habe einiges über die Küsterin zu sagen!“

„Frau Stark?“, wunderte sich Theo. „Gibt es denn Grund zur Klage?“

„Herr Pastor, ich wundere mich, dass das noch nicht zu Ihnen gedrungen ist. Dass Rita Stark ihre Pflichten vernachlässigt, darüber könnte ich ja noch gnädig hinwegsehen, aber dass sie anständigen Leuten diese anonymen Briefe unterschiebt, das ist doch nun wirklich der Gipfel!“

„Moment mal“, versuchte Theo sie zu bremsen, „Sie meinen, Frau Stark schreibt diese Briefe? Woher wollen Sie wissen, dass die Zettel von ihr stammen, wenn sie doch anonym sind?“

„Das liegt doch auf der Hand“, ereiferte sie sich, nahm die Tüte mit den Pfirsichen von Herrn Pohlmann entgegen und stopfte sie in den Wagen, „wer sonst sollte es sein? Ich lebe mit allen meinen Mitmenschen in Frieden. Sie allein hat mich letzten Sonntag offen angefeindet, aus heiterem Himmel und ohne Grund! Behandelt man so andere Leute? Aber das wird ein Nachspiel haben, das sag ich Ihnen! Am Sonntag auf der Gemeindeversammlung, warten Sie‘s nur ab!“ Und damit riss sie quietschend ihren Wagen herum und stürmte zur Kasse.

Die beiden Männer sahen ihr stumm hinterher.

„Die hätte mir noch sämtliche Pfirsiche zerquetscht“, sagte

Herr Pohlmann schließlich, „aber bei mir ist es nur Obst. Passen Sie auf, Herr Pastor, dass sie am Sonntag nicht viel Wichtigeres zerstört."

„Ich fürchte, Sie könnten Recht haben", seufzte Theo und wandte sich mit seinen Brötchen der Kasse zu. Als er an dem Bücherständer vorbeikam, blieb er stehen, drehte ihn ein wenig und griff ein Buch heraus: „Seufzer im Sommerwind" von Jane Bennet.

„Seit wann lesen Sie Kitschromane?", rief Herr Pohlmann scherzhaft.

„Liest das denn hier überhaupt jemand?", erkundigte sich Theo.

„Diesen Schund? Na klar!", sagte Herr Pohlmann. „Die Wälzer von der Bennet gehen wie verrückt." Er ließ kurz sein Gemüse im Stich, kam näher heran und flüsterte: „Frau Matzke ist ganz scharf darauf, ehrlich!"

Erstaunt stellte Theo den Band wieder in den Ständer zurück.

‚Sieh mal an', dachte er, ‚es gibt also auch in Frau Matzke eine Sehnsucht nach einer heilen Welt. Schade nur, dass sie auch den kleinsten Ansatz davon in der realen Welt sofort zerstört.'

Es war für ihn immer wieder faszinierend und erschreckend zugleich, was Menschen so alles miteinander anstellten.

***

Dienstag, 22. Juni, später Vormittag

Nach dem Frühstück schwang Theo sich auf sein Fahrrad und radelte die Dorfstraße hinunter. Heute wollte er wieder zu Frau Jordan. Ob sie mit ihrer Tochter mittlerweile hatte reden können? Gleich im Anschluss an seinen letzten Besuch hatte er Karin angesprochen. Sie hatten lange in der Küche gesessen, denn sie hatte es nur schwer aushalten können, dass Theo Braun den Zustand ihrer Mutter deutlich benannte. Doch nachdem er die Tabuwörter „Tod" und „Sterben" einmal ausgesprochen hatte, waren in ihrem Gespräch neue Türen geöffnet worden. Karin hatte es schließlich ebenfalls gewagt, diese Wörter auszusprechen, wenn auch erst einmal nur ihm gegenüber. Sie hatten über die Angst vor dem Tod gesprochen und auch über die Angst, jemanden zu verlieren, den man liebt. Karin hatte es sogar geschafft, ihm zu sagen, was in ihr vorging. Sie hatte ihre Mutter nicht mit negativen Gedanken belasten wollen und deshalb das Thema Tod vermieden. Es war hart für sie gewesen, im Gespräch mit Theo Braun hinter ihrer scheinbaren Rücksichtnahme ihre eigene egoistische Angst entdecken zu müssen, das panische Bedürfnis, sich zu schützen. Das war entlarvend, aber auch befreiend gewesen: Endlich hatte sie weinen können, weil sie gespürt hatte, dass Theo sie dafür nicht verurteilte, sondern ihr geduldig zuhörte und ihr half, sich selbst zu ordnen. Und langsam begann sie zu verstehen, dass sie noch mehr verlieren würde, wenn sie in der wenigen Zeit, die ihr und ihrer Mutter noch blieb, ihre Gedanken und Gefühle nicht offen miteinander teilen würden.

„Die Zeit ist zu kostbar, um einander etwas vorzuspielen", hatte Theo gesagt. Und er hatte noch ihre Antwort im Ohr: „Aber ich habe keine Sprache für das, was ich ihr sagen möchte." Das konnte er gut verstehen; wie oft machte Leid auch ihn sprachlos.

„Versuchen Sie es einfach", ermutigte er sie, „ich bin sicher, Ihre Mutter wird Ihnen helfen. Sie wartet sehnsüchtig darauf! Und vielleicht hat *sie* die Sprache!"

Jetzt bremste Theo ab, stieg vom Rad und lehnte es an den Gartenzaun. Ein Schloss brauchte er nicht. Auf der Lenkstange hatte er einen Aufkleber angebracht mit der Aufschrift „Dem Pastor sein Rad", das reichte hier auf dem Land völlig als Diebstahlsicherung.

Auch diesmal öffnete Karin ihm die Tür, allerdings hatte sie dabei ein Handy am Ohr. Während sie am Telefon den Fahrdienst für das Fußballtraining ihrer Kinder regelte, winkte sie ihn herein und bedeutete ihm mit einer Geste, doch bitte einfach durchzugehen. Er öffnete die Zimmertür und schaute vorsichtig hinein: Offenbar schlief Frau Jordan. Ihr Kopf lag zur Seite geneigt auf dem Kissen. Sie hatte die Augen geschlossen. Ihre Haut wirkte fast durchsichtig. In den letzten Tagen hatte sie noch mehr an Gewicht verloren. Behutsam näherte sich Theo ihrem Bett, das nah am Fenster stand, zog sich möglichst leise einen Stuhl heran und setzte sich. Friedlich sah sie aus, als wäre sie mit sich, ihren Mitmenschen und Gott im Reinen.

‚Würde ich so wirken, wenn es bei mir ans Sterben ginge?',

fragte sich Theo und beantwortete seine Frage gleich mit einem Nein. ‚Nur wenn Gott selbst mich trägt, kann ich so getrost aus dem Leben gehen', dachte er.

Als hätte sie ihn gehört, drehte sie langsam den Kopf zu ihm und schlug die Augen auf.

„Ah, Pastor Braun", flüsterte sie, „welch schöne Überraschung!"

„Guten Tag, Frau Jordan", grüßte Theo. „Wie geht es Ihnen?"

Frau Jordan schüttelte kurz den Kopf: „Einerseits nicht gut. Ich bin immer öfter sehr müde. Doch andererseits geht es mir sehr gut. Stellen Sie sich vor: Meine Tochter und ich haben uns ausgesprochen."

„Das ist ja wunderbar", freute sich Theo.

„Ja, es ist wirklich wunderbar", bestätigte sie, „aber zu dem Wunder haben Sie beigetragen." Sie griff nach seiner Hand und drückte sie, es war kaum spürbar: „Vielen Dank, Pastor Braun."

„Ach, wissen Sie", sagte Theo etwas verlegen, „ich habe nicht viel getan. Den entscheidenden Schritt hat sie selbst gewagt."

„Ja, aber sie hätte sich niemals getraut, mit mir über das Sterben zu sprechen, wenn Sie ihr nicht geholfen hätten."

„Und, wie kam es zu Ihrem Gespräch?", fragte Theo. Und Hannelore Jordan erzählte, wie ihre Tochter am Freitag von der Arbeit gekommen war und sich wie immer an ihr Bett gesetzt hatte. Wie immer hatte sie auch gefragt: „Wie geht es dir?" Doch nach der üblichen Antwort „Danke, gut" war es nicht wie üblich weitergegangen. Ihre Tochter hatte tief Luft geholt und mit sich gerungen.

„Wie geht es dir wirklich?", hatte sie leise gefragt.

Es wurde ein langes Gespräch dort auf der Bettkante. Danach war der Papierkorb neben dem Bett voller Taschentücher, aber beide Herzen waren leichter.

„Jetzt können wir viel offener miteinander umgehen", sagte Frau Jordan, „ich bin ja so froh darüber!"

„Ja", bestätigte Theo, „jetzt können Sie die gemeinsame Zeit nutzen."

„So ist es. Und ich habe dadurch einen Bibelvers ganz neu verstanden, den ich vor zwei Wochen gelesen habe: *Siehe, jetzt ist die Zeit der Gnade, siehe, jetzt ist der Tag des Heils!* Jeder Augenblick ist Gnade, geschenkte Zeit für mich und meine Tochter."

Theo nickte nur.

„Ach, übrigens", fuhr sie fort, „was ist denn aus dieser Sache mit dem Bibelvers von Eberhard Brammer geworden? Weiß man inzwischen, wer ihm den zugesteckt hat?"

„Nein, das wissen wir nicht", sagte Theo, „stattdessen sind noch zwei andere aufgetaucht. Einen hat Frieda Matzke bekommen, die sich darüber genauso geärgert haben soll wie Herr Brammer, und Frau Stark hat anscheinend auch einen Brief gefunden, der wohl aber ganz positiv gewesen war."

„Seltsam, seltsam ..." Frau Jordans Kopf sank tiefer in das Kissen.

„Ja, nicht wahr?", sagte Theo. „Wer macht sich da wohl einen Scherz mit den Leuten?"

„Niemand", antwortete Frau Jordan.

„Niemand?" Theo schaute sie verständnislos an.

„Ja, niemand macht hier mit anderen einen *Scherz.*" Ihre Stimme war leise, aber fest. „Ich bin überzeugt, diese Zettel sind ernst gemeint."

„Aber mit welchem Ziel?", fragte Theo ratlos.

„Ich weiß es nicht", überlegte Frau Jordan, „vielleicht, um bestimmte Gemeindeglieder aufzurütteln?"

„Na gut", gab Theo zu, „wenn das so ist, hat der Schreiber dieser Briefe sein Ziel erreicht. Herr Brammer fühlt sich immer noch persönlich getroffen; jetzt will er am Sonntag auf der Gemeindeversammlung die Missstände in unserer Gemeinde anprangern. Und Frau Matzke ist so aufgerüttelt, dass sie wie wild durch die Gemeinde fegt und alle verrückt macht."

„Das ist ja nichts Neues", winkte Hannelore Jordan ab, „und was ist mit Rita?"

„Das ist es ja gerade, was Frau Matzke so wild macht", erklärte Theo, „wie ich hörte, hat Frau Stark am Sonntag Widerstand geleistet und Frau Matzke klar gesagt, dass sie sich nicht mehr länger von ihr bevormunden lassen will."

Erstaunt schaute Frau Jordan auf. „Rita Stark war plötzlich stark, gegen Frieda Matzke? Unglaublich!"

„Offenbar hat der Bibelvers zumindest ihr gut bekommen", sagte Theo.

Frau Jordan lächelte versonnen. „Herr Pastor, in Ihrer Gemeinde geschehen gerade viele Zeichen und Wunder! Erst das Gespräch mit meiner Tochter, dann die Rebellion von Rita ..."

‚Tatsächlich', dachte Theo, ‚da könnte sie Recht haben, Zeichen und Wunder ...'

„Und haben Sie gehört, was unsere Königskinder machen?", fragte Frau Jordan weiter.

„Wie, wer?" Die Frage riss ihn aus seinen Gedanken.

„Na, Frau Anders und Herr Schütz!"

„Nein, tut mir leid", bedauerte Theo, „da kann ich Ihnen nichts Neues berichten."

Frau Jordan schaute ihn verschmitzt an und lächelte: „Aber ich!"

***

Dienstag, 22. Juni, mittags

Er nahm den Ordner aus dem Regal und legte ihn vor sich auf den Schreibtisch. So vieles ging ihm durch den Kopf, dass er das Gefühl hatte, seine Gedanken ebenfalls ordnen zu müssen. Was ging da eigentlich vor in seiner Gemeinde? Wenn er Frau Jordan Glauben schenken durfte, waren es wirklich Wunder. Sollte es tatsächlich eingetreten sein, was er sich neulich bei der Predigtvorbereitung zum Jesajatext noch gewünscht hatte, dass ein Bibelwort ein Leben verändern kann?

Er schlug den Ordner auf. Sofort kehrte eine meditative Ruhe in ihm ein, wenn er seine Sammlung vor sich hatte. Er brauchte nur auf eine Tüte wie diese hier zu sehen. Ein Ornament aus Blumenranken in Blau und Grün erstreckte sich auf weißem Grund; sehr romantisch, diese Kotztüte von Air India.

Romantisch war auch die Geschichte, die Frau Jordan ihm von Herrn Schütz und Frau Anders erzählt hatte und ein Wunder obendrein.

‚Vorsicht, Theo', meldete sich eine warnende innere Stimme, ‚das ist alles nur Klatsch und Tratsch!'

Aber gönnen würde er es beiden schon. Allerdings wusste er nicht, wie die beiden plötzlich zusammengekommen sein sollten, nachdem sie die letzten zwölf Monate umeinander herumgeschlichen waren. Wie auch immer, eine Nachbarin von Frau Jordan wollte sie gestern Hand in Hand gesehen haben. Vielleicht hatte sie ja Recht und es geschahen wirklich Wunder um ihn herum?

Aber warum dann nicht in Frau Jordans Zimmer, das er vor einer Stunde verlassen hatte? Wie immer hatten sie zum Schluss gebetet und wie immer war Theo beeindruckt gewesen von dem tiefen Glauben dieser Frau, die sich todkrank dennoch in Gottes Händen wusste.

Wenn von Wundern geredet wird und man zusammen betet, warum kann dann nicht auch Heilung geschehen? Nachdem sie das „Amen" gesprochen hatten, musste Theo sehr nachdenklich ausgesehen haben, denn als hätte Frau Jordan seine Gedanken erraten, hatte sie seine Hand gefasst und gesagt: „Seien Sie nicht traurig, Herr Pastor und zweifeln Sie nicht an Gottes Gnade! Ich weiß, das ist für andere schwer zu verstehen, aber es ist alles gut, wirklich. Ich kann wieder mit meiner Tochter reden, das ist ein großes Geschenk, und ich werde bald zu Gott nach Hause kommen, das ist noch größer. Es ist schön, das zu wissen."

Theo blätterte um. Die Tüte in der nächsten Prospekthülle war zweigeteilt. Die untere Hälfte war blau, die obere weiß. Wenn man sie ansah, hatte man das Gefühl, als würde man über das weite Meer zum fernen Horizont blicken. Unwillkürlich musste er an Frau Jordan denken. Es kam ihm so vor, als hätte sie inmitten der begrenzten Welt ihres Krankenzimmers eine Perspektive des Glaubens, die viel weiter reichte als die der gesunden Menschen um sie herum.

Sein Blick ruhte lange auf dieser Linie, wo Blau und Weiß aufeinandertrafen, sah deutlich den Horizont, bevor er umblätterte. Plötzlich schrie ihn das Gelb der nächsten Tüte an, und eine rote Schrift verkündete: „Das kommt mir in die Tüte – Flüge ab 19,99 €!"

‚Na klar', dachte Theo, ‚warum sollte man eine Kotztüte im Flugzeug nicht als Werbefläche nutzen?' Beim Stichwort Werbung fiel ihm die Firma Eschbach & Söhne wieder ein. Die aus der Marketingabteilung waren offenbar fest entschlossen, eine Serie moderner Ikonen in ihr Programm aufzunehmen. Als eine Mitarbeiterin gestern anrief und in dieser Sache Herrn Johannes Braun zu sprechen wünschte und hörte, dass der noch in der Schule sei, hatte sie zunächst gedacht, Johannes wäre Lehrer und nicht Schüler. Es hatte ein Weilchen gedauert, bis sie wirklich begriffen hatte, dass ihr Geschäftspartner noch ein Jugendlicher war. Mittlerweile hatte Theo mit dem Vater von Max telefoniert und ihn aufgeklärt, was überhaupt Ikonen waren, denn aus den etwas wirren Schilderungen seines Sohnes war Herr Weber nicht schlau geworden. Schließlich hatten sie vereinbart, dass sie das schriftliche Angebot der Firma abwarten wollten, dann würden sie sich immer noch mit ihren Söhnen zusammensetzen und darüber beraten können. Inzwischen hatte Theo die Mappe mit allen Entwürfen der beiden Jungen nach Osnabrück geschickt, und als die Dame gestern am Telefon dann die Höhe des Honorars genannt hatte, war Theo die Sprache weggeblieben: ‚Holla', war es ihm durch den Kopf geschossen, ‚das ist mehr als eine kleine Aufbesserung des Taschengelds!'

Er blätterte weiter. Das Exemplar von Buddha Air kam zum Vorschein: Auf dunklem Blau sah man die weiße Zeichnung einer Frau, die diese Tüte gerade zweckentsprechend verwendete. Aus einem unerfindlichen Grund dachte er an Frau Matzke. Er fühlte förmlich, dass sie jetzt gerade, wo immer sie auch war, irgendwelche Intrigen plante. Er dachte an ihre unheilvolle Ankündigung im Edeka Markt heute Morgen. Was war wirklich vorgefallen zwischen ihr und Frau Stark?

Theo betrachtete die nächste Tüte, auf der British Airways in zehn Sprachen eine Anweisung zum Gebrauch abgedruckt hatte. Aus manchen Gesprächen mit Rita Stark hatte er den Eindruck gewonnen, dass sie so ihr Leben sah: Anweisungen und Forderungen, die auf sie zukamen, verbunden mit dem Gefühl, diesen vielen Ansprüchen niemals gerecht werden zu können. Doch jetzt auf einmal hatte sie Grenzen gesetzt? Ausgerechnet Frieda Matzke gegenüber?

„Hut ab, Frau Stark, das war wirklich stark", flüsterte Theo, der gern dabei gewesen wäre.

Hatte der Bibelvers ihr den Mut dazu gegeben? Natürlich konnte Gottes Wort Erstaunliches bewirken, das wusste er und das glaubte er auch. Dennoch kam es ihm unglaublich vor. Ein

Mensch, der ein Leben lang erniedrigt und mit Füßen getreten wurde, bekommt einen Zettel mit einem Bibelvers darauf und richtet sich plötzlich auf, wird selbstbewusst, stark und tritt für seine Würde ein? Unglaublich fast! Oder doch nicht?

Theo beschloss, noch vor dem Mittagessen mit Rita zu sprechen. Er musste mehr über diese Zettel erfahren, denn bisher hatte er ja nur den einen von Herrn Brammer gesehen. Aber plötzlich waren weitere Briefchen mit Bibelversen bei Frau Matzke und Frau Stark aufgetaucht.

Theo betrachtete das Kästchenfeld, das die Tüte von Maersk Air zierte. Wenn man wollte, konnte man hier Schiffeversenken spielen. Ihm kam es so vor, als würde irgendjemand in der Gemeinde mit den Bibelzetteln ein ähnliches Spiel spielen. Würden noch mehr Zettel auftauchen? Wie um alles in der Welt sollte Theo nur herausfinden, wer dahintersteckte?

Die nächste Tüte war ganz in Marineblau gehalten. Als einzige Verzierung sah man in der oberen rechten Ecke den stilisierten Kranich der Lufthansa. Schlicht, elegant, beschränkt auf das Wesentliche.

‚Ich muss Herrn Brammer anrufen', dachte Theo, ‚wenn Frau Matzke und er auf der Gemeindeversammlung ...' Er wagte nicht, den Satz zu Ende zu denken.

Mit einem Rumms schlug Theo den Ordner zu, griff zum Telefon, wählte und stellte sich vor den Schreibtisch. Während er auf die Stimme am anderen Ende wartete, dröhnte das Tuten monoton in seinen Ohren. Unwillkürlich korrigierte er seine Haltung: Die Beine etwas auseinander, die Füße fest auf dem Boden, den Oberkörper selbstbewusst aufgerichtet. Er hatte das Gefühl, für dieses Gespräch einen festen Stand zu brauchen. Er zuckte zusammen, als sich die bekannte Stimme meldete.

„Guten Tag, Herr Brammer", begann Theo, doch weiter kam er nicht.

„Ah, das trifft sich gut", unterbrach ihn Herr Brammer, „ich hätte Sie heute auch noch angerufen."

„Weswegen denn?", erkundigte sich Theo vorsichtig.

„Es geht um Probleme zwischen Frau Matzke und Frau Stark."

„Na, so ein Zufall, genau deswegen wollte ich mit Ihnen sprechen“, sagte Theo, „ich traf Frau Matzke heute Morgen in Pohlmanns Supermarkt. Sie war sehr aufgebracht, weil sie ebenfalls einen Zettel mit einem Bibelvers erhalten hatte, ähnlich wie Sie.“

„Ja“, bestätigte Herr Brammer, „sie hat das mir gegenüber auch erwähnt.“

„Was mich verwundert, um nicht zu sagen befremdet hat“, fuhr Theo fort, „war ihre Ankündigung, sie werde mit Ihnen zusammen auf der Gemeindeversammlung eine Erklärung abgeben und unsere Küsterin Frau Stark beschuldigen, diese Zettel aus niederen Motiven verteilt zu haben. Ist das richtig?“

Theo stemmte die freie Hand in die Hüfte. Er hörte Herrn Brammer tief einatmen.

„Nein, Herr Pastor, das ist nicht richtig“, kam es aus dem Hörer, „und ich bin enttäuscht über das, was Frau Matzke hier konstruiert! Gestern rief sie mich an und teilte mir mit, dass sie ebenfalls einen Zettel bekommen hätte. Sie empfand den Inhalt als beleidigend. Bis hierhin bin ich mit ihr durchaus einer Meinung. Als sie allerdings Frau Stark beschuldigte, diese Pamphlete in Umlauf gebracht zu haben, fragte ich sie lediglich, ob sie bereit sei, eine solche Anschuldigung auch öffentlich zu wiederholen, beispielsweise auf der Gemeindeversammlung. Ich wollte wissen, wie ernst es ihr mit dem Vorwurf war.“

Er machte eine kleine Pause. Auch Theo schwieg.

„Ich habe daraufhin sofort Frau Stark kontaktiert“, fuhr Herr Brammer schließlich fort, „sie hat mir ihrerseits berichtet, wie sehr sie sich von Frau Matzke bezüglich ihrer Arbeit kontrolliert und drangsaliert fühlt. Als ich sie mit der Behauptung konfrontierte, sie sei nach Ansicht von Frau Matzke die Urheberin der kompromittierenden Bibelzettel, war sie völlig fassungslos. Frau Stark ist definitiv nicht die Schuldige.“

Theo entspannte sich merklich: „Ja, ich weiß. Sie hat ebenfalls so einen Brief bekommen. Genau die gleiche Machart, allerdings mit weitaus positiverem Inhalt.“

„Ah, Sie wissen es schon“, erwiderte Herr Brammer, „gut, gut!“

Theo zog sich seinen Bürostuhl heran und setzte sich.

„Weiß Frau Matzke davon?“ fragte er.

„Nein“, versicherte Herr Brammer, „ich wollte erst mit Ihnen darüber sprechen.“

Theo überlegte, Herr Brammer wartete.

„Ich denke, ein Mensch wie Frau Matzke lässt sich nur schwer korrigieren oder stoppen“, überlegte Theo schließlich laut, „was immer sie sich in den Kopf gesetzt hat, wird sie auch durchzusetzen versuchen.“

„Das sehe ich auch so“, bestätigte der Kirchenvorsteher, „dennoch habe ich mir vorgenommen, noch einmal das Gespräch mit ihr zu suchen. Ich finde, hier muss Klarheit herrschen. Eine gemeinsame Erklärung mit ihr zusammen habe ich niemals beabsichtigt, und ich werde sie auffordern, ihre Ansichten über unsere Küsterin umgehend zu revidieren und ehrenrührige Aussagen über sie in der Öffentlichkeit zu unterlassen.“

„Ja, sehr gut!“, bekräftigte Theo. „Tun Sie das. Und ... äh ... wie steht es mit Ihrem Vorhaben? Wollen Sie immer noch auf der Gemeindeversammlung über die Missstände in unserer Gemeinde reden?“

Herr Brammer räusperte sich vernehmlich.

„Herr Pastor, um es klar zu sagen“, begann er aufs Neue, „ich habe nicht vor, unsere Kirchengemeinde schlecht zu machen. Das liegt mir völlig fern. Doch bestimmte Entwicklungen im Musik- und Jugendbereich machen mir ernsthafte Sorgen. In meiner Funktion als Vorsitzender des Kirchenvorstands sehe ich mich verpflichtet, hier nicht tatenlos zuzusehen, sondern gegenüber der Gemeinde diese Punkte zur Sprache zu bringen.“

„Ja ... na gut, ich verstehe“, seufzte Theo, „wenn Sie da für sich keine andere Möglichkeit sehen ...“

„Man muss der Wahrheit ins Auge blicken, Herr Pastor.“

‚Was ist Wahrheit?‘, fragte sich Theo, als er das Gespräch schließlich beendete. Einen Moment lang verharrte er so mit dem Telefon in der Hand und dachte nach. Dann kam ihm plötzlich zu Bewusstsein, dass es Pilatus war, der Jesus diese Frage stellte, bevor er ihn zum Tode verurteilte. Das machte Theo noch nachdenklicher. Was immer auch am Sonntag auf der Gemeindeversammlung passieren würde, er hatte das Gefühl, daran wenig ändern zu können. Um sich selbst auf andere Gedanken zu bringen, stand er auf und ging zum Briefkasten. Als er ihn öffnete, fiel ihm wieder ein ganzer Stapel Umschläge und Prospekte entgegen. Murmelnd blätterte er ihn durch: „Müll, Müll, Büro, privat, Müll, Büro, Büro, Müll ...“ Doch was war das? Ein weißer Umschlag, der offenbar nicht mit der Post versandt, sondern persönlich in den Kasten geworfen worden war.

„AN PASTOR BRAUN“ stand in großen Buchstaben darauf. Auf dem Weg zurück in sein Arbeitszimmer drehte er ihn um – es war kein Absender darauf.

Theo legte den Poststapel auf seinen Schreibtisch und nahm den Brieföffner. Er zog das gefaltete Papier aus dem Umschlag und öffnete es. Staunend blickte er auf die sorgfältig geschriebenen Blockbuchstaben und las:

Gott hat uns nicht gegeben den Geist der Furcht, sondern der Kraft und der Liebe und der Zucht. Darum, so schäme dich nicht des Zeugnisses unseres HERRN. (2.Timotheus 1,7+8)

***

Dienstag, 22. Juni, nachmittags

Mutter und Tochter hatten es sich im Wohnzimmer auf dem Sofa bequem gemacht. Irene hatte Leonie so viel zu erzählen. Irene war nervös. Sie fühlte sich wie ein Mädchen, das von ihrem Freund erzählte und hoffte, Leonie würde ihr Ja dazu geben. Das war kein klassisches Mutter-Kind-Gespräch mehr, denn irgendwie waren die Rollen vertauscht.

Auf dem Tisch standen Kekse, eine Teekanne und Tassen. Irene hatte die Arme um die angezogenen Knie geschlungen. Sie wusste nicht recht, wie sie beginnen sollte.

Leonie half ihr: „Seid ihr nun zusammen oder nicht?!“

Erleichtert stellte Irene fest, dass die Rollen nicht vertauscht, sondern aufgehoben waren: Dies war ein Von-Frau-zu-Frau-Gespräch. Ihre Tochter wurde langsam erwachsen.

„Erzähl schon“, forderte Leonie ihre Mutter auf, „wie ist er so?“

Und Irene erzählte. Völlig wirr, wie sie empfand, und doch hörte ihr Leonie aufmerksam zu.

Irene dachte über vieles nach, während sie sprach. Konnte Oliver auch stark sein? Ein Draufgänger war er nicht, das war klar. Aber sie wollte auch keinen. Natürlich war er schüchtern; nicht umsonst hatte es so lange gedauert, bis er ihr seine Liebe gestehen konnte. Doch er hatte es schließlich getan!

„Es war ein langer Spaziergang gestern Abend", hörte sie sich sagen, „ich erinnere mich gar nicht mehr daran, wo wir überall langgegangen sind. Ein Wunder, dass wir überhaupt wieder nach Hause gefunden haben."

Unwillkürlich musste sie an seine zaghaften Berührungen denken, an seinen Arm, den er um ihre Schulter gelegt und der ihr plötzlich eine ruhige Kraft und Sicherheit gegeben hatte. Ja, da war eine Stärke in ihm, zaghaft noch, doch wachsend, denn als er gespürt hatte, dass er sich ihrer sicher sein konnte, war er selbstsicherer geworden.

„Oliver hat deine Schilderungen total missverstanden", lachte sie jetzt zaghaft und sah ihre Tochter aus glücklichen Augen an, „er dachte die ganze Zeit, dass ich mich darüber freuen würde, wenn wir uns aus dem Weg gingen. Und dann war plötzlich der Brief mit den Bibelversen gekommen, der ihn wieder auf eine Achterbahn der Gefühle schickte. Er war total verwirrt und konnte sich keinen Reim darauf machen. Aber zum Glück und zum guten Ende hat sich ja alles geklärt. Nur woher die Briefe mit den Bibelversen kommen, wissen wir beide nicht."

Irene beugte sich vor und griff nach einem Keks. Gedankenverloren nagte sie daran. Dann schlang sie die Arme wieder fest um ihre Beine. Irgendwo da draußen war jemand, der genau über sie Bescheid wusste. Gut, Leonie hatte ihr eröffnet, dass offenbar die halbe Gemeinde sich längst ihren Teil dachte. Doch wer immer diese Briefe geschrieben hatte, blickte direkt in ihre Seele!

„Träumst du?", fragte Leonie lächelnd und hielt ihr eine Tasse mit Tee entgegen.

Die Frage riss sie aus ihren Gedanken. „Was? Nein, warum?"

„Weil du schon länger nichts mehr sagst." Leonie nahm sich einen Keks und schaute sie auffordernd an. „Erst redest du wie ein Wasserfall, und jetzt schweigst du wie ein See." Sie grinste breit.

„Ach, ich hab nur an etwas gedacht", erwiderte Irene vage.

„An etwas oder an jemanden?", neckte Leonie.

‚Manchmal können Töchter auch schrecklich sein', dachte Irene und schüttelte leicht den Kopf.

„Willst du heute Abend zu ihm?" Leonie schaute sie fragend an.

‚Ja, bitte, ich will schon den ganzen Tag nichts anderes!', schrie es in Irene. Sie blickte in ihre Tasse und rührte sinnlos darin herum.

„Nein, ich denke nicht", sagte sie stattdessen laut und versuchte, gleichmütig zu klingen. Doch sie hörte selbst, wie angespannt ihre Stimme klang.

„Ich habe dich gestern schon so lange allein gelassen", fuhr sie fort, „nett von Herrn Thoma, dass du abends noch zu ihm gehen konntest."

„Klar, das geht immer", versicherte Leonie, „aber wenn du nachher nicht zu deinem Oliver gehst, musst du den Abend leider allein verbringen. Schade, schade ..."

Irene hob überrascht den Kopf und blickte ihre Tochter an, die eine gespielt unschuldige Miene aufsetzte.

„Ich habe mich mit Sara verabredet", erklärte sie, „wir schreiben bald eine Bioarbeit, da müssen wir noch sooo viel lernen ... da fahr ich gleich zu ihr rüber und bleib dann da bis morgen."

„Wie, du übernachtest bei ihr?" Irene schaute ihre Tochter entgeistert an. „Ja, aber morgen ist doch Schule?"

„Macht doch nichts, wir müssen beide zur gleichen Zeit morgens raus", erwiderte Leonie und sah demonstrativ auf die Uhr.

„Oh, ich bin übrigens schon ganz spät dran. Wie die Zeit vergeht", lachte sie und sprang auf, „ich pack dann mal meine Sachen und düse los."

„He, junges Fräulein!" Irenes Ruf stoppte ihre Tochter gerade noch an der Tür. „Du willst mir doch nicht im Ernst erzählen, dass du nur wegen Bio zu Sara gehst?"

Ihre Tochter grinste. „Nein, wenn wir schnell lernen, wollen wir vor dem Schlafengehen auch noch einen Film sehen: ‚E-Mail für dich'. Weißt du, Mom, da finden sich zwei, weil sie sich Briefe schreiben."

Beide mussten lachen. Leonie kam zurück und drückte ihrer Mutter einen Kuss auf die Wange.

„Es soll vorkommen, dass es so etwas auch mal im richtigen Leben gibt", flüsterte sie, „ich wünsche dir einen wundervollen Abend!"

Mit diesen Worten richtete sie sich auf, drehte sich um und hüpfte von dannen. Rumms, die Tür war zu. Irene berührte mit der Hand ihre Wange, auf der noch der Kuss ihrer Tochter klebte. Sie musste lächeln. Wie alt war sie, dreizehn? Kaum zu glauben!

Ihre Tochter hatte für sie diesen freien Abend arrangiert. Irenes Herz machte einen Sprung; auf einmal wurde sie fahrig und aufgeregt. Sie musste sich zusammenreißen, um nicht wie verrückt herumzuspringen. Wie alt war sie? Sechsunddreißig? Auch kaum zu glauben!

***

Dienstag, 22. Juni, abends

„Guadn Obnd, Herr Pfarra, komma Sie herein!" Josef Thoma machte die Tür weit auf und winkte Theo Braun in den Flur.

„Hobn Sie Ihrn Oaufbeantwoada noch obgehört? ", fragte er über die Schulter, „i hod Ihna a Nachricht draufgesprochn."

„Dass ich nicht zu Abend essen soll?", fragte Theo. „Ja, die Botschaft hat mich gerade noch rechtzeitig erreicht. Aber Sie müssen sich meinetwegen nicht solche Mühe machen, Herr Thoma."

„Ach wissn Sie, Herr Pfarra, eigentli hod i dobei mehr an mi gedacht."

Er führte Theo durchs Wohnzimmer und dann auf die Terrasse. Die Abendsonne stand tief zwischen den Bäumen, es war angenehm warm. Unter einer Markise war auf einem Holztisch eine bayrische Brotzeit aufgetischt.

„Zuaa Bier schmeckt am bestn Weißwurst und Brezeln, aba oeine macht as keinen Spaß", erklärte er und bot Theo einen Platz an. Sie setzten sich.

„Nochmals vielen Dank für die Einladung", sagte Theo.

„Gern gschehn", erwiderte Josef Thoma, „da Onlass war ja de Sache mit den Zetteln. Dariba woite i mit Ihna mol in Ruhe sprechn. Aba bevoa mia d tun, darf i Sie bittn, fir uns a Tischgebet zuaa sprechn?“

Einen kurzen Moment sah Theo Herrn Thoma verwirrt an.

„Aber natürlich, gern“, sagte er dann und faltete die Hände. Beide neigten die Köpfe und beteten.

„Und jetzt tun Sie mir den Gefoin und langn Sie kräftig zuaa“, forderte ihn der Bayer auf und füllte die Bierkrüge.

„Danke“, sagte Theo und sah sich um. Es war gemütlich hier unter dem Stoffdach, umgeben von blühenden Pflanzen.

„Schön haben Sie es hier“, sagte er und nahm seinen Krug entgegen, der mit einer prächtigen Blume aus Bierschaum gekrönt war.

„Ja, as finde i aa“, bestätigte der Gastgeber, „besonders hia in desa Ecke auf da Terrasse komme i zuaar Ruhe. Im Somma sitze i moagns früh hia, genieße de Stille, lese in da Bibl ...“

Theo sah überrascht auf: „Sie lesen morgens in der Bibel?“

„Ja, freili“, lachte Herr Thoma, „Stille Zeit, wissn Sie ... Dann geht man ganz anders in den Dog.“

„Aber ...“, stammelte Theo und war nun völlig perplex, „warum lesen Sie täglich etwas, das Sie anzweifeln? Wenn ich da an unsere Gespräche denke, sonntags nach dem Gottesdienst ...“

Josef Thoma sah ihn verschmitzt an.

„Man konn ja nur an etwas zwoafeln, was man kennt. Würde i ned de Bibl lesn oda im Gottesdeanst de Lesunga hörn, hätt i aa nichts, was i bezwoafeln könnte, oda?“

„Wohl wahr“, gab Theo zu und angelte sich eine Weißwurst, „aber ist Ihr Zweifel Folge des Bibellesens oder das Motiv? Zweifeln Sie nach dem Lesen oder lesen Sie, um daran zu zweifeln?“

„Was war zuaaerst da, as Huhn oda as Ei?“, fragte der Bayer listig zurück. Doch bevor sein Gast darauf antworten konnte, fuhr er fort: „Aba um unsa kloana philosophischn Rangelein soi es heid eimol ned gehn. I moch mir wirkli Soogn wegn desa Zettl, de in da Gemeinde auftaan.“

„War das nicht gerade unser Thema, die Sorge um Bibelworte?“, neckte Theo. Sein Gegenüber drohte mit dem Zeigefinger.

„Sie könna es aa ned lassn, was? Herr Pfarra, i hob den Eidruck, Sie hobn insgeheim aa Spaß an unsan Streitgesprächn!“

Er nahm einen Schluck Bier und schaute Theo belustigt an. Der zuckte die Achseln.

„Sie gehören mittlerweile zum Sonntag dazu wie anscheinend das Bibellesen zu Ihrem Tagesbeginn", antwortete er.

„Womit mia wieda beim Thema wärn." Josef Thoma stellte den Bierkrug auf den Tisch. Sein Gesicht wurde ernst. „Scherz beiseite, Herr Pfarra – irgendein biblfesta Schreiberling dreibt hia in unsar Gemeinde sei Unwesn und i weiß ned, was i davon hoitn soi."

Theo nickte abwartend.

„Frau Matzke war beleidigt, was i verstehn konn. Soweid i weiß, war da Biblvers fia sie ned gerade a Kompliment; irgendwos mit ‚Bosheit' und ‚bittera Galle'. Fia Rita dogegn war de Zettl a Ermutigung: *Siehe, ich hob dia gebotn, dass du getrost und freidig seist. Lass dia ned graun und entsetze di ned, denn da HERR, dein God ...* "

„*... ist mit dir in allem, was du tun wirst*", ergänzte Theo. „Das ist wirklich ermutigend. Woher wissen Sie, was auf Frau Starks Zettel stand?"

„Sie hod ihn mir gezeigt", antworte Josef Thoma nachdenklich. „Desa Biblvers hod ihr wirkli de Kroft gegebn, die Stimma ihra Vergangenheit obzuschütteln. As fand i sehr beeindruckend. Da sieht man mol, welche Kroft de Woate da Bibl hobn."

Theo hielt inne, den Maßkrug in der Hand.

„Und das aus Ihrem Munde!", wunderte er sich.

Josef Thoma zwinkerte ihm zu: „Sie wissn so einigs ned von mir. Aba Sie werdn si noch mehr wundern, wenn Sie hörn, was si zwischn meina Nachbarin Frau Anders und Herrn Schütz getan hod."

Er griff nach dem Töpfchen mit dem süßen Senf.

„Das weiß ich schon", sagte Theo und genoss es, dass auch er Josef Thoma nun überraschen konnte. Dieser zog erstaunt die Augenbrauen hoch, während er die körnige Paste auf seinen Teller löffelte.

„Sie haben es geschafft, haben sich gefunden und sind zusammen, stimmt's?", fragte Theo. „Das zumindest habe ich heute gehört", fügte er hinzu und sein Ton wurde eine Spur sarkastischer, als er fortfuhr, „sie wurden doch tatsächlich von aufmerksamen

Nachbarn händchenhaltend auf offener Straße gesichtet. Ist das zu glauben?"

Der Bayer nickte lächelnd. „Aber wissn Sie aa, was de beidn zuaeinanda gebracht hod? Ratn Sie mol ..."

„Doch nicht etwa ..."

„... Briefe mit Biblstäin", sagte Herr Thoma. „Doch, genau as! Welches Woat Herrn Schütz aus da Fassung gebracht hod, weiß i ned, aba bei Irene Anders war es a Vers aus dem Hoheliad Salomos, in Sachn Liobe un Romantik de ganz grouse Packung."

Theo sah sein Gegenüber beeindruckt an. „Was Sie alles wissen ..."

„As hod mir ois a kleina Spion zuageflüstert", deutete er geheimnisvoll an.

„Leonie!", stellte Theo fest und blickte über den Rand seines Bierkruges hinweg.

Plötzlich beugte sich Josef Thoma vor und schob seinen Bierkrug beiseite.

„Herr Pfarra, as hod doch Methode", flüsterte er eindringlich, „irgendwa schiebt hia Leitn Bibelverse zuaa, de genau ins Schwarze dreffa – mittn ins Herz sozusogn. De oan fühln si entlarvt und bloßgestäit, de andern wachsn iber si hinaus, aba keina lässt es kalt. Ehrli gsogt weiß i ned, was i davon holtn soll. I weiß noch ned mol, ob as guad oda böse is. As oinzige, was i ziemli sicha weiß, is, dass de Person, de as gschriebn hod, keina Computa besitzt."

„Weil die Zettel handschriftlich geschrieben wurden?"

„Genau, handschriftli, aba in grousn Buchstobn", fügte Josef Thoma hinzu, „i vermute, de Handschrift soi ned erkannt werdn, aba a Computa oda a Scheibmaschine stand ned zuaar Verfügung."

„Hmm ...", überlegte Theo, „da könnten Sie Recht haben. Oder aber der Schreiber kann mit so etwas nicht umgehen ..."

„Wer wird wohl da nächste sei, da oan Vers verpasst bekommt", sagte Josef Thoma mehr zu sich selbst als zu Theo. Theo Braun seufzte tief.

„Das weiß ich bereits!", sagte er dann und schob seine Hand in die Innentasche seines Jacketts. Er zog den zusammengefalteten Bogen Papier hervor und reichte ihn dem staunenden Josef Thoma.

„Na, is es denn …“, Josef Thoma begann zu lesen und verstummte. Dann gab er den Zettel schweigend an Theo Braun zurück.

„Und?“, fragte Theo. „Was halten Sie davon? Soll mich das aufregen oder ermutigen?“

Josef Thoma sah ihn nachdenklich an.

„I würde mi an Ihra Stäie dafür entscheidn, mi ermutign zuaa lassn“, sagte er langsam.

„Das haben Sie schön ausgedrückt“, sagte Theo.

„As is ja gerade as Phänoma, de Texte han reine Bibelzitate. Sie werdn nur ois persönliche Botschoft aufgefasst, weil sie direkt in de Situation des Empfängers hineinsprechn und doat sozusogn den Nerv dreffa.“

„Richtig“, pflichtete Theo ihm bei.

„Also kein Fall für die Polizei?“, überlegte Theo.

„Nein, warum aa. Niemand wurde gschädigt“, erwiderte Josef Thoma und griff nach einer weiteren Weißwurst.

„Und was sollen wir jetzt unternehmen?“ Theo war ratlos.

„I hob koa Ahnung“, gab Josef Thoma zu, „übrigens muass da Schreiba ...“

„... oder die Schreiberin?“, warf Theo ein.

„… oder Schreiberi“, korrigierte Josef Thoma und rückte der Wurst mit Messer und Gabel auf die Pelle, „also, wer imma as gschriebn hod, muass auf jedn Foi am Sonndog im Gottesdienst gewesn sei.“

„Was? Wieso das denn?“ Theo schaute ihn verständnislos an.

„As is doch sonnenklar“, erwiderte Josef, „oda erinnern Sie si ned mehr an Ihre eigene Predigt? Da ging es doch um as Woat Gotts, as wia Saatguad ausgestreit wird, doch ned ibaoi, wo es hinfällt, wächst etwas. Und Sie hobn si gefrogt, warum bei uns kaum etwas wächst. As klang ganz schee frustriert. I hob Ihre Frogn noch im Ohr: ’Hod as ois noch oan Sinn? Soin mia es ned oofach lassn?’“

Langsam ging Theo ein Licht auf.

„Und Sie meinen, dieser Brief an mich ist eine Antwort darauf?“ Er holte den Brief noch einmal hervor und überflog die Zeilen. Da stand es Schwarz auf Weiß: *Darum, so schäme dich nicht des Zeugnisses unsers Herrn.*

„Ein Tadel!", sagte Theo und runzelte die Stirn.

„A Ermutigung?", korrigierte sein Gegenüber und lächelte.

Theo lachte auch: „Ja, Sie haben Recht. Ich muss sagen, ich fühle mich ertappt. Ich könnte diesen Wisch ja auch einfach in den Papierkorb werfen, aber irgendwie gehen mir diese Worte nach."

Josef Thoma lehnte sich zurück.

„Natürli", sagte er, „schließli is es ja aa as Wort Gotts."

Theo sah ihn nachdenklich an. „Wissen Sie, was ich glaube, Herr Thoma? Ich glaube, Sie sind gar kein echter Zweifler, sondern ein tiefgläubiger Mensch. Sie lesen jeden Morgen in der Bibel und bestehen auf einem Tischgebet. Ich vermute, das ganze bibelkritische Armdrücken mit mir veranstalten Sie nur aus lauter Freude an der Diskussion!"

Jetzt lachte Josef Thoma herzlich: „Erwischt! I gebe zuaa, es macht schon Spaß, Sie a bisschn herauszufoadern. Aba ob i gläubig bin in Ihrem Sinne ..."

„Immerhin haben Sie Rita Stark gesagt, sie solle ihren Bibelvers als Wort Gottes an sie persönlich nehmen."

Josef Thoma war verblüfft. „Woher wissn Sie denn as?"

„Bevor ich hierher zu Ihnen gefahren bin, habe ich noch kurz mit ihr gesprochen", sagte Theo lässig und genoss wieder den kleinen Triumph, dem anderen, auch wenn es nur in einem kleinen Detail war, um eine Nasenlänge voraus zu sein.

Josef Thoma hob seinen Bierkrug und prostete dem Pastor zu.

„I ergebe mi. Eins zuaa Null fia Sie, Pater Brown!"

„Theo", bot dieser an und erhob ebenfalls seinen Krug.

„Josef", ergänzte Josef.

Das Geräusch der aufeinanderstoßenden Maßkrüge läutete den Beginn einer wunderbaren Freundschaft ein.

***

Ein glücklicher Dienstagabend, 22. Juni

Oliver Schütz lag lang ausgestreckt auf dem Sofa, einen Arm über seinen Augen. Genau vor einer Woche hatte er schon einmal so dagelegen, die nasse Hose mit dem Kaffeefleck über der Heizung, ein Glas Whisky neben sich. Damals ging es ihm schlecht und jetzt ging es ihm ... ja, wie eigentlich? Hätte man seinen Arbeitgeber gefragt, würde der wahrscheinlich leise Zweifel an seinem Geisteszustand äußern. Bei der Arbeit war Oliver heute nicht recht bei der Sache gewesen, hatte manchmal träumerisch vor sich hingestarrt und hatte mehrmals angesprochen werden müssen, weil er zunächst nicht reagierte.

Hier auf dem Sofa fühlte er sich sicher, da schwamm der Boden nicht unter ihm weg.

‚Kaum zu fassen', dachte er, ‚dass ich den Mut hatte, mich mit ihr zu treffen. Kaum zu fassen, dass ich ihr sagen konnte, was ich fühle. Kaum zu fassen, dass sie wirklich mich meint ... kaum zu fassen ...'

Das war stark. ‚Du bist stark!', dachte er. Er hörte in sich hinein und wartete auf Widerspruch – nichts. Die Stimme, die ihn ständig als Versager beschimpft hatte, schwieg! Dagegen hörte er jetzt Irenes Stimme ganz deutlich. Sie klang so anders, tat so gut und sagte ganz andere Dinge zu ihm.

Sollte er sie anrufen? Er sah auf den Hörer, der neben ihm auf dem Tisch lag. Nein, lieber nicht. Sie hatten vereinbart, sich heute weder zu treffen noch zu telefonieren. Irene brauchte den Abend für ihre Tochter, hatte sie ihm erklärt, und das war natürlich richtig so. Was musste in dem armen Mädchen vorgehen, wenn ihre Mutter plötzlich ganz überraschend mit einem Mann zusammen war? Mädchen in dem Alter waren doch so sensibel und manchmal auch schwierig – hatte er jedenfalls einmal gehört. Ihn beschlich ein mulmiges Gefühl. Was mochte die Kleine wohl von ihm halten? Schließlich war das letzte Gespräch auf ihrem Schulweg nicht gerade glücklich verlaufen. Was wäre, wenn sie ihn ablehnte? Oliver mochte gar nicht daran denken. Nein, es war schon gut so, dass Irene diesen Abend mit ihrer Tochter verbrachte. Er schickte ein Gebet zum Himmel, dass es ihr gelänge, Leonie schonend auf die Neuerung in ihrem Leben vorzubereiten.

Oliver nahm den Arm vom Gesicht und starrte an die Decke. Gut, also war er heute Abend allein. Na und? Das war er doch schon jahrelang gewesen, also müsste das eine leichte Übung für ihn sein. Er setzte sich auf. Und jetzt? Wie wär's mit Abendessen?

Er ging in die Küche und öffnete den Kühlschrank; bis auf drei Tomaten, eine Tüte Milch und eine halbe Packung Frischkäse war er leer.

‚Mist', dachte er. Gestern war er nicht zum Einkaufen gekommen, logisch, bei all dem, was passiert war. Und heute hatte er nach der Arbeit nicht mehr daran gedacht. Ein Blick zur Uhr sagte ihm, dass Pohlmanns Edeka seit zehn Minuten geschlossen hatte.

„Na prima", rief er in den offenen Kühlschrank hinein, „dann mache ich heute einen asketischen Abend."

Er schlug die Kühlschranktür mit einem Knall zu. Im selben Moment war es ihm, als hätte er auch die Türklingel gehört. ‚Quatsch', dachte er, ‚bei mir klingelt nur der Postbote und der kommt morgens.' Doch jetzt läutete es wieder. Eindeutig! Das war seine Türklingel. Unsicher ging er durch den Flur zur Haustür und öffnete sie. Draußen stand Irene, im Arm einen Korb voller Einkäufe. Völlig perplex schaute er sie an. Sie kam ihm vor wie eine Fata Morgana in der Wüste.

„Hallo", strahlte sie ihn an, „ich dachte mir, ich komm vorbei und wir kochen zusammen. Darf ich reinkommen?"

Oliver stammelte irgendetwas von leerem Kühlschrank vor sich hin und trat dann einen Schritt zur Seite. Er nahm ihr schnell den schweren Korb ab, der randvoll mit leckeren Sachen gefüllt war, und führte Irene in die Küche. Dort stellte er den Korb auf den Tisch, wo er noch lange unbeachtet stehen blieb. Denn obwohl es längst Zeit zum Abendessen war, dauerte es eine ganze Weile, bis beide ihre Aufmerksamkeit den Lebensmitteln zuwandten.

***

Donnerstag, 24. Juni, am späten Vormittag

Sobald er den Finger auf der Klingel hatte, brach drinnen aufgeregtes Hundegebell los. Die Tür ging auf, etwas kleines Braunes schoss heraus und sprang kläffend an seinem Hosenbein hoch.

„Ist ja gut, Billy, ist ja gut!" Eine festlich gekleidete Frau Mitte vierzig versuchte vergeblich, das Tier zu beruhigen, während Theo den Dackel zur Begrüßung freundschaftlich tätschelte. Die Frau lächelte und machte eine einladende Handbewegung.

„Hallo“, sagte sie etwas atemlos, „bitte kommen Sie herein! Entschuldigen Sie, aber er ist so aufgeregt. Die vielen Gäste heute ...“ Und mit einem Blick auf sein schwarzes Jackett stellte sie fest: „Sie müssen der Pastor sein, richtig? Ich bin die Schwiegertochter aus Frankfurt, Marion Ehrmann.“

Theo ergriff ihre ausgestreckte Hand und folgte ihr dann durch den Flur ins Wohnzimmer. Dort saßen schon Gäste um einen großen gedeckten Tisch versammelt, auf dem Platten mit verlockenden Schnittchen standen. Die Jubilarin schaute ihn freudig an und versuchte, sich zu erheben.

„Bleiben Sie ruhig sitzen, Frau Ehrmann!“ Theo machte eine beruhigende Handbewegung, ging zu ihr und gab ihr die Hand.

„Herzlichen Glückwunsch und Gottes Segen zu Ihrem fünfundachtzigsten Geburtstag“, sagte er feierlich und überreichte ein Andachtsbuch mit Gebeten für jeden Tag als Geschenk. Die anderen Gäste verstummten, als Theo dazu Worte aus Psalm 103 zitierte: *„Lobe den HERRN, meine Seele, und was in mir ist, seinen heiligen Namen! Lobe den HERRN, meine Seele, und vergiss nicht, was er dir Gutes getan hat.“*

Frau Ehrmann lächelte ihn dankbar an.

„Heute kommen bestimmt viele Erinnerungen hoch“, sagte Theo in einer kleinen Ansprache, „wenn Sie an die Wege und Stationen Ihres Lebens denken, an das, was Sie geprägt hat, die fröhlichen Zeiten und auch das Schwere, dann bin ich mir sicher, dass Sie nicht vergessen, was Gott Ihnen Gutes getan hat.“

Wieder lächelte Frau Ehrmann und nickte.

„Sie sind reich beschenkt und haben viel Grund zur Dankbarkeit“, fuhr Theo fort, sprach dann ein Gebet und stimmte die erste Strophe von „Lobe den Herrn“ an. Frau Ehrmann und alle Gäste sangen mit.

„Danke, Herr Pastor“, sagte Frau Ehrmann, als sie geendet hatten. Sie war gerührt und drückte seine Hand. „Das war sehr schön. Aber nun setzen Sie sich doch und essen Sie etwas.“

„Einen Moment, bitte“, unterbrach ihre Schwiegertochter und hob einen kleinen Fotoapparat hoch. „Können Sie noch kurz so stehen bleiben? Danke!“ Es blitzte kurz, dann war das Erinnerungsfoto gespeichert.

„Wie ist es“, fragte Marion Ehrmann dann herzlich, „möchten Sie einen Sekt oder ein Glas Wein?“

Theo lehnte höflich ab. „Wenn ich jetzt so etwas trinke, habe ich anschließend keine Lust mehr zum Arbeiten“, erklärte er, „und ich habe heute noch einiges vor.“

„Dann einen Kaffee?“

„Sehr gern, danke!“

Jetzt wandte er sich den anderen Gästen zu und schüttelte Hände. Frau Rustig saß als beste Freundin natürlich neben Frau Ehrmann. Auch Nachbarn waren gekommen. Er begrüßte Frau Pohlmann, lernte den zur Schwiegertochter gehörenden Sohn Martin aus Frankfurt kennen und gab dem Bürgermeister die Hand, der allerdings schon wieder aufbrechen musste, weil der nächste Termin drängte. Dann fand er einen Platz, wurde mit Kaffee versorgt und noch einmal aufgefordert, doch bitte ordentlich zuzugreifen.

„Das muss alles weg“, sagte Frau Ehrmann.

„Ach, Magda“, beruhigte sie Frau Rustig, „wenn etwas übrig bleibt, musst du morgen nicht schon wieder einkaufen.“

„Ich gehe aber gern einkaufen“, entgegnete Frau Ehrmann.

„Und daran wollen wir auch nichts ändern“, fiel Frau Pohlmann lachend ein, „wir wollen doch nicht deine Gewohnheiten durcheinanderbringen!“

Alle fielen in ihr Lachen ein.

„Bei Pohlmanns bekommt man eben alles“, erklärte Frau Rustig schelmisch, „Obst, Milch, Gemüse und an der Fleischtheke die neuesten Nachrichten!“

„Ich vermute“, fiel Theo ein, „Ihre Fleischtheke ist auch manchmal so etwas wie eine Seelsorgestation, an der Leute erzählen können, was sie beschäftigt?“

„Oh ja“, bestätigte sie, „bei mir gibt es eben mehr als nur Fleisch und Wurst!“

„Deswegen gehen wir ja lieber frühmorgens“, sagte Magda Ehrmann, „da schreib ich schon am Abend vorher einen Einkaufszettel …“

„Wozu brauchst denn du einen Einkaufszettel?“, neckte Frau Rustig ihre Freundin. „Du kaufst doch jedes Mal dasselbe. Ich weiß schon immer vorher, was du als Nächstes in deinen Wagen legst. Oder brauchst du einen Zettel, weil du langsam tüddelig wirst?"

„Im Kopf etwas durcheinander", übersetzte Frau Pohlmann mit einer drehenden Fingerbewegung der Schwiegertochter aus Frankfurt.

„Was, ich und tüddelig? Von wegen!", entrüstete sich Frau Ehrmann. „Ich kann mir noch sehr gut alles merken, besonders Zahlen. Heute zum Beispiel werde ich fünfundachtzig!"

„Ach, sag bloß", spielte Frau Rustig die Erstaunte.

„Geht das öfter so zwischen den beiden zu?", raunte Martin Ehrmann, der neben Theo saß. Der nickte nur.

„Apropos Zettel", warf Frau Pohlmann ein, „was haltet ihr denn von diesen Zetteln, die in der Gemeinde aufgetaucht sind?"

„Zettel?", fragte die Schwiegertochter neugierig.

„Einige Leute im Dorf haben anonyme Briefe mit Bibelversen erhalten", erklärte Frau Pohlmann weiter. Eine eifrige Diskussion entbrannte: „Herr Brammer soll sich ja ordentlich geärgert haben." – „Geschieht ihm recht, warum muss er auch immer so überheblich auftreten." – „Überheblich? Ich finde, er ist einfach nur korrekt. Als Kirchenvorsteher muss er doch eine bestimmte Würde bewahren." – „Ja, aber seine Ansichten sind doch nun wirklich altmodisch, oder? Was er über die Jugend sagt ..." – „Ich finde, da hat er ganz Recht! Neulich sind mir doch auch wieder Jugendliche auf Fahrrädern begegnet, die ..." – „Man kann doch nicht die Jugend vergraulen ..." – „... die fuhren mir auf dem Fußweg entgegen. Ich meine, so geht das ja auch nicht." – „Und die Matzke? Die soll auch einen bekommen haben." – „Na, hoffentlich einen, der´s in sich hat. So, wie die immer rummeckert ..." – „Hat Haare auf den Zähnen, die Frau!" – „Trotzdem, stell dir mal vor, du würdest so einen Brief bekommen, und dann würde irgendwas Schlimmes drinstehen, etwas mit Höllenfeuer und Verdammnis und so!" – „Frieda hat was über die Hölle bekommen?" – „Keine Ahnung, aber so, wie sie sich aufgeregt hat, muss das so was Ähnliches gewesen sein." –„Wenn du so etwas lesen würdest, mit deinem Namen drauf, dann würde dich das auch aufregen." – „Ach was, ich würde das einfach in den Papierkorb werfen. Nichts als ein Dummer-Jungen-Streich. Ich wundere mich, dass alle das so ernst nehmen." – „Klar, das ist doch

Mobbing. Oder nein, wie heißt das noch, wenn man dauernd belästigt wird ... da lief neulich so eine Sendung im Fernsehen ... ach, ich komm nicht drauf ..." – „Stoh-king." – „Wie bitte?" – „Stoh-king, so heißt das, glaub ich." – „Sie meinen Stalking." – „Ja, sag ich doch, Stoh-king." – „Und das geht auch mit Bibelversen?" – „Keine Ahnung, irgendwann ist ja immer das erste Mal." – „Muss da nicht mal die Polizei was machen?" – „Quatsch, wieso? Sind doch nur Bibelverse. Es kann doch nicht kriminell sein, was aus der Bibel abzuschreiben." – „Herr Pastor, was sagen Sie dazu?"

Bisher hatte Theo sich bewusst zurückgehalten, doch jetzt musste er Stellung beziehen.

„Ich glaube nicht, dass es kriminell ist, Bibelverse zu verteilen", sagte er, „schließlich tu ich das auch. Auf Ihrer Geburtstagskarte zum Beispiel steht der Vers aus Psalm 103, den ich vorhin zitiert habe." Er schaute Frau Ehrmann an.

„Magda", rief Frau Rustig mit gespieltem Entsetzen, „du bist also auch ein Opfer! Du hast auch einen Bibelzettel bekommen! Jetzt wissen wir alle: Der Pastor war's!" Alle lachten. Frau Ehrmann nahm die Glückwunschkarte von Theo und schaute sie prüfend an.

„Mit Blümchen drauf", sagte sie, „das ist bestimmt der schönste Brief mit einem Bibelvers, den bisher jemand bekommen hat."

„Da wäre ich mir nicht so sicher", sagte Theo und dachte an Oliver Schütz und Irene Anders. Er merkte gar nicht, dass ihn alle erwartungsvoll ansahen.

„Entschuldigung", sagte er unsicher, „ich war gerade in Gedanken."

„Genau", schmunzelte Frau Rustig. „An was Sie denken, würden wir gern wissen!"

„Ach, lassen wir doch den armen Pastor in Ruhe", winkte Frau Ehrmann ab, „er arbeitet so hart in unserer Gemeinde, da darf er doch auch mal kurz träumen."

„So wie du in der ... du weißt schon, wo?", stichelte Frau Rustig.

„Ich weiß gar nicht, was du meinst." Magda Ehrmann stellte sich dumm.

„Wieder vergessen?" Frau Rustig konnte es nicht lassen. „Dann wirst du also doch tüddelig."

„Nun hört jetzt aber auf, ihr beiden!“ Marion Ehrmann ging lachend dazwischen; die zwei alten Damen kicherten.

„Trinkt lieber einen Likör.“ Sie hielt eine Flasche hoch. „Wem darf ich etwas anbieten?“

Kleine Gläser wurden auf den Tisch gestellt und eingegossen. Alle prosteten der Jubilarin zu: „Auf dein Wohl, Magda!“

Theo sah sich im Raum um und entdeckte in einer Ecke über einem gemütlichen Ohrensessel an der Wand Fotos. Frau Ehrmann folgte seinem Blick.

„Alles meine Kinder“, sagte sie, „dort ist ein Hochzeitsbild von meinem Sohn und meiner Schwiegertochter. Das Foto daneben zeigt meine Tochter; sie lebt im Süden und kommt mit ihrer Familie zum Wochenende her. Und dort drüben hängt ein Bild von meinen Enkeln.“ Lauter lächelnde Gesichter strahlten Theo entgegen.

„Eine gemütliche Ecke haben Sie sich da eingerichtet.“ Theo bewunderte den Ohrensessel, der zum Entspannen einlud.

„Hier sitze ich immer gern und lese“, sagte Frau Ehrmann. Theo sah zwei Bücher auf dem Tischchen neben der Lampe liegen. Er griff nach dem alten, schwarzen, abgegriffenen Ledereinband, der obenauf lag.

„Darf ich?“

„Aber sicher, Herr Pastor, schauen Sie sich die Bibel ruhig an.“

Theo schlug das dicke Werk auf. Da stand in verschnörkelter Druckschrift: *Die Bibel oder die ganze Heilige Schrift nach der Übersetzung Dr. Martin Luthers, Stuttgart 1912*. Er ließ die dünnen Seiten über den Daumen gleiten; eng gedruckte Textspalten in altdeutscher Schrift fächerten vor seinen Augen vorbei.

„Die habe ich damals zur Konfirmation bekommen“, erklärte Magda Ehrmann, „seitdem lese ich darin. Ich habe zwar auch eine neue in modernerer Sprache, aber ich greife doch immer wieder zu meiner alten Bibel. Sie ist mir irgendwie so vertraut, wissen Sie?“

„Das verstehe ich“, nickte Theo. „Diese Bibel hat Sie ja auch Ihr Leben lang begleitet.“

„Das stimmt. Ich muss einfach jeden Morgen ein wenig darin lesen, dann geht es mir gut. Zuerst muss ich natürlich frühmorgens mit Billy raus.“ Der Dackel hob den Kopf, als sein Name fiel und wurde gleich gestreichelt. „Nicht wahr, Billy? Und dann sitze ich hier mit einem Kaffee, Billy liegt zu meinen Füßen und wir haben unsere ‚Stille Zeit'."

„Dann ist das ja ein frommer Hund?" Theo schaute zum Dackel hinab, der ihn treuherzig ansah.

„Aber sicher", behauptete Frau Ehrmann, „auch wenn er sonntags nicht mit in die Kirche darf, sondern draußen warten muss."

Frau Rustig beugte sich vor. „Wissen Sie eigentlich, warum das Tier ‚Billy' heißt?"

„Billy Graham", erklärte Frau Ehrmann für sie. „Ich habe den mal erlebt, in den sechziger Jahren. Ich war schwer beeindruckt!"

„Billy ..." Theo sprach den Namen jetzt mit Ehrfurcht aus und betrachtete den Hund mit neuen Augen. Der hatte sich wieder unter dem Tisch zusammengerollt und döste zwischen den Füßen der Gäste.

Theo bemerkte, dass er die schwere Bibel immer noch in den Händen hielt. Er legte das alte, ledergebundene Exemplar vorsichtig wieder auf das Tischchen. Dann griff er lächelnd zum zweiten Buch.

„Und dies hier?", fragte er und hielt ein schwarzes Taschenbuch hoch. „‚Frank N. Stone, Der Vollmond des Grauens' – lesen Sie das etwa am Abend?"

Frau Ehrmann zuckte die Achseln. „Ein bisschen Entspannung wird doch wohl erlaubt sein", sagte sie.

„Ohne Krimi geht die Mimi nie ins Bett", neckte Frau Rustig.

„Von wegen Entspannung", meldete sich Frau Pohlmann. „Bei uns werden diese Bücher ja auch verkauft, und ich habe da einmal reingeschaut. Ich konnte die halbe Nacht nicht schlafen! Also nee, das ist nichts für mich."

„Bei mir ist es umgekehrt", erklärte Frau Ehrmann, „ich kann nachts nicht schlafen und dann setz ich mich hier hin und lese."

„Bekommst du denn keine Angst?", wunderte sich Frau Pohlmann. „Mir ist das zu gruselig."

„Nein, im Gegenteil", versicherte die alte Dame, „ich freu mich dann immer, dass mir das nicht passieren kann, was da erzählt wird, weil ich ja hier sicher und gemütlich sitze. Außerdem habe ich ja einen guten Wachhund bei mir, der mich beschützt, nicht wahr, Billy?"

Billy hob sein Köpfchen und schaute sie mit großen Hundeaugen an, wohl in der Hoffnung, etwas von den Cocktailwürstchen zu bekommen. Frau Pohlmann sah zweifelnd auf den hechelnden Dackel hinab; offenbar traute sie Billy in Sachen Personenschutz nicht allzu viel zu.

„Und wann holst du den Schlaf nach?", fragte Martin Ehrmann seine Mutter besorgt.

„Ich weiß, wann und wo", kicherte Frau Rustig und blickte Martin augenzwinkernd an.

Die Hälfte der Gäste nickte amüsiert, während Magda Ehrmann so tat, als wüsste sie nicht, wovon ihre Freundin da redete.

Fragend schaute Martin seine Mutter an.

„Sie können das nicht wissen, Martin", lachte Frau Rustig herzlich und legte ihm ihre Hand auf den Arm, „weil Sie sonntags nicht bei uns im Gottesdienst sind. Aber wenn Magda zur Kirche geht, geht das Sandmännchen mit!"

***

Freitag, 25. Juni, nach der Schule

„Kakao?"

„Ja bitte, aber dieses Mal eisgekühlten", sagte Leonie. „Wer fängt an?"

„Du natürli, wa sonst?" Er nippte an seinem Becher. „Wia steh's bei euch zuahause? "

Sie hatten ihre Becher mit auf die Terrasse genommen und es sich dort gemütlich gemacht. Heute war ein heißer Sommertag und hier im Schatten der Markise, wo noch ab und zu etwas Wind durch die Büsche wehte, konnte man es gut aushalten.

„Alles paletti", antwortete Leonie, „sie haben es tatsächlich geschafft und sind jetzt zusammen." Sie gab Josef Thoma kurz den neuesten Lagebericht in Sachen Liebe.

„Und wia is as jetzt für di?", fragte er.

„Irgendwie komisch", meinte Leonie nachdenklich, „einerseits ist es schön, Mom so glücklich zu sehen. Andererseits müssen Oliver und ich uns erst aneinander gewöhnen."

„Na, dann erzähl moi", forderte Josef Thoma sie auf, „i bin ganz gespannt!"

„Also, zuerst war die Atmosphäre ziemlich verkrampft“, begann Leonie, „das fing schon an der Haustür an. Als es klingelte und ich die Tür öffnete, wusste ich nicht recht, wie ich ihn ansprechen sollte. Ich probierte es mit ‚Hallo, Herr Schütz?‘, aber das klang irgendwie komisch. Wir standen bestimmt zwei ewiglange Sekunden in der Tür, bis er mir die Hand gab und sagte: ‚Hallo Leonie, du kannst mich Oliver nennen‘. Ganz schön peinlich für uns beide!“

„As konn i mir vorstäin“, sagte Josef.

„Zum Glück hat Mom dann schon aus der Küche gerufen, dass er reinkommen soll“, fuhr Leonie fort, „und ist uns entgegengekommen. Da war ich ganz schön erleichtert. Aber die Begrüßung zwischen den beiden war auch ziemlich steif und unbeholfen.“

Josef nickte. „As war ja aa a ungewohnte Situation fia eich.“

„Das kann man wohl sagen“, seufzte Leonie und erzählte weiter: „In der Küche saßen wir dann am gedeckten Tisch. Mom hatte sich beim Kochen richtig viel Mühe gegeben. Ich hatte ihr bei der Tischdeko geholfen und gespürt, wie angespannt sie war. Sie hat mich sogar gebeten, das Tischgebet zu sprechen, sie war einfach viel zu aufgeregt dafür.“

Wieder nickte Josef: „Is ja aa koi Wunda!“

„Danach waren wir alle erst einmal damit beschäftigt, uns gegenseitig das Essen und Getränke anzubieten. Dann war es still. Niemand wusste etwas zu sagen. Merkwürdige Situation, das sag ich dir! Mom hat dann versucht, über die Schule zu reden, hat gefragt, wie es so war. Hat nach der Bioarbeit gefragt und ob Kevin mal wieder geschummelt habe!“ Leonie lehnte sich vor und griff nach einem Stück Apfel.

„Sie wollte ganz locker klingen, ging aber irgendwie nach hinten los. Ich hab dann Oliver erklärt, dass Kevin in der Reihe vor mir sitzt und er ein Angeber ist. Weißt du ja, hab ich dir ja auch schon erzählt. Das ist der, der immer denkt, er wäre der Größte. Dabei hat er nichts auf dem Kasten. Na ja, und für die Bioarbeit hatte er sich mal wieder einen Spickzettel gemacht. Den hatte er im Ärmel seines Hemds versteckt. Völlig bekloppt! Während der Arbeit sah ich dann von hinten, wie er sich an das Handgelenk griff, um den Zettel aus dem Ärmel zu ziehen und da passierte es ...“

Leonie kicherte. „Der Zettel rutschte ihm raus und flatterte unter den Tisch! Ich konnte richtig sehen, wie er Panik bekam! Er versuchte, mit dem Fuß das Ding zu erwischen und zu sich zu ziehen, doch es klappte nicht. Das sah schon komisch aus, wie er sich da verrenkte, um an den Spicker zu kommen. Und immer wieder schaute er ängstlich nach vorne, um zu sehen, ob Frau Breuer etwas merkte."

Leonie schüttelte lachend den Kopf. „Jetzt bin ich total vom Thema abgekommen", sagte sie und nahm einen Schluck Kakao, „aber so war es an dem Abend mit Oliver auch. Ich hab ganz viel geredet und irgendwann hab ich gemerkt, dass sich die Stimmung etwas entspannt hatte. Oliver wollte dann wissen, wie die Geschichte mit Kevin ausgegangen ist. ‚Der ist ganz schnell abgetaucht', hab ich gesagt, ganz schnell unter den Tisch, hat sich den Zettel geschnappt und wollte gerade wieder hochkommen, da hat sich Frau Breuer umgedreht und gerufen: ‚Kevin Meyer, was machst du da unter dem Tisch?' Und Kevin hatte sich so erschrocken, dass er mit dem Kopf voll von unten gegen die Tischplatte gerummst ist!"

Leonie blickte Josef Thoma aus großen, schuldbewussten Augen an. „Ich habe mich an dieser Stelle der Erzählung total kringelig gelacht und mich erst viel zu spät daran erinnert, dass es Oliver bei uns ja auch so ergangen war."

„Und", wollte Josef Thoma wissen, „wia hod er reogiert?"

„Irgendwie cool!", lachte sie, „hat gesagt, dass Kevin bestimmt wie ein Depp ausgesehen haben musste, da unter dem Tisch! ‚Total bescheuert', habe ich gesagt, und nach einer kurzen Pause haben wir alle drei losprusten müssen. War echt witzig!"

Josef Thoma kaute auf einem Apfel: „Da war as Eis bestimmt gebrochn, oda?"

„Ja", schmunzelte Leonie, „Mom hat Olivers Hand ergriffen, und ab da an wurde es ein richtig toller Abend! ‚Ich finds gut, dass ihr beide zusammen seid', hab ich dann zu beiden gesagt, und man sah Oliver richtig die Erleichterung an. ‚Und Kevin?', hat er gefragt, ‚was ist aus dem geworden?' ‚Na, der wird eine Sechs kriegen!', hab ich gesagt, ‚und das nur wegen eines Zettels!'"

„Ja, ois nur wegn eis Zettels ..." Josef Thoma wurde wieder

nachdenklich. „Weisst du, de rätselhoftn Zettl und Briefe mit den Bibelstäin, de gehn mir eifach ned aus dem Kopf naus."

Beide schwiegen einen Moment. Dann schien Leonie ein neuer Gedanke zu kommen, und sie hob ruckartig den Kopf.

„Jetzt bist du dran", sagte sie verschwörerisch. „Wie war eigentlich dein Abend?"

„Welcher Obend?"

„Na, der Abend mit deiner Rita."

„As is ned meine Rita, sondan oafach nur Rita, fertig."

„Und wie war es mit Einfach-nur-Rita-fertig?" Ein breites Grinsen zog sich über Leonies Gesicht.

„Du bist a Nervensäg", seufzte Josef.

„Ich weiß", lachte sie fröhlich, „also, wie war's?"

„Guad. Sie hod guad gekocht …"

„Und ...?" Sie schaute ihn erwartungsvoll an.

„Und was? Soll i dir de Menüfolge aufzähln?"

„Nein, ich meine, wie war es zwischen euch?"

Josef Thoma stand auf und räumte die Becher ab.

„Leonie", sagte er, „sie hod mi eigeladn, weil i ihr geholfen hob. Es war oafach nur a scheenes Essen wia unta guadn Freunden, ok?"

Er ging durch die Terrassentür in Richtung Küche, doch Leonie lief hinter ihm her und ließ nicht locker: „Wie gut seid ihr denn befreundet?"

„Guade Freunde eben."

„So wie wir beide?"

„Genau."

„Oder mehr wie Mom und Oliver?"

„Leonie ..."

„Ich frag ja nur."

„Ja, und i sage: Guade Freunde, mehr ned."

„Schade." In ihrer Stimme schwang Enttäuschung mit. In Josefs Gesicht dagegen spiegelte sich Erleichterung, weil das Thema nun endgültig beendet schien.

„Aber", flötete Leonie, „was nicht ist, kann ja noch werden!"

Josef Thoma verdrehte die Augen und stöhnte auf.

***

Teil 3

Zu guter Letzt

Sonntag, 27. Juni, 11 Uhr

Der Saal füllte sich langsam. Immer mehr Gottesdienstbesucher kamen unter Glockengeläut von der Kirche hinüber ins Gemeindehaus. Sie begrüßten einander und redeten über das schöne Sommerwetter, das nun schon seit Wochen anhielt, oder über das Orgelspiel, das sie eben am Ende des Gottesdienstes genießen durften und aus dessen dissonanten Klangtrümmern nur Kenner die Überreste von „Ein feste Burg ist unser Gott" heraushören konnten.

Frau Rustig und Frau Ehrmann hatten sich bereits einen Platz gesucht. Frau Matzke betrat den Saal, schaute sich um wie ein General, der über ein Schlachtfeld blickte, und kam dann auf sie zu, um Frau Ehrmann nachträglich zum Geburtstag zu gratulieren.

Irene Anders und Oliver Schütz betraten zusammen den Raum. Sie spürten die vielen verstohlenen Blicke, die auf ihnen ruhten, und wirkten unsicher, bis sich zwei große Hände links und rechts auf ihre Schultern legten und von hinten zwischen ihren Köpfen der mächtige bayrische Schädel von Josef Thoma auftauchte, der lachend sagte, wie sehr er sich mit ihnen freute. Plötzlich stand auch Frau Pohlmann vor ihnen, fasste ihre Hände und wünschte ihnen mit Tränen der Rührung in den Augen alles Gute. Mit leicht geröteten Wangen setzten sich Irene und Oliver hin, während ihnen Leute von links und rechts freundlich lächelnd zunickten.

Josef Thoma fand einen Platz schräg hinter ihnen.

„Wo ist denn Leonie?", fragte er, sich nach vorn beugend. Irene drehte sich um: „Sie ist schon nach Hause gefahren und trifft sich mit ihrer Freundin Sara. So eine Gemeindeversammlung ist dann doch zu langweilig für sie."

„Ist hier noch frei?", hörten sie die Stimme von Günter Neumann weiter vorn.

„Aber sicher, junger Mann", antwortete Frau Rustig und nahm ihre Handtasche vom freien Stuhl an ihrer Seite. Der Organist bedankte sich und nahm Platz, gefolgt von Marieke und ihrem Freund Lucky. Mittlerweile schienen sich die Leute an seinen Anblick gewöhnt zu haben, denn nur noch wenige schauten missbilligend auf seine Ohrringsammlung.

„Bitte nehmen Sie Platz!", rief Theo Braun in den Saal. Er

stand hinter dem Tisch, an dem die Kirchenvorsteher saßen. Noch einmal wurden Stühle gerückt, dann kehrte langsam Ruhe ein. Als Theo Braun die Anwesenden begrüßte und die Gemeindeversammlung eröffnete, ging die Tür noch einmal leise auf, und Rita Stark schlüpfte herein; sie hatte gerade ihre Arbeit in der Kirche beendet. Zielstrebig hielt sie auf den freien Platz neben Josef Thoma zu und ließ sich dort leicht atemlos nieder. Sie lächelten sich kurz an, dann richtete er seinen Blick interessiert auf Theo Braun. Ihre Augen dagegen ruhten noch einen Augenblick länger auf seinem markanten Profil, bevor Theos Stimme auch sie aufmerken ließ.

Er erteilte Frau Schmidtke das Wort, die nun über die Finanzlage der Gemeinde berichtete. Dann folgten Informationen über anstehende Projekte, Investitionen und über einen Glaubenskurs, der im Herbst stattfinden sollte. Nach einer dreiviertel Stunde waren die wichtigsten Themen angesprochen und auch die letzte Nachfrage geklärt. Einige Zuhörer schauten auf die Uhr, als Theo Braun noch einmal aufstand.

„Ich möchte noch für einige Minuten um Ihre Aufmerksamkeit bitten", sagte er, „der Vorsitzende unseres Kirchenvorstands, Herr Brammer, hat darum gebeten, eine persönliche Erklärung abgeben zu dürfen."

Ein leichtes Raunen ging durch den Saal.

„Bitte, Herr Brammer ..." Theo setzte sich und Eberhard Brammer trat ans Mikrofon. Er zog sein Jackett gerade, richtete mit einem kurzen Ruck seine Krawatte, dann holte er seine Lesebrille aus der Brusttasche des Jacketts, setzte sie auf und räusperte sich.

„Meine Damen und Herren", begann er, „als Vorsitzender des Kirchenvorstands gehört es zu meinen Aufgaben, nicht nur die geschäftlichen Angelegenheiten dieser Gemeinde voranzubringen und auf die Umsetzung der Beschlüsse zu achten, sondern auch geistlich-moralische Entwicklungen zu beobachten und kritisch zu begleiten. Und diesbezüglich fielen mir in den letzten Monaten wiederholt Dinge auf, die in meinen Augen als Missstände zu werten sind. Da auch über längere Zeiträume hier keine positiven Änderungen zu verzeichnen sind, sehe ich es als meine Pflicht an, diese Punkte nun zur Sprache zu bringen.

Als Erstes möchte ich meiner Betroffenheit darüber Ausdruck geben, dass man mir einen anonymen Brief zukommen ließ, der mich und mein Amt in einer Weise beleidigt hat, die ich als intolerabel empfinde. In meinen Augen spiegelt sich darin eine Respektlosigkeit, die auch in anderen Bereichen unseres Gemeindelebens auf erschreckende Weise zutage tritt. Als Beispiel weise ich darauf hin, dass ein lutherischer Gottesdienst mit einem Grundmaß an Würde gefeiert werden sollte, was auch in Auftreten und Kleidung der Gottesdienstbesucher seinen Ausdruck finden sollte." Dabei schaute er über seine Lesebrille in Luckys Richtung. Köpfe fuhren herum, es wurde unruhig.

„Der zweite Punkt betrifft die Jugendlichen und Konfirmanden", fuhr er fort, „sie sollten sowohl von ihren Eltern als auch von den Unterrichtenden dazu angehalten werden, sich der Würde des Ortes entsprechend zu verhalten." Das Raunen unter den Zuhörern wurde stärker, Eltern sahen sich an, flüsterten aufgeregt miteinander.

Herr Brammer bemerkte die Unruhe, wusste aber offensichtlich nicht genau, wie er damit umgehen sollte.

„Als Drittes möchte ich das Orgelspiel ansprechen", sagte er, spürbar unsicherer geworden, „zugegeben, ich verstehe nicht viel von Musik, doch meines Erachtens sollte die Orgel ihrer Bestimmung nach behandelt werden und dem Lob Gottes und der geistlichen Erbauung der Gottesdienstbesucher dienen. Ich finde ..."

„Ich finde, das reicht jetzt, Herr Brammer!" Ein Mann stand auf und ergriff das Wort. „Ich finde es unmöglich, wie Sie hier über unsere Kinder reden, als ob alle Konfirmanden sich schlecht benehmen würden. Im gleichen Satz beschuldigen Sie auch noch uns Eltern, sie schlecht erzogen zu haben!" Zustimmendes und empörtes Gemurmel stieg aus den Reihen auf.

Herr Brammer sah ihn betroffen an, offensichtlich hatte er diese Reaktion weder gewollt noch erwartet. Er wollte schon etwas sagen, als die schrille Stimme von Frau Matzke ihm zuvorkam und durch den Saal rief: „Genau! Man kann doch nicht gegen die Jugend sein! Überhaupt, Ihre verstaubten Ansichten sind doch von gestern!" Sie war ebenfalls aufgestanden und wetterte in seine Richtung. „Ihnen geht es doch nur darum, dass alles in der Gemeinde nach Ihren Vorstellungen geht. Um Macht geht es Ihnen, jawohl! Dabei haben Sie kein offenes Ohr für die wirklichen Probleme in der Gemeinde. Der Küsterdienst zum Beispiel wird sträflich vernachlässigt ..."

Mittlerweile hatte sich Herr Brammer wieder etwas gefangen.

„Frau Matzke", fiel er ihr ins Wort, „darüber haben wir unter vier Augen bereits gesprochen, und ich fordere Sie auf, verleumderische Vorwürfe gegen angestellte Mitarbeiter unserer Gemeinde zu unterlassen!"

Jemand rief aus den hinteren Reihen. „Worum geht es Ihnen denn, Herr Brammer? Sie hören sich an, als wären Sie der einzige Gerechte in dieser Gemeinde!"

„Das finde ich auch", sagte eine Frau, „jemand mit Ihrer Grundhaltung sollte sich überlegen, ob er nicht lieber zurücktreten sollte!"

Jetzt erhoben sich mehrere Stimmen gleichzeitig. Herr Brammer stand sprachlos am Mikrofon und hörte mit wachsendem Entsetzen Worte wie „unmöglich", „Machtmensch", „spießig" und „zurücktreten". Bei dem Wort „Pharisäer" zuckte er zusammen, als hätte man ihn geohrfeigt. Theo Braun stand auf, machte beruhigende Gesten und rief etwas in den Saal hinein, was jedoch kein Gehör fand. Auch Josef Thoma erhob sich von seinem Stuhl, um den Pastor zu unterstützen, als Günter Neumann nach vorne ging und neben den völlig erstarrten Herrn Brammer trat. Demonstrativ legte er ihm einen Arm um die Schulter. Augenblicklich wurde es leise im Saal, überrascht und erstaunt schauten alle auf das ungleiche Paar und setzten sich wieder.

„Sie haben Recht", sagte Günter Neumann, „die Ansichten von Herrn Brammer sind konservativ, und manchmal ist er nicht auf der Höhe der Zeit. Man kann durchaus anderer Meinung sein als er. Doch was das Orgelspiel angeht, hat er absolut Recht ..."

Als würde er aus einer Trance erwachen, wandte Herr Brammer seinen Kopf und schaute Günter erstaunt an.

„Es geht darum, Gott zu loben und Menschen aufzubauen", fuhr Günter fort, „und genau darum geht es Herrn Brammer in allem, was er tut. Das ist es, was ich an ihm immer geschätzt habe."

„Das stimmt", rief Rita Stark, „er hat mich in der letzten Woche sehr unterstützt! Vielen Dank, Herr Brammer!"

„Sehen Sie", fuhr Günter fort, „auch, was die Musik betrifft, haben Herr Brammer und ich nicht den gleichen Geschmack, aber dieselben geistlichen Ziele. Er ist für mich ein Bruder in Christus. Ich finde, er verdient Respekt und Anerkennung dafür, dass er sein Amt ernst nimmt und sich dafür einsetzt, auch auf die Gefahr hin, kritisiert zu werden. Außerdem ...", jetzt sah Günter Herrn Brammer direkt in die Augen, „... urteilt er absolut vorurteilsfrei."

„Das kann ich nur bestätigen!" Lucky erhob sich, ging nach vorn, stellte sich auf die andere Seite von Herrn Brammer und schaute in die Runde. „Ich bin nur zu Gast hier, und als ich in Ihre Kirche kam, haben mich viele skeptisch angesehen. Ich verstehe das, ich sehe eben etwas ungewöhnlich aus. Aber dieser Mann hier ...", er legte ebenfalls seinen Arm von der anderen Seite über die Schultern von Eberhard Brammer, „... begegnete mir von Anfang an mit Würde und Respekt."

Im Gesicht des Kirchenvorstehers war zu lesen, dass er nicht glauben konnte, was hier gerade geschah.

„Ich kann mir daher nicht vorstellen, dass er vorhin alle Jugendlichen verurteilen wollte", fuhr Lucky fort.

„Er will einfach mitteilen, was er nicht richtig findet", half Günter ihm, „ich denke, wir sollten ihn weiterhin unterstützen."

„Außerdem kann Herr Brammer gerade für Jugendliche ein großes Vorbild sein", erklärte Lucky, „denn er steht zu seiner Meinung und zu seiner kantigen Persönlichkeit, egal was andere sagen – genauso wie ich."

Die ärgerliche Stimmung im Saal war einer verlegenen Nachdenklichkeit gewichen.

„Ich würde sagen, Herr Brammer ist ein mutiger Kirchenvorsteher und ein aufrechter Christ", fasste Günter zusammen.

„Ja", bestätigte Lucky und schaute Herrn Brammer von der Seite an, „ein cooler Typ!"

***

Montag, 28. Juni, vormittags an Pohlmanns Fleischtheke

„Da waren auf einmal alle still und schauten nur auf die drei Männer da vorne." Frau Pohlmann schüttelte den Kopf, während sie die nächste Kelle Hackfleisch auf die Waage lud. „So etwas hab ich noch nicht erlebt."

„Ja, da war so eine Spannung in der Luft, mir stockte der Atem", sagte Frau Rustig und machte eine unbestimmte Handbewegung.

„Zum Glück ist dann Pastor Braun dazugekommen", sagte Frau Ehrmann.

„Ja, ich habe ihn bewundert", bestätigte Frau Rustig, „dass er in diesem Augenblick so ruhig bleiben konnte! Er stellte sich einfach hin und sagte, dass er jetzt ein Gebet sprechen werde und danach am besten alle nach Hause gehen sollten."

„Das war in dieser Situation genau das Richtige!" Hilde Pohlmann faltete die Fleischtüte. „Aber habt ihr auch das Gesicht von Herrn Brammer gesehen?"

„Er sah schockiert aus", meinte Frau Rustig, „Hilde, noch ein Stückchen von der groben Leberwurst." Sie zeigte mit Daumen und Zeigefinger, wie viel sie haben wollte.

„Das war er bestimmt auch", sagte Magda Ehrmann, „wenn ich mir vorstelle, ich würde da vorne stehen und plötzlich wären alle gegen mich ..."

„Ja, der arme Eberhard", stimmt Frau Rustig zu, „aber dass dann ausgerechnet die beiden Leute, gegen die er die meisten Vorbehalte hatte, aufgestanden sind und sich zu ihm gestellt haben, das hat ihn offenbar endgültig aus der Fassung gebracht."

„Er sah aus, als hätte er gerade rosa Elefanten gesehen." Hilde Pohlmann wickelte die Leberwurst ein. „Sonst noch etwas, Lieselotte?"

„Nein danke! Aber was für ein Bild, als die drei da vorne standen ..."

„Urkomisch", stimmte Hilde Pohlmann zu und tackerte den Bon fest, „ein homosexueller Organist und ein gepiercter Halbstarker in Lederjacke, die unseren korrekten Herrn Brammer umarmen!" Sie reichte die Tüte über die Theke.

„Also, ich fand es bewegend", sagte Frau Ehrmann, „da hat man doch gesehen, wie Gemeinde eigentlich sein soll, meint ihr nicht?"

„Guten Morgen!", sagte eine Stimme, die klang, als würde sie direkt aus der Tiefkühltruhe kommen.

„Morgen, Frieda“, grüßte Frau Pohlmann ebenfalls unterkühlt zurück.

„Hallo, Frieda, wir reden gerade über die Gemeindeversammlung“, sagte Frau Rustig und sah sie herausfordernd an, „ich dachte, du wolltest Herrn Brammer bei seiner Erklärung beistehen, war das nicht so? Ihr scheint euch aber gestern nicht sehr einig gewesen zu sein.“

„Lieselotte, da hast du mal wieder etwas durcheinandergebracht“, entgegnete Frau Matzke, wobei sie trotzig den Kopf zurückwarf, „es würde mir niemals im Traum einfallen, diesen aufgeblasenen, arroganten Wichtigtuer in irgendeiner Weise zu unterstützen! 150 Gramm Blutwurst bitte!“

Hilde Pohlmann griff in die Auslage und warf dabei einen Seitenblick auf Lieselotte Rustig, deren Gesichtsausdruck nun von Erstaunen zu Verärgerung wechselte. „Das kann doch nicht wahr sein, Frieda Matzke, dass du deine Meinung schon wieder geändert hast! Vor zwei Wochen wolltest du unsere Unterstützung gegen Herrn Brammer, die Woche darauf wolltest du davon nichts mehr wissen. Und jetzt ist es wieder umgekehrt!“

Ssst, ssst, ssst machte die Schneidemaschine hinter der Theke.

„Na und?“, gab Frau Matzke schnippisch zurück. „Ich weiß wirklich nicht, was du jetzt von mir willst.“

Es knisterte und die Wurst wurde in Papier eingewickelt.

„Und ich weiß nicht, was *du* willst!“ Frau Rustig war aufgebracht. „Was für ein Spiel treibst du hier eigentlich?“

„Ich treibe überhaupt nichts!“, regte sich Frau Matzke auf. „Ich sorge nur dafür, dass in unserer Gemeinde alles richtig läuft!“

Tacker, tacker – Bon an die Tüte.

„Nämlich nach deinen Vorstellungen“, stellte Magda Ehrmann fest.

Patsch, lag die verpackte Wurst auf dem Tresen. Frieda Matzke schnappte sie sich.

„Ich mache mir wenigstens Gedanken über das Wohl unserer Gemeinde und setze mich ein“, zischte sie, „ganz im Gegensatz zu gewissen anderen Leuten, die nur an der Fleischtheke tratschen können und sonst gar nichts tun!“ Zack, warf sie die Wursttüte in ihren Wagen.

„Und was Herrn Brammer betrifft", setzte sie schnaubend hinzu, „*der* spielt hier ein falsches Spiel! Er kritisiert rum, aber will nichts hören über die wahren Probleme, zum Beispiel über die Arbeit der Küsterin! Darüber hinaus tut er immer so spießig und redet von traditionellen Werten! Aber von wegen! Am Sonntag hat man ja deutlich gesehen, welche Standpunkte er in Wahrheit vertritt, wenn man sich so anschaut, wer da plötzlich zu ihm hält!"

Damit kehrte sie der Fleischtheke demonstrativ den Rücken zu und rauschte davon. Wieder einmal schauten ihr die drei anderen Frauen sprachlos nach.

„Gibt es eigentlich Ärzte für so was?", fragte Frau Rustig.

„Vielleicht braucht die einfach mal eine Kur", überlegte Frau Ehrmann.

Hilde Pohlmann ging zum Waschbecken.

„Die brauchen wir bald alle, wenn sie so weitermacht!", prophezeite sie.

***

Montag, 28. Juni, 18 Uhr

Um sechs Uhr abends klingelte in zwei Wohnungen im Abstand von zehn Minuten das Telefon. Zweimal wurde der Hörer abgenommen und beide Male hörten Männer dieselbe Stimme ungefähr dieselben Sätze sagen: „Guten Abend, Eberhard Brammer am Apparat. Entschuldigen Sie bitte die Störung, doch ich wollte mich bei Ihnen dafür bedanken, dass Sie mir am Sonntag beigestanden haben. Das war überraschend für mich. Ich möchte Sie gern auf ein Glas Wein einladen und würde mich sehr freuen, wenn Sie mir die Ehre geben würden, mein Gast zu sein. Wie wäre es morgen Abend? Zwanzig Uhr? Sehr schön. Ich bedanke mich. Dann bis morgen. Auf Wiederhören."

Danach telefonierten Günter und Lucky miteinander und teilten ihre Verwunderung. Sie waren sich beide nicht sicher, wie dieser Abend werden würde. Doch am meisten fragte sich das Eberhard Brammer selbst.

***

Montag, 28. Juni, später am Abend

Das Taxi hielt vor dem modernen Bürogebäude. Sie bezahlte den Fahrer, stieg aus und blickte an der glänzenden Fassade aus Chrom und Glas hinauf. Hier arbeitete er also! Sie schaute auf die Uhr. In ein paar Minuten müsste seine Mittagspause beginnen. Sie spürte, wie ihr Herz schneller schlug.

Den ganzen Weg bis nach London hatte Phyllis sich ausgemalt, wie er wohl reagieren würde, wenn er sie plötzlich vor sich sah, so unverhofft. Würden seine Augen strahlen? Würde er seine Kollegen stehen lassen, auf sie zulaufen und sie in die Arme schließen, vor allen Leuten? Sie atmete stockend bei dem Gedanken. Ja, das war es, was sie sich insgeheim wünschte!

Seit sie das Flugzeug am Horizont hatte verschwinden sehen, hatte sie keine ruhige Minute mehr gehabt. Immerzu musste sie an ihn denken, an seinen Blick, seine Hände, seine Berührungen. Fünf Tage hatte sie durchgehalten, hatte jede Viertelstunde auf ihr Handy geschaut, ob eine SMS von ihm gekommen war, hatte ihre E-mails im gleichen Zeittakt abgerufen und unzählige Nachrichten auf seiner Mailbox hinterlassen. Zweimal hatten sie abends miteinander telefoniert; er schien ein vielbeschäftigter Mann zu sein. Jedes Mal, wenn sie den Klang seiner Stimme hörte, dachte sie, ihr Herz würde stehen bleiben. Vor lauter Sehnsucht war sie ihm nachgereist, einfach so, war dem Ruf ihres Herzens gefolgt, in das nächste Flugzeug gestiegen – und nun war sie hier.

Sie kam sich etwas verloren vor, wie sie so dastand, allein in dieser fremden Stadt, umgeben von vielen Menschen, die achtlos an ihr vorbeiströmten und in verschiedene Richtungen auseinanderstrebten. Sie spürte, dass auch ihr Leben in wenigen Augenblicken in eine neue Richtung laufen könnte. Doch in welche? Würde es einen gemeinsamen Weg mit ihm ins Glück geben?

Ein Strom von Leuten quoll aus dem Gebäude, gut gekleidete Geschäftsleute, einige mit einer Aktentasche in der Hand, die miteinander im Gespräch waren oder eilig der U-Bahn-Station und den Imbissrestaurants der Umgebung zustrebten. Phyllis' Augen suchten die Menge ab nach dem einen bekannten, geliebten Gesicht. Da plötzlich hielt sie inne und stellte sich auf die Zehenspitzen, um besser sehen zu können. Da war er! Doch er war nicht allein! Eine attraktive dunkel-

haarige Frau in einem grauen eleganten Kostüm war dicht an seiner Seite. Die beiden redeten und lachten, wobei sie mit ihrer Hand wie zufällig seinen Arm berührte. Phyllis war wie erstarrt. Das musste Gwendolyn sein, von der Mortimer ihr erzählt hatte. Sie spürte, wie in diesem Moment etwas in ihr zerbrach.

Sie sah ihnen nach, wie sie dem Taxistand zustrebten. In ein paar Augenblicken könnte er fort sein! Was sollte sie tun? Phyllis holte tief Luft, dann ballte sie die Fäuste und ...

Sie seufzte. Seit zwanzig Minuten brütete Maren nun schon an dieser Stelle und wusste nicht weiter. Ja, was sollte die gute Phyllis tun? Sie hatte keine Ahnung. Im Gegensatz zu anderen Autoren entwarf sie vor dem Schreiben keinen Plan der Handlung, sondern schrieb einfach drauflos. Sie ließ dem Geschehen freien Lauf, gerade so, wie es ihr in den Sinn kam. Meistens fügte sich auch alles von selbst zusammen, und gerade der flüssige spontane Stil war es, der ihre Liebesschnulzen und Horrorschmöker so erfolgreich machte. Doch manchmal blieb sie stecken, wie ein Auto im tiefen Schnee. Dann brauchte auch sie eine Anschubhilfe.

Maren speicherte den Text ab und ging die Treppe hinunter ins Wohnzimmer. Stöhnend ließ sie sich auf das Sofa neben ihren Mann fallen.

Theo schob sein Buch beiseite und legte einen Arm um seine Frau.

„Na, wie ist es?“, fragte er. „Kommst du voran?“

Sie lehnte sich an seine Schulter und zog die Beine an.

„Nein, es hakt an einer Stelle. Ich weiß nicht so recht, wie es weitergehen soll. Vielleicht hast du ja eine Idee.“

Theo zog sie enger an sich und witzelte: „Worum geht’s? Traumhochzeit oder Transsilvanien?“

Maren kuschelte sich bei ihm ein. „Traumhochzeit“, lächelte sie, „aber bis dahin ist es noch ein weiter Weg. Im Moment weiß ich einfach nicht, was passieren muss, damit es am Ende auch eine gibt.“

„Dann schieß mal los!“

„Phyllis, Mädchen vom Lande, hübsch, frisch, fröhlich, natürlich und selbstverständlich blond“, begann Maren.

„Phyllis?“, lachte Theo, „Hört sich eher an wie eine Krankheit.“

„Egal, Bücher sind nicht ansteckend“, meinte Maren.

„Und Phyllis ist vermutlich unsterblich verliebt in ...?“

„Mortimer, erfolgreicher junger Geschäftsmann in London.“

„Meine Güte“, staunte Theo, „wo hast du nur immer diese Namen her?“

„Im Internet gibt es Listen mit den beliebtesten Namen in Kitschromanen, die in England spielen“, klärte sie ihn auf, „die geh ich einfach der Reihe nach durch, und jetzt sind eben Phyllis und Mortimer dran.“

Maren holte noch einmal tief Luft, bevor sie die Story zum Besten gab: „Also, Mortimer arbeitet als Manager in London, kommt aber von einem ländlichen Gutshof. Als sein Vater stirbt – alter Patriarch, schwierig, herrisch, wenig Trauer beim Sohn –, erbt Mortimer alles. Er reist zum väterlichen Gut, um die Erbangelegenheiten zu regeln. Als er mit seinem Land Rover über Land fährt, sieht er Phyllis am Straßenrand stehen. Sie hat eine Autopanne.“

„Klassische Situation“, bemerkte Theo.

„Er nimmt sie mit zur nächsten Werkstatt“, fuhr Maren fort, „beide unterhalten sich, und wie es so läuft: In der Zeit, in der er im einst väterlichen Anwesen weilt und öfter auch im Dorf nebenan ist, sehen sie sich wieder, blablabla, du weißt schon. Dann kommen die üblichen Programmpunkte: Essen gehen, Spaziergang am See, Bootsausflug in den Sonnenuntergang hinein, das ganze Geschnicke. Am Abend vor seiner Abreise ist es dann endlich soweit, Kuss, Geständnis der Gefühle, doch tags darauf blickt sie mit traurigem Herzen dem Flugzeug hinterher, das ihn zurück nach London bringt. Bis hierhin alles klar?“

„Sicher. Und lass mich raten: Klar ist auch, dass Morty am Ende dem Jetset ade sagt und mit Phyllibaby auf dem ländlichen Schlösschen lebt, mit fünf Kindern und glücklich bis ans Ende ihrer Tage.“

Maren nickte. Theo lehnte sich etwas nach vorn und nahm sich einen Apfel aus der Obstschale, die auf dem Tisch stand. „Aber ich wette, vorher gibt's Probleme, stimmt's?“, fragte er.

„Genau“, sagte sie, „denn in London lauert seine schöne Kollegin Gwendolyn.“

„Autsch!“, entfuhr es Theo, als er den Namen hörte. Er drehte den Apfel in der Hand und betrachtete die leuchtend rote Seite. „Das ist jetzt die böse Königin wie bei Schneewittchen?“

„Besser die intrigante Kollegin“, korrigierte Maren, „schön, berechnend, machthungrig und natürlich dunkelhaarig. Wir sind hier ja nicht hinter den sieben Bergen. Aber auch Gwendolyn würde nicht davor zurückschrecken, vergiftete Äpfel zu verteilen, wenn sie dadurch ihr Ziel erreichen könnte. Und eines ihrer Ziele ist der Ehering von Mortimer am Finger, koste es, was es wolle. Während also Phyllis vom Lande ihm hinterherschmachtet, wirft Gwendolyn in London ihre Netze aus und Mortimer, als Mann ...“

„... merkt gar nichts und tappt da rein, richtig?“ Theo drehte am Stiel des Apfels, bis er abbrach. „Kein Wunder, dass nur Frauen das lesen.“

„Jedenfalls steigt Phyllis schließlich in ein Flugzeug nach London, um ihren Geliebten in der Mittagspause zu überraschen. Sie wartet vor dem Gebäude auf ihn, in dem er arbeitet, doch als sie ihn herauskommen sieht, ist er in Begleitung von Gwendolyn, die sich beständig an ihn ranschmeißt. Phyllis ist natürlich geschockt. Sie sieht, wie beide auf ein Taxi zugehen und dann ... ja, was dann? Da geht es gerade nicht weiter.“

„Also, dann überlegen wir doch mal ...“ Theo sah den Apfel an, als könnte der ihm sagen, wie die Geschichte weiterging.

„Möglichkeit eins: Es kommt zur Konfrontation. Sie fängt ihn vor dem Taxi ab, oder noch besser, sie folgt ihnen in einem anderen Taxi in ein Restaurant, und dort kommt es zur großen Szene vor allen Leuten.“ Herzhaft biss er in den Apfel.

„Hab ich auch schon gedacht“, sagte Maren, „passt aber nicht zu Phyllis, die ja immer lieb und sanftmütig ist. Deftige Szenen sind eher Gwendolyns Sache.“

„Ok“, nuschelte Theo am Apfel vorbei, „dann eben Möglichkeit zwei: Sie fliegt tief getroffen wieder nach Hause und stirbt in einer einsamen Fischerkate an gebrochenem, aber reinem Herzen. Au!“

Maren hatte ihm ihren Ellenbogen in die Seite gerammt. „Sei nicht albern, das ist eine ernste Sache! Hier geht es um das Lebensglück zweier junger Seelen!“

„Und um die Gesundheit meiner Rippen“, stöhnte Theo, „du hast Recht, das ist wirklich was Ernstes.“

„Nächster Vorschlag?“, forderte sie ihn auf.

„Möglichkeit drei, äh ...“ Theo überlegte angestrengt und knabberte weiter an seinem Apfel, „lass uns mal sehen, wohin das führt: Phyllibaby steht paralysiert da, Mortyschatz steigt mit Gwen in ein Taxi. Beim Wegfahren sieht er noch einmal aus dem Fenster und erblickt überrascht unsere lebende Salzsäule. Ihre enttäuschten Hundeaugen treffen ihn tief im Herzen, doch da hat sich das Auto schon in den Verkehr eingefädelt.“

„Ja, und im Taxi merkt Gwendolyn, dass Mortimer plötzlich so in sich gekehrt ist, wie ausgewechselt.“ In Marens Kopf begann es wieder zu arbeiten.

„Genau“, fuhr er fort, „Hexe Gwendi spricht ihn darauf an, und da erzählt er ihr von seinen Ferien auf dem Lande mit Phylli.“

„Nein, zu einfach“, widersprach Maren, „er entschuldigt sich, sagt, er müsse dringend weg, versucht das Taxi zu stoppen, er raus, sie hinterher. Er sucht Phyllis, die schon wieder auf dem Weg zurück zum Flughafen ist. Gwendolyn folgt ihm. Jetzt ist er voller neu entfachter Sehnsucht nach Phyllis, während seine schöne, aber gemeine Kollegin heimlich ausspioniert, was hier eigentlich los ist. Ja, so könnte es gehen.“

„Na siehst du“, kaute Theo, „dann lass den guten Morty doch wieder zum geerbten Schlösschen reisen, wo er schließlich im Park dem tief getroffenen Landei Phylli seine wahre Liebe erklärt, während auf dem See zwei Schwäne ihre Hälse umeinander schlingen.“

„Aber vorher mischt Gwendolyn die Geschichte noch mächtig auf“, ergänzte Maren, die jetzt heißlief und sich aufrichtete, „sie könnte zum Beispiel vor Mortimer bei Phyllis sein, um sie zu bedrohen und ihr klarzumachen, dass er ihr gehört.“

„Sehr gut“, fand Theo, „Puttchen Phyllis ist eingeschüchtert, trifft unseren Morty-Lord, der will ihr seine Liebe gestehen, doch sie lässt ihn nicht zu Wort kommen, sondern erklärt ihm unter Tränen, dass sie seinem Glück nicht im Wege stehen will. Dann dreht sie sich um, läuft davon und schluchzt zu Hause ihr Kopfkissen nass.“

„Gwendolyn denkt nun, sie hätte freie Bahn", spinnt Maren den Faden weiter, „doch da lässt Mortimer bei einem langen Spaziergang sein Herz sprechen. Er nimmt ihre Hand, sieht ihr in die Augen und sagt ihr, dass sie sich keine Hoffnung machen soll, weil sein Herz einer anderen gehört."

„Dabei könnte es auch so sein", überlegte Theo, „dass Blondchen Phylli die beiden von Weitem beobachtet. Als sie sieht, wie Morty der bösen Gwen das Händchen hält, denkt sie, damit sei nun ihre Karriere als zukünftige Lady auf Romantic Castle endgültig gescheitert und will sich vielleicht in den See stürzen?"

„Sei nicht albern", erwiderte Maren und ergriff ebenfalls einen Apfel. Genüsslich biss sie hinein und träumte dann laut weiter: „Aber dann, eines Nachmittags im Schlosspark, als sie sich wie zufällig begegnen, sagen seine Augen ihrem Herzen, dass sie sich getäuscht hat. Sie gehen aufeinander zu, er beginnt zu laufen und im goldenen Licht der sinkenden Sonne ..."

„... Kuss, Schwäne, fertig", kürzte Theo ab, „und Gwendimonster säuft sich in einem einsamen Hotelzimmer die Birne dicht und überlegt, ob sie sich mit dem Zimmerkellner trösten soll."

„Ach Theo!" Seine Frau gab ihm einen Kuss. „Danke für deine romantischen Vorschläge."

„Immer wieder gern", sagte er und warf den abgekauten Apfelrest in seine leere Teetasse, die noch auf dem Wohnzimmertisch stand. „Sag mal, macht dir das eigentlich immer noch Spaß, so ein seichtes Zeug zu schreiben?"

„Aber ja", erwiderte sie und sah ihn erstaunt an. „Warum fragst du?"

„Na, weil das ja doch, ehrlich gesagt, ziemlicher Schund ist. Was du aber selber liest, ist dagegen gute Literatur. Ich meine, geht dir nicht manchmal dein niedriges Schreibniveau auf die Nerven?"

Maren schüttelte den Kopf.

„Ich schreibe ja nur zur Entspannung, einfach so", erklärte sie, „zufällig verkauft sich das gut. Natürlich ist das alles völlig trivial. Ich glaube, ich möchte auch gar nicht versuchen, anspruchsvoller zu schreiben aus Respekt vor der Kunst der großen Meister. Ich halte meine Bücher lieber auf niedrigem Niveau, damit man gar nicht erst auf die Idee kommt, sie mit den großen Werken von

Autoren zu vergleichen, die ich verehre, verstehst du? Jane Austen zum Beispiel, diese feingesponnene Leichtigkeit, mit der sie erzählt! Oder die finsteren Welten von Edgar Allan Poe, was ist das für eine Sprachgewalt! Da würde ich niemals hinkommen, und so bleibe ich lieber auf meiner Ebene."

„Das verstehe ich", sagte Theo, „trotzdem glaube ich, dass du es schaffen würdest. Versuch es doch mal! Du bist gut, du kannst das!"

Sie lachte und küsste ihn abermals.

„Danke, dass du das sagst. Aber ich gehe jetzt erst einmal nach oben und verhelfe Phyllibaby und Morti-Lord niveaulos zu ihrem Glück." Sie stand auf und ging zur Tür.

„Ich mein's ernst!", rief Theo ihr nach. „Ich bin dein größter Fan!"

„Ich weiß", rief sie zurück. Dann hörte Theo sie gut gelaunt summend die Treppe hochgehen.

Er nahm sich wieder sein Buch zur Hand, suchte den Absatz, an dem er stehengeblieben war und begann weiterzulesen. Doch schon nach kurzer Zeit merkte er, dass seine Gedanken eigene Wege gingen. Die letzten Zeilen hatte er nur mit den Augen gelesen, doch in seinem Gehirn war nichts angekommen. Stattdessen formte sich in seinem Kopf ein Gedanke. Es war ein kleiner Fetzen aus dem Gespräch mit seiner Frau, den sein Gedächtnis wieder ins Bewusstsein rief und der dort langsam zu kreisen begann. Zuerst war ihm nicht klar, was es war, doch dann las Theo deutlich vor seinem inneren Auge ein Wort. Es kam ihm vor, als müsste dieses Wort in irgendeinem anderen Zusammenhang untergebracht werden wie ein lang gesuchtes Puzzleteil, das man plötzlich unter der Teppichkante findet und das ein unvollständiges Bild, an dem man lange herumgebastelt hatte, endlich komplett machte. Und auf einmal wusste Theo, wo es hingehörte – in das Rätsel um die geheimnisvollen Zettel mit den Bibelstellen!

Er warf sein Buch auf den Tisch, sprang auf und lief fast in sein Arbeitszimmer. Der Brief, den er unter seiner Post gefunden hatte, lag noch auf dem Schreibtisch. Theo nahm das Papier in die Hand, seine Augen flogen über die Zeilen und blieben an einer

Stelle hängen. Das Wort in seinem Gedächtnis leuchtete hell auf. Jetzt ging er zum Bücherregal hinüber. Sein Finger glitt an alten Bänden entlang, dann fand er, was er gesucht hatte. Er zog das Buch heraus, schlug es auf, blätterte nach hinten und suchte, bis sein Finger auf einer Seite stehen blieb. Da stand es! Er hatte es gewusst! Noch einmal schlug er das Buch ganz vorn auf und las die Seite mit dem Titel, nur um sicherzugehen. Dann klappte er es zu und stellte es zurück in das Regal.

Jetzt wusste er, wer der geheimnisvolle Verseschreiber war!

Er griff zum Telefon. Noch war es nicht zu spät am Abend, um anzurufen. Er wollte noch einmal mit allen sprechen, die einen Zettel mit einem Bibelvers bekommen hatten. Vierzig Minuten später legte er zum letzten Mal den Hörer auf.

Theo Braun fühlte sich erschöpft. Er betrachtete das Bild, das seit einigen Tagen in seinem Arbeitszimmer hing: Christus als Weltenherrscher auf dem Thron und zu seinen Füßen die Weltkugel in Form eines @-Zeichens. Unglaublich, was sich in den letzten zwei Wochen getan hatte! In Osnabrück wurden gerade die Ikonenentwürfe von Johannes und Max gedruckt, und Herr Brammer söhnte sich mit Günni und Lucky aus! Wirklich unglaublich!

Er kehrte in Gedanken wieder zu den Zetteln zurück und ging noch einmal die Ereignisse der letzten zwei Wochen durch. Wie hatte Herr Brammer noch seinen Zettel bekommen? Und was war das für eine verwirrende Geschichte mit den Briefen von Frau Anders und Herrn Schütz gewesen? Und die Zettel an Frau Stark und Frau Matzke? Langsam fügte sich alles zusammen. Das Puzzleteil passte. Theo schüttelte den Kopf, als er daran dachte, wer dahinter steckte. Wer hätte das gedacht?

Noch einmal griff er zum Telefon, er brauchte einen Verbündeten, einen, mit dem er alles durchsprechen konnte. Ein paarmal ertönte das Rufzeichen, dann meldete sich eine tiefe Stimme: „Josef Thoma, guaten Obend ..."

***

Dienstag, 29. Juni, abends 20 Uhr

„Vielen Dank, dass Sie gekommen sind", sagte Herr Brammer und führte seine Gäste ins Wohnzimmer. Entgegen der Prognose von Günter Neumann, der auf alte, dunkle Möbel und wuchtige Sofas mit röhrendem Hirsch in Öl darüber getippt hatte, wohnte Eberhard Brammer erstaunlich modern: hell und funktional, Buchenfurnier, Stahlrohr und Glas.

Selbstverständlich hatte hier alles seine Ordnung. Vor dem großen Panoramafenster, das auf den Balkon hinausging, stand ein runder Tisch, umgeben von drei Schwingstühlen. Eine Glaskaraffe mit dunkelroter Flüssigkeit, ein Schälchen mit Salzgebäck und drei Gläser luden zum Verweilen ein.

„Bitte nehmen Sie Platz." Herr Brammer machte eine einladende Handbewegung. Günter und Lucky setzten sich.

„Entschuldigen Sie bitte, dass ich in der Getränkewahl bereits etwas vorgegriffen habe, doch das soll für Sie keineswegs verpflichtend sein. Sie können auch gern ein Bier bekommen oder etwas ohne Alkohol?" Doch Günter und Lucky versicherten, sie würden sich gern seiner Wahl anschließen.

Herr Brammer nickte erfreut.

„Ein sehr guter Côtes-du-Rhone, ich hoffe, er sagt Ihnen zu." Er goss die Gläser ein und ergriff sein eigenes. „Also nochmals, herzlich willkommen!"

Es war ein merkwürdiges Bild, wie sie alle dasaßen, mit den Weingläsern in der Hand: ein älterer Herr, korrekt gekleidet mit weißem Hemd und Krawatte, ein fast kahl rasierter langer Kerl im blauen T-Shirt und ein Achtzehnjähriger mit langen, zum Pferdeschwanz gebundenen Haaren und von Piercings durchsiebten Ohren, auf dessen ärmellosem Oberteil „Jesus – demon hunter" stand.

Sie nahmen einen Schluck.

„Danke für die Einladung", begann Lucky.

„Der Wein ist sehr gut", lobte Günter.

„Vielen Dank. Aber lassen Sie mich gleich zu Beginn etwas sagen. Es fällt mir nicht leicht, das anzusprechen, aber ich denke, auch Ihnen ist es nicht leichtgefallen, am Sonntag zu mir zu stehen. Ich bewundere Ihren Mut. Was Sie bei der Gemeindeversammlung für mich getan haben, hat meine Ehre gerettet und mich zugleich tief beschämt."

Günter und Lucky fingen bereits Sätze an wie „Ach, das war doch selbstverständlich" oder „Lassen Sie mal gut sein, dafür nicht", doch Herr Brammer erstickte diese Versuche des Abwiegelns mit einer autoritären Handbewegung. „Nein, bitte, lassen Sie mich ausreden. Ich muss das loswerden, es ist sehr wichtig für mich!"

Er machte eine Pause, dann atmete er tief ein.

„Sie haben mir durch Ihr beherztes Handeln vor der Gemeinde zugleich eine Lektion erteilt. Den ganzen Tag und die Nacht darauf habe ich damit verbracht, darüber nachzudenken. Dabei musste ich einigen Wahrheiten ins Auge sehen, die schmerzhaft für mich waren, Wahrheiten über mich selbst." Er drehte nachdenklich sein Weinglas in der Hand.

„Eine dieser Wahrheiten ist: Ich hätte Sie niemals eingeladen, wenn Sie mir nicht am Sonntag geholfen hätten. Nie im Leben, denn ich habe eben *nicht* vorurteilsfrei über Sie beide geurteilt. Im Gegenteil: Ich habe Sie beide abgelehnt!"

Günter wollte etwas erwidern, doch Herr Brammer hob abermals die Hand. „Doch, es stimmt, Herr Neumann, ich habe Sie abgelehnt. Nicht nur Ihr Orgelspiel, da kann man mit Recht unterschiedlicher Meinung sein, sondern auch Sie als Menschen! Es tut mir leid, das sagen zu müssen, und ich meine es wirklich so: Es tut mir heute weh. Ich habe mir angemaßt, von Ihrem Musikstil, der mir nicht gefiel, und – es beschämt mich zutiefst, es zugeben zu müssen – Ihrer Homophilie, die mich abstieß, auf den ganzen Menschen zu schließen. Ich habe Sie dafür verurteilt."

Dann wandte er sich Lucky zu. „Ihnen gegenüber war ich mitnichten respektvoll. Meine äußere Haltung der Würde sollte nur herausstreichen, wie unwürdig Sie mir vorkamen. Ihr gesamtes äußeres Erscheinungsbild symbolisiert für mich all das, was ich zutiefst ablehnte. Also lehnte ich Sie als Menschen ab, ohne Grund und ohne nachzudenken, einfach so, von vornherein.

In der Nacht zu Montag dann ...", Herr Brammer stand auf, öffnete eine Schublade hinter sich und nahm einen etwas zerknitterten Zettel heraus, „... habe ich mir noch einmal dies hier vorgenommen." Er legte den Zettel auf den Tisch, sodass Günter und Lucky ihn lesen konnten:

> *Und Jesus sprach zu den Pharisäern: Ihr seid's, die ihr euch selbst rechtfertigt vor den Menschen; aber Gott kennt eure Herzen; denn was hoch ist unter den Menschen, das ist ein Greuel vor Gott. (Lukas 16,15)*

„Mir wurde klar, warum dieser Vers mich so wütend gemacht hat", fuhr Herr Brammer fort, „weil er die Wahrheit über mich sagt, deshalb. Genau so bin ich gewesen, jahrelang: Ein Pharisäer, der denkt, mit aller Kraft Gott zu dienen, der sich zwar einsetzt für die Pflichten seines Amtes, aber in Wirklichkeit sich selbst rechtfertigt vor den Leuten, weil er nicht aus Liebe handelt. Ich hatte sie lange schon verloren, ohne es zu merken. Sehen Sie sich hier um!"

Herr Brammer wies mit einer weiten Handbewegung in den Raum.

„Dies ist meine Welt. Hier herrscht Ordnung, *meine* Ordnung! Hier gibt es nichts, was mir nicht gefällt, was mir anstößig erscheint oder mich in Frage stellt. Diese Welt soll keiner stören oder gar durcheinanderbringen! Aber ... diese Welt ist einsam. Hier gibt es nur mich allein. Am Sonntag haben Sie beide diese Welt auf den Kopf gestellt. Als Sie plötzlich neben mir standen und ich Ihre Arme auf meinen Schultern spürte, gab es mir einen Stich ins Herz, denn schlagartig war mir klar, dass ich so eine brüderliche Unterstützung und Gemeinschaft bisher noch nie erlebt hatte. Meine Herren ..."

Eberhard Brammer stand auf und erhob sein Glas.

„Ich möchte Sie um Vergebung bitten für meine Torheit und Ignoranz, mit der ich Ihnen begegnet bin. Auch möchte ich mich bei Ihnen bedanken, denn durch Sie erlebte ich auf der Gemeindeversammlung am Sonntag den zwar beschämendsten, zugleich aber auch schönsten Augenblick in meinem Leben!"

Sprachlos nach dieser Rede erhoben sich die beiden Gäste ebenfalls.

„Wissen Sie", sagte Günter, „Sie sind nicht der Einzige, der sich entschuldigen muss. Auch wir beide haben nicht gerade immer positiv über Sie geredet."

„Das stimmt", gab Lucky zu, „und am Sonntag haben wir einfach spontan reagiert. Wir waren nicht Ihrer Meinung, doch wir fanden es einfach nicht richtig, dass man Sie niederschreien wollte. Da sind wir eben einfach nach vorne gegangen."

„Das war sehr mutig von Ihnen", lobte Herr Brammer.

„Das war es nicht", entgegnete Günter, „wir beide sind Außenseiter, Paradiesvögel, wissen Sie? Das ist unser Vorteil! Wir haben keinen Ruf zu verlieren, so wie Sie. So eine Aktion kostet uns gar nichts."

„Aber ich finde es toll, dass Sie uns eingeladen haben, um uns das alles zu sagen, so ungeschminkt und ehrlich", sagte Lucky, „*das* finde ich mutig. Sie sind eben doch cool! Vielen Dank, Herr Brammer!"

„Eberhard, wenn es recht ist."

„Günni."

„Lucky."

Sie hoben feierlich ihre Gläser und stießen miteinander an wie drei Musketiere, die ihre Degen kreuzten – einer für alle, alle für einen!

***

Mittwoch, 30. Juni, wieder einmal früh am Morgen

„Komm, Billy, komm hierher!" Frau Ehrmann drehte sich nach ihrem Hund um, der noch an einem Laternenpfahl schnupperte. Offenbar hatte dort ein anderer Artgenosse sehr interessante Nachrichten hinterlassen. Schließlich drehte der Dackel sich um, hob sein Bein, markierte ebenfalls den Pfahl und trottete dann seinem Frauchen hinterher.

Es war noch früh am Morgen. Über den Hausdächern und Giebeln leuchtete der Himmel in Orange-Rot. Die Vögel zwitscherten um die Wette. Die ersten Fenster in den Häusern waren erhellt, doch draußen auf der Straße war es noch menschenleer. Frau Ehrmann liebte diese Morgenstunden, wenn der Tag erwachte und um sie herum langsam das Leben begann.

Jetzt hatte sie ihren Spaziergang hinter sich und ging den kleinen Plattenweg entlang, der zu ihrem Hauseingang führte. Frau Ehrmann zog die Tageszeitung aus dem Schlitz ihres Briefkastens, schloss die Haustür auf und ging durch den Flur in die Küche. Sie legte die Zeitung auf den Küchentisch, während Billy es sich darunter bequem machte. Dann stellte sie die Kaffeemaschine an. Mit einer noch leeren Tasse setzte sie sich an den Tisch, schob ihre Füße unter Billys Bauch, schlug die Zeitung auf – und erstarrte. Vor ihr lag, mitten auf der Seite mit den Todesanzeigen, ein weißer Briefumschlag.

„AN MAGDA EHRMANN" stand da säuberlich in großen Buchstaben. Ihr wurde schwindelig und sie musste sich mit beiden Händen an der Tischkante festhalten.

„Ganz ruhig durchatmen, Magda", sagte sie zu sich selbst. Dann streckte sie ihre Hand nach dem Umschlag aus und sah, wie sie zitterte. ‚Das ist bestimmt nicht das, wofür du es hältst', dachte sie, als sie ein Küchenmesser aus der Schublade hinter sich holte und mit einem ratschenden Geräusch den Umschlag öffnete.

Sie zog ein weißes Blatt Papier heraus, entfaltete es und blickte entgeistert auf die Zeilen, die da sorgfältig mit Kugelschreiber Buchstabe für Buchstabe aufgemalt waren:

Denn das Wort Gottes ist lebendig und kräftig und schärfer denn kein zweischneidig Schwert, und dringt durch, bis daß es scheidet Seele und Geist, auch Mark und Bein, und ist ein Richter der Gedanken und Sinne des Herzens. (Hebräer 4,12)

Magda Ehrmann ließ sich schwer atmend zurückfallen. Die Kaffeemaschine neben dem Herd gurgelte und röchelte, doch sie schien das nicht zu hören. Jetzt hatte es auch sie erwischt! Das konnte doch nicht sein!

Was in den letzten Jahren beim nächtlichen Lesen von Gruselromanen nie geschehen war, trat jetzt ein – Magda Ehrmann wurde es unheimlich.

‚Ich muss mit jemandem darüber reden', dachte sie, ‚auch wenn es früh am Morgen ist!' Zuerst dachte sie an Lieselotte Rustig, die ja ihre beste Freundin war und bestimmt Rat wusste. Doch sie zögerte noch. Wie würde Lieselotte reagieren? Nach kurzem Überlegen wusste sie plötzlich, wen sie anrufen sollte. Auf wackligen Beinen ging sie in den Flur, griff zum Telefon und wählte eine Nummer. Sofort wurde am anderen Ende abgehoben: „Pastor Braun, guten Morgen, Frau Ehrmann ..."

Fünfzehn Minuten später saß Theo Braun an ihrem Küchentisch. Billy schnüffelte neugierig an seinen Schuhen; offenbar war er sehr erfreut über die unverhoffte Abwechslung in seinem morgendlichen Alltag.

„Ich habe gerade Kaffee aufgesetzt, möchten Sie einen?", fragte Frau Ehrmann. Theo nickte zustimmend.

„Es ist etwas Unfassbares passiert!" Sie stellte einen Becher mit dem dampfenden Kaffee vor ihn hin und deutete einladend auf Milch und Zucker. Dann griff sie ein Blatt Papier vom Zeitungsstapel in der Ecke und reichte es ihm. „Auch ich habe einen Bibelvers bekommen, heute Morgen mit der Zeitung!"

Theo warf einen kurzen Blick auf das Scheiben, dann legte er es beiseite.

„Und?", fragte er auffordernd.

„Und?", sagte Frau Ehrmann leise, ließ sich dabei auf ihren Küchenstuhl fallen und griff sich an die Stirn, als hätte sie Kopfschmerzen. „Das kann eigentlich gar nicht sein!"

„Weil Sie eigentlich diejenige sind, die anderen solche Briefe schreibt?", fragte Theo in ruhigem Ton.

Frau Ehrmanns Kopf ruckte hoch. „Woher ... wie kommen Sie denn darauf?"

„Es stimmt doch, nicht wahr?", hakte Theo nach. „Sie haben all diese Briefe mit den Bibelworten geschrieben!"

„Aber jetzt habe ich doch selbst einen bekommen", erwiderte sie.

„Ja, von mir", gab Theo zu und rührte seelenruhig in seinem Kaffee, „ich bin heute Morgen sehr früh aufgestanden, extra für Sie."

Frau Ehrmann sah ihn betroffen an. Dann nickte sie langsam und schaute eine ganze Weile auf das Muster der Plastikdecke auf ihrem Küchentisch. Schließlich hob sie den Kopf, lächelte ihn an und fragte: „Wie sind Sie darauf gekommen?"

„Durch Ihre Bibel", gab er zur Antwort. Als er ihr fragendes Gesicht sah, erklärte er: „An Ihrem Geburtstag durfte ich einen

Blick hineinwerfen und da habe ich gesehen, dass Sie immer noch in einer Lutherbibel von 1912 lesen, weil Sie diese Bibel zur Konfirmation geschenkt bekommen haben. Wissen Sie eigentlich, dass die Lutherausgabe von 1912 unter Theologen einen ganz besonderen Ruf genießt?"

Frau Ehrmann schaute ihn weiter fragend an und schüttelte den Kopf.

„Sie gilt als die Ausgabe der Lutherbibel, die die Sprachgewalt von Luther am besten wiedergibt", legte Theo ihr dar, „jedenfalls unter den Bibeln, die man heute noch in Buchläden kaufen kann."

Magda Ehrmann sah aus, als hätte sie jetzt komplett den Faden verloren. Doch Theo fuhr unbekümmert fort: „Wie es der Zufall so will, habe ich mich gestern Abend mit meiner Frau darüber unterhalten, über die Sprachgewalt begnadeter Autoren. Sie benutzte dieses Wort *Sprachgewalt,* und plötzlich begann es in meinem Kopf zu rotieren. Auf einmal erinnerte ich mich an den Brief mit dem Bibelvers, den ich bekommen hatte, und mir fiel eine Stelle mit einer besonderen Wortwahl ein."

„Nämlich?", fragte Frau Ehrmann.

„Zucht", sagte Theo.

„Wie bitte?" Frau Ehrmann sah ratlos aus.

„Gott hat uns nicht gegeben den Geist der Furcht, sondern der Kraft und der Liebe und der Zucht", zitierte Theo. „So steht es auf meinem Zettel. Das ist gutes altes Lutherdeutsch. Wenn Sie die letzten drei Ausgaben der Lutherbibel aufschlagen, die Revisionen von 1956, 1975 und 1984, dann werden Sie überall lesen: Gott hat uns nicht gegeben den Geist der Furcht, sondern der Kraft und der Liebe und der *Besonnenheit.* Nur in einer Ausgabe wurde an dieser Stelle noch mit *Zucht* übersetzt, nämlich ..."

„... in der Lutherbibel von 1912." Magda Ehrmann nickte, sie hatte verstanden. Eine Weile saßen sie schweigend da.

„Ich wollte mich über niemanden lustig machen und auch niemanden verletzen", begann sie.

„Was Sie Herrn Brammer geschrieben haben, hat ihn aber verletzt, genauso wie Frau Matzke", wandte Theo ein.

„Das war aber nicht meine Absicht, Herr Pastor", beteuerte

Magda Ehrmann mit schuldbewusstem Blick, „ich wollte, dass sie über ihr Verhalten nachdenken und nicht, dass sie sich nur ärgern. Sicherlich, es ist immer ein Risiko, Menschen eine unangenehme Wahrheit über sie selbst zu sagen."

Theo Braun lehnte sich zurück und verschränkte die Arme vor der Brust.

„So, und Sie dachten also, dass es Ihre Aufgabe wäre, ihnen schriftlich einen Spiegel vorzuhalten?"

„Nicht ich habe ihnen diesen Spiegel vorgehalten, Herr Pastor – Gott!" Magda Ehrmann schaute ihn verschmitzt an und hob den Zeigefinger. „Es waren nicht meine Worte, die da auf den Zetteln standen, sondern es war Gottes Wort!"

„Aber Sie haben aus seinem Wort einzelne Verse zielgerichtet ausgesucht", entgegnete Theo in strengem Ton, „und zwar so, dass sie Ihrer Absicht entsprachen! Sie haben beschlossen, bestimmten Personen bestimmte Dinge klarzumachen und daraufhin Ihre Bibel durchgeblättert! Das waren Sie, nicht Gott, da können Sie sich nicht rausreden, Frau Ehrmann!"

Die alte Dame schaute beschämt auf ihre Hände im Schoß. „Sie haben ja Recht, Herr Pastor. Das war überheblich und anmaßend von mir. Es tut mir leid."

Theo wurde milder. „Zum Glück ist ja nicht nur Ärger dabei herausgekommen", sagte er jetzt schon versöhnlicher. Frau Ehrmann schaute auf und in ihren Augen strahlte Freude.

„Ja, nicht wahr? Ist es nicht wunderbar, dass Frau Anders und Herr Schütz zueinander gefunden haben? Ohne die Briefe mit den passenden Bibelversen wäre das nicht passiert!"

„Hm, vermutlich nicht", gab Theo zu und nahm einen Schluck aus seiner Tasse. Die Wärme des Kaffees strahlte wohltuend durch seinen Körper. „Wie haben Sie das denn gedeichselt? Wie ich hörte, hatte Herr Schütz einen ganz anderen Brief früh morgens in Frau Anders' Morgenzeitung gesteckt."

„Ich habe ihn zufällig dabei gesehen", erklärte Frau Ehrmann, „ich glaube, er war ganz schön erschrocken, als ich mit Billy die Straße herauf kam. Jedenfalls bin ich dann einfach weiter um die nächste Ecke gebogen, und als er weg war, bin ich zurückgekehrt und habe seinen Brief wieder herausgezogen ..."

„... um dann später Ihren Brief in Irene Anders' Briefkasten zu stecken?"

„Genau so war's. Damit das dann aber garantiert mit beiden klappte, bekam Herr Schütz auch noch etwas Passendes in seinen Briefkasten." Sie kicherte vor Vergnügen.

„Und wie war das mit den anderen Briefen?", wollte Theo wissen. „Den Zettel an Herrn Brammer zum Beispiel, wie kam der in die Kollekte?"

„Ach, das war ganz einfach", entgegnete Frau Ehrmann verschmitzt, „ich bin nach dem Gottesdienst doch noch einmal in die Kirche zurückgegangen, weil ich dort angeblich meine Handtasche vergessen hatte, verstehen Sie? Da habe ich dann hinten in einer der Kirchenbänke den Zettel an Herrn Brammer geschrieben. Vorn lagen die Klingelbeutel noch auf dem Altar. Rita Stark war an der Kirchentür mit den Gesangbüchern beschäftigt, und Herr Brammer redete gerade aufgeregt auf unseren Organisten ein, sodass ich unbemerkt den Zettel in die Kollekte stecken konnte. Noch ein Tässchen?"

Frau Ehrmann hob die Kaffeekanne und schaute Theo fragend an. Dieser hielt ihr seine Tasse entgegen. Während sie einschenkte, erzählte sie weiter: „In diesem Gottesdienst kam ich ja überhaupt erst auf die Idee. Man könnte es auch Vision nennen oder Eingebung oder Offenbarung ..."

„Nanana ...", bremste Theo sie, goss Milch in seinen Kaffee und rührte um.

„Wie auch immer, auf jeden Fall haben Sie mich darauf gebracht!"

Theo hörte schlagartig auf zu rühren. „Wie bitte? Was habe ich damit zu tun?"

„Es war Ihre Predigt, Herr Pastor, die über das Wort Gottes, wissen Sie nicht mehr?"

„Ich staune darüber, dass Sie überhaupt eine Predigt mitbekommen", wunderte sich Theo.

Magda Ehrmann lächelte versonnen.

„Alle *denken*, dass ich schlafe, selbst Lieselotte. Mag ja sein, dass ich ab und zu ein wenig wegnicke. Aber oft schließe ich meine Augen nur, um besser zuhören zu können. Fragen Sie mal die anderen, die vor zwei Wochen in der Kirche waren, ob sie noch etwas von dem wissen, was Sie von der Kanzel herunter gepredigt haben. Auch wenn die alle ihre Augen offen hatten, wette ich doch, da ist nicht viel hängengeblieben. Ich dagegen erinnere mich noch genau an Ihre Predigt!"

„Na sieh mal einer an", murmelte Theo.

„Zum Beispiel erinnere ich mich an den Bibeltext aus Jesaja 55", fuhr sie fort, „über das Wort Gottes, das nicht leer zurückkommen wird, das etwas bewirken kann! Und an Ihre Frage erinnere ich mich auch, ob wir das denn hier in unserem Dorf erfahren würden, dass das Wort Gottes unser Leben verändert. Das war, glaube ich, der Moment, als mir die Idee mit den Briefen kam. Ich dachte bei mir: ‚Eine Predigt ist ja gut und schön, aber vielleicht geschieht doch etwas mehr, wenn man das Wort den Menschen vollmächtig zuspricht.'"

„Und Sie dachten, dass Sie diese Vollmacht besitzen?" Theo sah sie offen an.

„Nein, Herr Pastor, das dachte ich nicht", gab Magda Ehrmann kleinlaut zu, „ich war mir sogar ziemlich sicher, dass ich diese Vollmacht nicht habe. Deshalb wollte ich es sozusagen den Empfängern selbst überlassen, wie sie ihren Bibelvers auffassen, ob er ihnen nahegeht und ihnen etwas sagt oder ob er gleich im Mülleimer landet."

„Das habe ich mir auch schon gedacht", gab Theo zu.

„Sehen Sie", sagte sie zufrieden, „es war eben doch Gott, der hier gewirkt hat."

„Mal langsam", gab Theo zu bedenken, „die Empfänger haben es zwar persönlich genommen, aber nicht als Gottes Wort, sondern als das Wort eines Menschen. Herr Schütz und Frau Anders dachten, der jeweils andere hätte ihnen die schönen Verse geschrieben, Herr Brammer hatte die Konfirmanden in Verdacht, Frau Matzke beschuldigte Frau Stark, und nur Frau Stark hat ihren Bibelvers einfach als Zusage Gottes genommen ..."

„Ach ja, die Rita ... die hatte das ja so nötig!" Frau Ehrmann seufzte. „Sie hat schon so viel durchgemacht, die Gute. Haben Sie gemerkt, wie viel Selbstbewusstsein sie in den letzten Tagen gewonnen hat?"

Theo nickte.

„Zugegeben, die anderen haben die Verse nicht als von Gott gegeben verstanden", fuhr sie fort, „doch im Jesajatext, über den Sie gepredigt haben, geht es gar nicht darum, wie Menschen das Wort Gottes verstehen. Sondern es geht darum, dass es wirkt und ausrichtet, was Gott gefällt! Das haben Sie jedenfalls in Ihrer Predigt gesagt. Sie sehen", Frau Ehrmann lächelte, „ich weiß noch alles ganz genau!"

Theo saß da, schaute in seine Kaffeetasse und überlegte. Dann sah er sie an.

„Frau Ehrmann, ich muss sagen, ich hatte Sie unterschätzt. Sie sind eine sehr aufmerksame Gottesdienstbesucherin. Es tut mir leid, dass auch ich immer angenommen hatte, Sie würden in der Kirche schlafen und überhaupt nichts mitbekommen. Dagegen haben Sie sich Gedanken darüber gemacht, wie Gottes Wort spürbar im Leben der Menschen wirken und etwas verändern kann. Sie hatten den Mut, auszuprobieren, ob man Gott beim Wort nehmen kann. Aber ich denke, es war der falsche Weg. Gott verschickt keine anonymen Briefe. Daher schlage ich Ihnen ein Abkommen vor."

Frau Ehrmann sah ihn gespannt an.

„Ich verrate niemandem, dass Sie die Bibelzettel geschrieben haben, dafür hören Sie ab sofort damit auf!"

Ein Anflug von Enttäuschung huschte über Magda Ehrmanns Gesicht, aber dann nickte sie.

„Ich sehe es ja ein, Herr Pastor. Sie haben ja Recht, irgendwie wollte ich Gottes Wort ein wenig auf die Sprünge helfen. Es war nur gut gemeint. Aber ehrlich gesagt ...", sie beugte sich zu ihm vor, „... es hat auch unheimlich Spaß gemacht!"

„Schluss damit", mahnte Theo und hob den Zeigefinger. Er musste sich ein Lächeln verkneifen und sich zwingen ernst zu bleiben, sonst würde Frau Ehrmann das vielleicht falsch verstehen. „Keine weiteren Briefe mehr!", sagte er deshalb mit Nachdruck, dann stockte er. „Es sei denn ..." Auf einmal kam ihm eine Idee.

„Sie könnten mir einen großen Gefallen tun", sagte er ernst, „und einem anderen Menschen in unserer Gemeinde auch."

Er zögerte, als wenn er sich zu einem schweren Entschluss durchringen müsste. Dann schien seine Entscheidung festzustehen.

„Ich möchte Sie bitten, doch noch einen Brief zu schreiben", sagte er, „nur einen einzigen noch!"

***

Donnerstag, 31. Juni

Die Medikamente auf dem Nachttisch schienen mehr geworden zu sein. Neben dem Krankenbett ragte jetzt ein Ständer auf, an dessen Haken am oberen Ende ein Tropf hing. Theos Blick folgte dem Schlauch, der zu Hannelore Jordans Arm führte und schaute dann auf ihren Kopf, der auf dem Kissen ruhte. Sie wirkte noch zerbrechlicher und blasser als bei seinem letzten Besuch.

„Sie wird von Tag zu Tag schwächer", hatte ihre Tochter ihm erklärt, als sie ihm die Tür geöffnet hatte. „Der Arzt kommt jeden Tag vorbei. Er sagt, es könne nicht mehr lange dauern."

„Hat sie Schmerzen?", fragte Theo.

„Nein, anscheinend nicht", sagte Karin. „Danke übrigens, dass Sie mich ermutigt haben, mit ihr zu reden. Sie hatten Recht, es ist jetzt so viel leichter, obwohl es ... dennoch schwer für mich ist." Sie atmete tief durch, griff zu einem Taschentuch und wischte sich die Augen, dann fuhr sie zögerlich fort: „Ich staune, dass es für sie zwar traurig ist, uns zu verlassen, aber ansonsten gar nicht so schlimm zu sein scheint." Sie sah ihn fragend an. „ Ist das wirklich der Glaube, der sie trägt, Herr Pastor?"

„Ja, das glaube ich fest", antwortete Theo, „Ihre Mutter weiß, wohin sie geht. Für sie ist es Gewissheit, dass Gott da ist."

Jetzt stand er vor Hannelore Jordans Bett und sah, wie die Sommersonne auf ihr Gesicht fiel und ihre Haut fast durchsichtig erscheinen ließ. Als hätte sie seine Anwesenheit gespürt, wandte sie auf einmal langsam den Kopf in seine Richtung, hielt jedoch die Augen geschlossen.

„Pastor Braun!" Es klang mehr wie eine Begrüßung als eine Frage.

„Ja, ich bin es", antwortete Theo, ging zum Bett und legte seine Hand auf ihren Unterarm. Sie tastete nach seiner Hand und drückte sie schwach.

„Schön“, sagte sie leise. Sie schwiegen beide.

„Ich habe Post bekommen“, flüsterte sie nach einigen Minuten, „dort auf dem Nachttisch, sehen Sie den Brief?“

Theo entdeckte den Umschlag, der zwischen die Medikamentenpackungen geklemmt war. „Ja, hier ist er.“

„Bitte lesen Sie ihn mir vor“, bat sie.

Er zog den Briefumschlag hervor.

„AN HANNELORE JORDAN“ stand darauf. Theo zog das gefaltete Papier aus dem Kuvert, gehämmertes Büttenpapier; Frau Ehrmann hatte sich besonders viel Mühe gegeben. Er faltete das Blatt auseinander und las langsam vor:

In meines Vaters Hause sind viele Wohnungen. Wenn es nicht so wäre, so wollte ich zu euch sagen: Ich gehe hin euch die Stätte zu bereiten. Und wenn ich hingehe euch die Stätte zu bereiten, so will ich wiederkommen und euch zu mir nehmen, auf daß ihr seid, wo ich bin. (Johannes 14,2+3)

Während er las, bewegte sie sachte die Lippen, denn sie sprach den Vers auswendig mit. Dann folgten wieder Minuten des Schweigens. Die Zeit schien stillzustehen in diesem Zimmer.

Tiefer Frieden spiegelte sich in Hannelore Jordans Gesicht.

„Pastor Braun?“

Er ergriff ihre Hand, die auf der Bettdecke lag. Noch immer hielt sie die Augen geschlossen.

„Ein wunderschöner Vers, nicht wahr?“, flüsterte sie.

„Ja, das finde ich auch“, antwortete Theo, „wirklich wunderschön.“

„Ich werde bald dorthin gehen“, sagte sie, „ich weiß es. Er wartet auf mich! Manchmal kommt es mir vor, als könnte ich ihn schon sehen. Glauben Sie das?“

„Ja“, sagte Theo schlicht, „ja, das glaube ich.“

Als Antwort spürte er einen leichten Händedruck.

„Bitte sagen Sie es ihnen.“

„Was, bitte, soll ich wem sagen?“ Theo neigte sich weiter über das Bett, um sie besser verstehen zu können. Sie sprach jetzt sehr leise.

„Den anderen, bei der Trauerfeier. Bitte sagen Sie ihnen, dass ich nach Hause gegangen bin, ja?“

Theo schluckte. Dann sagte er: „Das werde ich, Frau Jordan, versprochen! Ich werde ihnen sagen, dass Sie zu Hause sind.“

***

Epilog

(zwei Wochen später)

Sonntag, 18. Juli, kurz vor zehn

Sein Kopf nickte rhythmisch vor und zurück. Die Stöpsel in seinen Ohren ließen nur eine leise Ahnung dessen nach außen dringen, was *Sword of the Lord* da leistete. Günter drehte sich um und blickte von der Orgelempore hinab ins Kirchenschiff. Unten rückte Eberhard Brammer gerade in seine Bank, korrekt gekleidet wie immer. Günter lächelte. Er sah, dass der Kirchenvorsteher die neue Krawatte trug, die er ihm vorgestern geschenkt hatte – farblich eine deutliche Auffrischung seiner ansonsten eher unauffälligen Kleidung.

Herr Brammer blieb an seinem Platz stehen, schaute zu ihm hoch und hob lächelnd den Arm zu einer grüßenden Geste. Günter Neumann grüßte zurück. Beide suchten nun gleichzeitig nach Lucky und entdeckten ihn in der fünften Reihe. Nun gingen drei Hände grüßend in die Höhe. Ohne die irritierten Blicke einiger Gottesdienstbesucher zu beachten, nahm Herr Brammer Haltung an und neigte seinen Kopf ruckartig zum Gebet. ‚Der gute Eberhard', dachte Günni in sich hineinlachend.

An Luckys rechtem Arm hing wie immer Marieke und neben ihr saß Maren Braun. Günter schmunzelte. Er war einer der wenigen, die von ihrem heimlichen Nebenjob wussten, und er fand es cool, sich vorzustellen, dass etwas von ihr Geschriebenes auf vielen Nachttischen des Dorfes lag, ohne dass die Leute eine Ahnung davon hatten.

Jetzt sah er Irene Anders und Oliver Stark den Mittelgang hinunterkommen, Hand in Hand. Oliver ging eindeutig aufrechter. Er ließ Irene den Vortritt und rückte danach in die Kirchenbank. Von links und rechts nickte man ihnen freundlich zu. Auch Leonie war da. Sie saß zusammen mit ihrer Freundin Sara vorne bei den anderen Konfirmanden.

Günters Blick wanderte hinüber auf die andere Seite des Kirchenschiffs. Da saßen die beiden Jungunternehmer Johannes und Max und neben ihnen Max' Eltern. Günter hatte gehört, dass sie sich zu dem Glaubenskurs angemeldet hatten, der nach den Sommerferien beginnen sollte. Nach den Gesprächen mit Theo Braun über Ikonen und darüber, wofür sie stehen und wie man mit ihnen betet, hatten die Webers gemerkt, dass sie mehr über den Glauben wissen mussten, wenn sie verstehen wollten, was ihr Sohn da so trieb.

In den vorderen Bänken sah Günter nur schwarze Kleidung und blasse, ernste Gesichter. Heute sollte im Gottesdienst der Tod von Hannelore Jordan abgekündigt werden und dann würden sie für die Angehörigen beten. Günter erkannte ihre Tochter Karin inmitten der Trauergesellschaft. Er erinnerte sich an die Trauerfeier vor drei Tagen. Es wurde zwar viel geweint, aber es war auch tröstlich gewesen. *Jesus geh voran* hatte er gespielt und dabei das Gefühl gehabt, nicht nur ein traditionelles Lied zu begleiten, sondern ein Gebet zum Himmel zu schicken: ... *führ uns an der Hand bis ins Vaterland ... tu uns nach dem Lauf deine Türe auf ...* Er hatte den Eindruck, dass besonders Karin sich nichts sehnlicher wünschte, als dass diese Hoffnung wahr wäre. Als dann auch noch Theo von den letzten Worten ihrer Mutter berichtete, war das der bewegendste Augenblick der gesamten Trauerfeier gewesen.

Rumms – fiel die Kirchentür ins Schloss. Mit entschlossenem Schritt und verkniffenen Mundwinkeln, ihr Gesangbuch in Leder und Goldschnitt publikumswirksam in der Hand, steuerte Frieda Matzke auf „ihre" Bank zu. Wie schon am letzten Sonntag hielten auch heute die Gottesdienstbesucher rund um ihren Stammplatz gebührenden Abstand. Günter spürte zu seinem eigenen Erstaunen einen Anflug von Mitleid. Frau Matzke hatte wie einige andere einen Brief mit einem Bibelvers bekommen, doch sie war die einzige, die daraus nichts gelernt hatte. Immer noch schwelte der Groll in ihr, doch niemand hatte mehr Verständnis dafür. Sie war allein.

‚Merkwürdig nur', dachte Günter, ‚dass kein weiterer Zettel geschrieben worden war. Was war da los? Seit über zwei Wochen war kein neuer Brief mehr aufgetaucht. Machte der ominöse Schreiber vielleicht Sommerurlaub?'

Nun wurde die Kirchentür wieder geöffnet und sogleich füllte sich die Türöffnung mit der riesigen Gestalt von Josef Thoma. Günter sah, wie er die Küsterin mit einer Umarmung begrüßte und ein Gesangbuch von ihr entgegennahm, wobei sie es etwas länger festhielt als üblich. Waren sie nun zusammen oder doch nur „guade Freinde", wie Herr Thoma Neugierigen gegenüber immer wieder versicherte? Man hatte sie in letzter Zeit zusammen im

Kino gesehen, sie sollen beim Italiener essen gegangen sein und man hatte sie Arm in Arm auf Spaziergängen getroffen. Der Dorfklatsch vor der Fleischtheke bei Pohlmanns Edeka war bestimmt in vollem Gang.

Günter Neumann schaute auf die Uhr. Noch fünf Minuten bis zum ersten Akkord. War denn eigentlich Frau Ehrmann schon da? Sonst kam sie doch immer zeitig. Er schaute hinüber zu der Bank, in der sie für gewöhnlich saß – und da entdeckte er sie, zwischen Frau Rustig und Frau Pohlmann sitzend. Noch tuschelte sie angeregt mit ihren Nachbarinnen, doch spätestens während der Predigt würde sie die Augen schließen, das wusste er mit Sicherheit!

Er ließ noch einmal den Blick über die Gemeinde schweifen. Was war alles geschehen in den letzten vier Wochen, so viele Veränderungen im Leben der Menschen hier! Hatten diese beiden liebenswerten alten Damen davon überhaupt etwas gemerkt? Vielleicht Frau Rustig, die war nicht auf den Kopf und noch weniger auf den Mund gefallen. Sie soll ja Frieda Matzke beim Einkaufen mal richtig die Meinung gesagt haben, hatte er gehört. Aber die gute Frau Ehrmann schien ihm die einzige zu sein, die von alledem, was um sie herum geschah, vermutlich gar nichts mitbekommen hatte.

Jetzt wurde es Zeit, dass er sich auf seinen Einsatz vorbereitete. Ein kurzer Blick nach unten zeigte ihm, dass auch Eberhard bereit war. Er hatte am letzten Sonntag gute Erfahrungen mit den Ohrstöpseln gemacht (ein Geschenk von Lucky) und sah jetzt dem Orgelvorspiel lächelnd entgegen.

Günter Neumann drehte den Lautstärkeregler seines MP3-Players langsam herunter und nahm die schwarzen Knöpfe aus den Ohren. Aus den Augenwinkeln sah er, wie Rita Stark in den Kirchenraum schlüpfte und in die letzte Bank neben Herrn Thoma rutschte. Der Blick, mit dem sie einander ansahen, sagte ihm alles.

Lächelnd wandte er sich den Noten zu. Seine Finger und Füße suchten ihre Position. Für diesen Sonntagmorgen hatte er etwas Passendes ausgesucht, den alten Choral *Bis hierher hat mich Gott gebracht* – frei nach Günter Neumann natürlich!

***

Nachwort und Dank

Alle Personen in diesem Roman sind frei erfunden. Sollte dem Leser einiges von dem, was sie tun und sagen, bekannt vorkommen, so könnte das einfach daran liegen, dass es menschlich ist.

Ich möchte mich bei den Menschen bedanken, die mir sehr wichtig sind:

1. Bei Christine; ohne ihre Ermutigung und Unterstützung hätte ich die Geschichte nie zu Ende geschrieben und wäre auch sonst im Leben und Glauben nicht so weit gekommen.
2. Bei Lea, Jakob und Esther, die mein Leben bereichern.
3. Bei Susanne, die zusammen mit Lea das Manuskript zuerst durchgesehen und korrigiert hat.

Danke auch an die Lektorin Susanne Roll für die gute Zusammenarbeit; an die Familienferienstätte „Haus Kloster Loccum“ auf Langeoog, in deren erholsamer Atmosphäre die letzten Kapitel des Buches geschrieben wurden; an die Betreiber von Online-Übersetzungshilfen vom Hochdeutschen ins Bayerische, die Josef Thoma zum Dialekt verholfen haben; an die vielen Sammler von Kotztüten, die ihre Exponate ins Internet gestellt haben, und an die Mädchenmannschaften des SV Holtebüttel, die so inspirierend spielten, dass beim Zuschauen entscheidende Ideen reifen konnten.

Zum Schluss möchte ich darauf hinweisen, dass nur in diesem Roman die Kollekte aus Gründen der künstlerischen Freiheit lediglich von einer Person gezählt wird. In allen Kirchengemeinden, denen Sie im Gottesdienst Ihr Geld anvertrauen, wird die Kollekte selbstverständlich von mindestens zwei Kirchenvorstehern gezählt, verbucht und sicher verwahrt.

Lars Quittkat